# INFERNO NO ÁRTICO

Copyright © Cláudia Lemes, 2024

Título: Inferno no Ártico
Todos os direitos reservados à AVEC Editora

Nenhuma parte desta publicação poderá ser reproduzida, seja por meios mecânicos, eletrônicos ou em cópia reprográfica, sem a autorização prévia da editora.

Publisher: Artur Vecchi
Revisão: Gabriela Coiradas
Projeto Gráfico: Pedro Cruvinel (Estúdio O11ZE)

2ª edição, 2024
Impresso no Brasil/ Printed in Brazil

Dados Internacionais de catalogação na Publicação (CIP)
(Câmara Brasileira do Livro, SP, Brasil)

---

L 552
Lemes, Cláudia Inferno no Ártico / Cláudia Lemes. – 2. ed. – Porto Alegre : Avec, 2024.

ISBN 978-85-5447-259-7

1. Ficção brasileira    I. Título

CDD 869.93

Índice para catálogo sistemático:
1. Ficção: Literatura brasileira 869.93

---

Caixa Postal 6325
CEP 90035-970
Porto Alegre – RS
contato@aveceditora.com.br
www.aveceditora.com.br
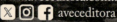 aveceditora

2ª EDIÇÃO

# INFERNO NO ÁRTICO

## CLÁUDIA LEMES

Para Leandro,
Cauê, Morgana
e Eduardo

# INTRODUÇÃO À SEGUNDA EDIÇÃO

Caro(a) leitor(a), seja bem-vindo(a) à segunda edição de *Inferno no Ártico*. Como sei que deseja mergulhar logo nessa história gélida e sangrenta, não vou enrolar você.

Esta introdução sem *spoilers* não entregará, mastigados, os temas da história — isso é você quem sentirá —, e muito menos explicará sua "moral", já que as melhores narrativas provocam reflexões em vez de tentar converter o leitor.

Esta introdução existe porque estou radiante em compartilhar este livro com o mundo mais uma vez. A Editora Avec tem sido bastante generosa em republicar os livros que me inseriram nesta carreira e em ajudá-los a chegar a mais pessoas. E bem, *Inferno no Ártico* é um velho preferido dos meus leitores e uma obra especial para mim, embora tenha me custado caro. E é sobre esse preço que eu gostaria conversar por um minutinho.

Quando tive a ideia para esta história, eu sabia que precisava conhecer um pouco do inferno pelo qual Barbara passaria, mas não estava preparada para o que vivi. Além da pesquisa sensorial à qual me submeti por pura molecagem (tomar *ayahuasca* e passar horas sentada num banheiro escuríssimo para experimentar a nictofobia da protagonista), debrucei-me em artigos policiais sobre North Borough, assisti a praticamente todos os vídeos disponíveis na internet sobre Barrow e conversei *on-line* com alguns de seus moradores. Até aí, só mais uma terça-feira na vida de um escritor.

Então, chegou a hora de ir mais a fundo, e me matriculei em um curso sobre sexologia forense. Se pudesse voltar no tempo, eu diria àquela Cláudia para não fazer isso. Chegando ao hotel onde o curso aconteceria, carregando um caderninho, canetas e barras de cereal (afinal, eu ficaria lá o dia inteiro), logo percebi que era a única pessoa ali que não era da área da saúde. Eram cerca de 120 alunos, majoritariamente mulheres.

Minha instrutora trabalhava para o IML e sua rotina consistia em examinar vítimas de abuso sexual, a maior parte crianças. As imagens, estatísticas, dados e histórias reais e pessoais que ela compartilhou embrulharam meu estômago e me fizeram querer fugir dali. Na pausa para o almoço, ela avisou: "comam algo leve, uma saladinha, porque a próxima parte faz muita gente vomitar". Sinceramente, cogitei abandonar o curso.

Só que...

Eu fiquei. Fiquei porque se tantas vítimas, todos os dias, passam por situações tão extremas e tristes, eu podia aguentar pelo menos me educar sobre elas. Então, aguentei até o fim do dia, peguei meu certificado e entrei no carro quando meu marido foi me buscar, com meu caçula, ainda bebê, no banco de trás.

Não quis assustá-lo, então segurei minhas lágrimas e falei apenas "passa no mercado porque preciso de uma cerveja". Ele me perguntou se estava tudo bem. Eu disse "não posso mais ficar fazendo isso".

Acredite, não foi fácil escrever *Inferno no Ártico*. Apesar de ser uma obra de entretenimento – a mais hollywoodiana de todas as minhas – e de ter me divertido bastante estirando a realidade (criei Hollow Trees do zero, a cidade não existe; brinquei um pouco com o satanismo acósmico, inventando rituais e até mudando alguns dos seus demônios), quase tudo que está nestas páginas é real ou baseado firmemente na realidade.

E peguei leve. Apesar de detalhar um ato medonho em uma das cenas, não coloquei neste livro 1% do que aprendi nas minhas pesquisas. Para poupar a mim e a você.

Então, o que eu realmente gostaria que você soubesse é que refleti muito sobre o que queria colocar nesta obra. Nada aqui existe por sensacionalismo, ou só para chocar. Mais do que humana, sou mãe, e todo e qualquer abuso contra crianças me machuca profundamente. A verdade é que até hoje eu acordo e passo noites em claro pensando no que vi naquele curso e chorando pelos filhos dos outros.

É por isso que, ao sentir que uma cena parecia irresponsável, deletei letra por letra sem dó. Só que um pouco desse mundo sombrio precisa vazar de mim e da realidade e manchar esta obra de ficção, pois até as piores histórias precisam ser contadas. Precisamos saber que elas existem, para poder combatê-las.

Vai doer? Vai, sim. E se doer, significa que você é uma das pessoas de bem, iluminando um pouco a escuridão ao nosso redor. Como a Barbara. Como todos aqueles, em hospitais, delegacias e escritórios, lutando contra os monstros da vida real, diariamente. Aliás, cada palavra aqui foi dedicada a quem está nesta batalha e às vítimas desses crimes horrendos.

Seja bem-vindo(a) ao meu pedaço de Inferno.

Cláudia Lemes
2024

# AVISO

Este é um thriller policial para **maiores de 18 anos** e contém diversos gatilhos emocionais, como abuso sexual, pedofilia e violência extrema. Não leia esta obra se for sensível a esses temas.

Alguns dos personagens desta obra têm opiniões machistas, homofóbicas e carregadas de preconceitos que obviamente não refletem as opiniões da autora, da editora ou de qualquer profissional que tenha trabalhado nesta obra. Apesar de falar sobre diversas religiões (como Wicca e Satanismo) e práticas espirituais (ayahuasca), elas são aqui abordadas nos pontos de vista dos personagens, não da autora.

Esta é uma obra de entretenimento, portanto, em diversos trechos, houve ficcionalização da topografia do North Borough (a cidade de Hollow Trees é fictícia) e de rituais satânicos. No entanto, os procedimentos policiais, desafios dos cidadãos de Barrow e as características da cidade são fortemente fiéis à realidade.

*Nove dias durou a enorme queda: O caos*
*Mui espantado, ribombando,*
*Sente elevar-se décupla desordem*
*Entre sua congênita anarquia*
*E de hórridos destroços entulhar-se*
- "Paraíso Perdido", John Milton

*Você já passou seus dedos pela parede*
*E sentiu a pele da nuca se arrepiar*
*Quando está procurando a luz?*
*Às vezes, você tem medo de olhar*
*O canto do quarto*
*Porque sentiu que alguém o observava.*
- "Fear of the Dark", Iron Maiden

# BARROW, ALASCA. 2016

Entre os pinheiros altos da floresta que circundava a aldeia de Hollow Trees, a pequena Mollie Green respirava com dificuldade. Já sabia que ia morrer. Não quando fosse velhinha, como a mãe uma vez dissera, mas em poucos minutos.

Enterrou os dedos dormentes no solo, prensando neve e terra negra sob as unhas curtas e pintadas de roxo com *glitter* de forma desleixada. Pensou na amiga que pintara suas unhas alguns dias atrás, quando Mollie conhecera o homem que a machucava agora. Desejou que a melhor amiga, Amber, não chorasse tanto de saudades. Também desejou que sua mãe e seu pai nunca descobrissem o que o homem tinha acabado de fazer, pois Mollie, aos nove anos, já sabia que era uma coisa horrível e que não deveria acontecer entre uma criança e um adulto.

O bom era que a neve, embora queimasse e ardesse num primeiro instante, agora havia suavizado as dores. Já não sentia mais seus dedos e seus pés, e o desconforto não mais se concentrava na pele, e sim na garganta. Imediatamente acima de si, as folhas escuras das árvores apontavam para um pedaço de céu acinzentado que parecia a Mollie um amigo, uma força acolhedora, paternal, que a embalaria dentro de alguns instantes. E não haveria mais dor, nem vergonha.

Ouviu os passos arrastados do homem esmagando neve. Não sentia mais o terror, pois sabia que nem ele era tão poderoso para alcançá-la aonde ela ia agora.

E ela prestara atenção nas palavras da mãe, ditas numa noite particularmente agradável de inverno anos antes, quando Anna dissera à filha, debaixo de cobertores e olhando o fogo alegre da lareira da casa: "... e todas as crianças vão para o céu, minha querida. Crianças são incapazes de pecar, não importa o que disserem, ouviu? Nada disso, da separação do papai e da mamãe, é culpa sua. Nada disso, nunca. Você é um verdadeiro anjinho, e nós a amamos muito."

Então, Mollie usou toda a força que restava no seu corpo nu e debilitado pelo frio polar e apegou-se àquela crença. E ela já sabia que o céu era um lugar de risadas, beijos, abraços e canções, e que ninguém sentia dor ou tristeza lá. Fechou os olhos e deixou-se escorregar para um corredor aveludado entre o esquecimento e a realidade naquela mata. Lá, sentia a presença da avó materna e que nada daquilo era sua culpa.

Sentiu praticamente nada quando as mãos do homem com a máscara de chifres, ofegante, quente, envolveu seu pescoço fino. Ele apertou, a respiração acelerada e saindo com murmúrios. E Mollie aceitou os chamados para um lugar e tempo além daquelas dores e horror.

Nova Iorque, agosto de 2014.

Detetive Louis McAllister,

Hoje não começo com as palavras que fazem você vomitar seu almoço de sete dólares, nem termino com jogos e metáforas. Isto é um adeus.

Receio que esta seja minha última carta para você. A soberba e o narcisismo são atributos desesperados dos perdedores que assolam nosso insignificante globo, portanto, não faço questão de esconder que subestimei sua inteligência e sua força de vontade para me colocar numa cela minúscula com porcos comuns: você quase me encontrou, mas não tenho como saber o quanto descobriu sobre mim, assim, revelarei pouco neste último contato.

Tenho uma missão e não sou um porco comum. Sou um mensageiro, um enviado, uma casca na forma de homem, preenchida com a luz da sabedoria, com a convicção do que tenho que fazer, sem o emaranhado de inseguranças que assolam a maioria dos mortais. Somos um terço da população mundial, Louis, somos quase dois bilhões de malfeitores vis, e garanto que sou o pior entre eles. E aqui prevejo que você pensa ter detectado algum tipo de contradição, uma vez que já avisei que não fui contaminado por soberba e narcisismo, mas está equivocado. Minha força não é minha, e sim deles. São seres maiores do que nós, mais antigos, e me instruíram, me possuíram e me tornaram o humilde executor de sua vontade.

O trabalho está chegando ao fim, e o seu amigo do FBI que dá entrevistas na TV a cabo está errado, porque minha missão não é ser pego para viver da glória dos meus supostos "crimes". Cretinos comuns pensam que todos somos cretinos comuns. Tudo o que deduzem sobre mim parte do pressuposto de que sou como vocês. Ryan, o *profiler* que falou sobre mim num programa de televisão, estava errado. Não sou um assassino em série. Não sou movido por motivações esdrúxulas e dignas de pena, como fama, dinheiro ou sexo. Apenas sigo as instruções. O mundo de vocês está à beira do colapso, e todos sabem disso de forma instintiva. Sei que há esperança de que tudo se resolverá, magicamente, porque creem num conceito distorcido de Deus. Já eu, guiado por uma força que foi capaz de desafiar seu deus, garanto: tudo vai acabar. Em breve. Você lamenta a morte de uma criança, enquanto eu planejo a aniquilação do planeta. Também me subestima, detetive.

Não vou sentir saudades da merda que é essa cidade de *yuppies* doentes. Perdoe-me se esta carta parece mais fria do que as outras, tenho que pegar um avião e estou com pressa. Tudo que um detetive velho como você precisa é de um caso Dália Negra para chamar de seu, não é? Vocês adoram esse clichê, aquele caso não resolvido que martela sua consciência por toda a vida, dando-lhes um senso de propósito durante a aposentadoria. Bem, Louis, creio que o seu serei eu, se você tivesse um futuro. Aonde vou ninguém vai me achar. E mais gente vai morrer, e vou precisar encontrar um novo detetive para atazanar. Mesmo assim, eu ficaria bem chateado se desistisse de mim.

Com carinho,
Aquele que vocês chamam de
O Executor

# I

# NYX

## NOITE

Barbara atravessou as portas pesadas do Ice and Glory. Policiais, pescadores e trabalhadores de temporada lamentavam-se entre um gole de chocolate quente e outro, e a maioria levantou os olhos para inspecionar a mulher que acabara de entrar.

Não era o lugar ideal, mas era preferível ao lado exterior, onde a neve caía sem parar naquela região do Alasca. Num dia normal, Barbara teria saído da delegacia de North Borough e pegado a estrada para sua casa na cidade vizinha de Hollow Trees. Aquele era o dia 18 de novembro, no entanto, e o sol se pôs pela última vez pelos próximos sessenta e seis dias. O inverno polar trouxe a noite prolongada sobre a qual a detetive tanto ouvira, e ela sentia a primeira pontada de incerteza desde que se mudara para Barrow. Precisava de uma boa dose de álcool. O problema é que álcool não era comercializado em estabelecimentos.

Sentando-se ao balcão, desenrolou o cachecol do pescoço e livrou-se das luvas de couro e do pesado casaco de neve. Percebeu os olhares voltarem para si, mas fez o melhor para sentir-se à vontade naquele lugar escuro, onde os exaustos habitantes locais fingiam estar bebendo uísque e cerveja.

Enquanto pedia um café irlandês sem álcool, ou seja, um café, ouviu uma gargalhada masculina à sua direita. Um olhar rápido revelou seu novo parceiro, Bruce Darnell, e quatro policiais uniformizados cujos nomes ela ainda não decorara. Dois olhavam na sua direção. Bruce manteve os olhos no copo, o sorriso envergonhado no rosto. Estavam falando dela? Tentou imaginar o que poderia ser, e quando não chegou à conclusão alguma, deixou de pensar naquilo.

Subitamente mais consciente de si mesma, de suas roupas e do fato de que era a única pessoa ali que estava bebendo sozinha, aceitou o café robusto com um sorriso cortês para o *bartender* e tomou o primeiro gole.

A incerteza abriu as portas para algumas lembranças, como a do doutor Johar falando, bem-humorado, porém apreensivo: "Escolheu morar no pior lugar no mundo para uma pessoa que sofre de fobia do escuro, Barbara." Fora a última consulta com o psicanalista antes da mudança. Ela respondera apenas:

— É uma busca.

Mas o doutor a corrigiu:

— É uma *fuga*.

Ela sabia que ele tinha razão.

Barbara tinha acabado de ver o céu escurecer, sentindo a alma tingir-se com ele, e pensado na sua escolha. Com paciência diabólica, a noite caiu sobre a cidade ártica e anunciou o início do período sem luz solar. O branco da neve que dominara as últimas semanas gradualmente adquiriu um tom desanimado de cinza, simbolizando seu estado de humor.

Sob a luz amarelada do restaurante, ela retomou as reflexões recorrentes sobre si mesma e chegou à mesma tese de sempre: decepções e receios no escuro crescem como ervas daninhas, alimentando-se da negação. Feridas têm personalidade própria; é preciso reconhecê-las, explorá-las e deixá-las expostas ao ar para que a cura venha . E esse era o seu motivo de estar em Barrow: ficar a sós com suas feridas.

Segurou o copo pesado na altura do queixo por uns instantes, ouvindo mais um crescente de risos dos homens. Bebeu um gole ganancioso, mais cheio de raiva. Ouviu um policial falar com ela:

— Ei, Castelo, seu arquivo diz que passou na Academia de Polícia com honra em pontaria e tiro. Verdade isso ou...

Eles riram.

*Ela quase ouviu o resto da pergunta no ar pesado do bar: ou você trepou com algum instrutor para conseguir o mérito?*

Mas antes que pudesse pensar numa resposta, ouviu o sussurro do parceiro:

— Para com isso, porra, Gibbs, tá passando dos limites.

Não conseguiu sentir gratidão. A camada de desprezo por Bruce Darnell era grossa demais. Perguntou-se se eles haviam tido acesso a algum arquivo sobre ela, e sabia que não era possível.

Sua formação provavelmente foi dissecada pelo parceiro e pelo sargento Harris quando ela chegou à cidade, ou até antes. Imaginou Bruce questionando o chefe, reclamando que não queria trabalhar com uma mulher, muito menos uma estrangeira. Imaginou frases do tipo "Ela morou no Brasil, depois em São Francisco, acha mesmo que vai se adaptar ao clima daqui?"; e o sargento, com ar de cansado, tentando apaziguar seu único detetive de homicídios: "mas ela foi altamente recomendada pelo Capitão Miller..."

Era quase um *script* de um filme de baixo orçamento, estrelando um ator de meia-idade que fora bonito um dia. Ela arriscou um olhar para o lado novamente, mas agora os homens pareciam mais relaxados, conversando em vozes baixas sobre as ocorrências da semana.

Barbara aproveitou o desinteresse súbito deles por ela e tirou do bolso do casaco seu caderno pequeno. Uma fita marcava a página onde havia interrompido sua lista. Ela fez uma nova anotação, com calma, mas sem hesitação:

*Caso #34,789 – Agressão sexual – Vítima: Paulette Angelou – Agressor: Franklin Doucette. Status: fechado. Veredito: Agressor condenado a quatro anos na prisão Anchorage Correctional Complex. Elegível para condicional em maio de 2018.*

Permitiu-se um segundo de orgulho frágil por ter resolvido mais um caso e ter conseguido reunir provas suficientes para uma condenação. O orgulho nunca durava tanto. Não era ingratidão, nem um excesso doentio de modéstia. Ela só se sentia, de forma quase adolescente, pronta para seu primeiro caso de homicídio. Crimes sexuais não apresentavam mais um desafio, e a recompensa emocional parecia cada vez mais fraca.

Ela virou o rosto para o lado, a fim de esticar o pescoço, e pegou um homem de meia-idade, com jeito de trabalhador exausto, olhando para ela. Viu-se tal como ele deveria estar vendo: uma mulher no começo dos trinta, de pele tostada e longos cabelos castanhos, julgando-o e avaliando-o com grandes olhos também castanhos. Se estava sozinha num lugar daqueles à noite, só podia estar procurando encrenca, não é mesmo?

*Só quero paz, cara. Paz de espírito, se isso é possível. Eles vendem em blogs, livros com praias ensolaradas nas capas, cursos on-line de coaching pessoal, e parcelam, e aceitam cartões de crédito, e só podem conhecer algum segredo muito louco, porque por mais que eu busque paz, só encontro trevas. Ela sorriu.* Maldita pontada de saudades. De São Francisco. De Santos. Do pai. Da mãe. Da avó. Do passado. E, principalmente, da época em que não se sentia culpada pelo assassinato de um homem. A saudade da consciência limpa era a mais forte.

Distraiu-se por uma sombra que caiu sobre o balcão e sua bebida. Bruce estava em pé ao seu lado, mas não para conversar. Tirava uma nota do bolso e entregava ao *bartender*. Antes que ele fizesse perguntas, ela fechou o bloco de papel e o enfiou de volta na jaqueta. Bebeu o resto do café enquanto o homem atrás do balcão trocava palavras amigáveis com o parceiro dela.

— Tá indo para casa ou vai ficar? — ele perguntou numa voz baixa, mostrando apenas cortesia e a necessidade de quebrar o gelo.

Ela se levantou.

— Já estou indo.

— Temos horas para cumprir amanhã. Vai trabalhar?

— Faça-me o favor de esperar um tempo antes de sair atrás de mim, não quero que seus amigos da sétima série tenham mais motivos para fofocar.

Enquanto vestia o casaco, o rosto ruborizado pelo calor da bebida, viu que Bruce olhava para ela com um sorriso de escárnio debaixo do bigode loiro. Ele estava pensando *que megera* por trás dos pequenos olhos azuis. Ela não dava a mínima.

Caminhando até a porta da lanchonete, já vestindo as luvas e o cachecol, ela ouviu a despedida arrastada e divertida do parceiro:

— Te vejo amanhã, Castelo.


Bruce Darnell vigiava a casa da esposa de dentro do seu carro.

Tomou um gole do café, notando com desânimo que já começara a esfriar e em dois minutos estaria frio demais para beber. Um olhar ao painel do carro indicou que eram oito e três da noite. Saíra do bar logo depois da parceira, fingindo para os colegas que iria para casa.

Perguntou-se o que os outros estariam fazendo naquele exato horário, e se qualquer outra pessoa que conhecia tinha uma vida mais patética do que a dele. Seu chefe, por exemplo, o sargento Harris, deveria estar desfrutando de um jantar caseiro feito pela bela e sorridente esposa, ao lado dos dois filhos adolescentes. Os amigos que haviam se distanciado ao longo dos anos provavelmente estavam assistindo a seriados com as esposas ou namoradas. Até a insuportável nova parceira, Barbara Castelo, deveria estar lendo algum livro interessante e escutando bossa nova em sua casa em Hollow Trees.

*Não você, Bruce. Você é um cachorro que não consegue largar o osso. Um osso chamado Tracy.*

No silêncio, ele fitava a residência modesta sobre palafitas, como todas as outras na cidade. Pensou na mulher, que provavelmente já teria colocado a filha do casal, Morgan, para dormir. Bruce gostaria de poder entrar e dar um beijo na filha, e cobri-la com o cobertor. Aquele gesto sempre o fizera sentir-se um pai, como se potencializasse a parte dele que reconhecia o quanto se importava com a menina, o quanto a amava e estava disposto a se sacrificar por ela. Gesto simples: cobrir antes de dormir. Por que tinha aquele impacto nele? Seria porque era algo mostrado na televisão ou era o maior de todos os símbolos de proteção? Não sabia. Queria apenas a sua filha de volta.

"Separados" era a palavra esnobe e seca que descrevia o atual *status* deles. Logo ele e Tracy, um casal formado de maneira tão natural, duas pessoas que nunca tiveram dúvidas de que estavam destinadas uma à outra, que nunca chegaram a questionar as implicações práticas e financeiras de criar uma família quando Tracy descobriu-se grávida três meses depois da lua de mel. Logo ele e Tracy, que aceitaram o amor como se fosse deles por merecimento e destino, sem jogos, sem fazer perguntas.

Bruce não conseguia decifrar se o que parecia roer- seu coração era o ódio dela por ter estragado tudo, ódio de si mesmo pela merda que desencadeara o amargo processo de separação, ou se era só tristeza.

Corações partidos eram para meninas no ensino médio, não para detetives de homicídios de 1,88 de altura que já prenderam traficantes de drogas, contrabandistas de bebida, estupradores e assassinos. O que ele sentia no peito quando olhava para aquela casa e pensava nos dias de panquecas e beijos no café da manhã não podia ser algo que líderes de torcida simbolizavam em seus diários com desenhos de corações partidos ao meio. Parecia mais como o irmão mais velho, mais sádico e psicótico disso; um vazio inquieto, uma perturbação que penetrava nos ossos, um abismo de desespero que estava olhando de volta para ele e sorrindo.

O que um cara do bem faz numa situação daquelas?

Bruce não queria chegar ao fim da reflexão, pois a conclusão que o aguardava era simples: não havia nada que pudesse fazer. Não podia forçá-la a continuar casada, feliz e apaixonada por ele. Teria que aceitar. Teria que assinar os papéis. Teria que resignar-se a ver a filha em datas marcadas num calendário.

Estendeu a mão e ligou o rádio sem que precisasse olhar para o que estava fazendo, tão acostumado com vigias e a solidão daquele veículo. Sempre deixava na mesma estação de música *country*, a que fazia Castelo ranger os dentes enquanto fingia não se importar. Bruce não se orgulhava de agir daquela forma, mas sabia que seu comportamento era apenas uma reação ao dela. Barbara deveria ter dito, logo no primeiro dia, que não gostava de música *country* e ele provavelmente teria encontrado uma estação que agradasse aos dois. Mas ela não dissera nada naquele primeiro passeio, deixando escapar apenas um suspiro impaciente enquanto olhava para fora da janela. Ele entendeu no segundo dia que a música a incomodava quando ela tirou um emaranhado de fiozinhos brancos do bolso, esticou-os com calma, e acabou enfiando suas extremidades acolchoadas nas orelhas. Dos fones de ouvido, Bruce ouvira um chiado perturbador de *rock*, e aquele fora o primeiro desentendimento silencioso entre a dupla de detetives.

Abriu o porta-luvas e sacou de dentro a familiar garrafa de vodca e deu um gole. Sentiu a bebida queimar a garganta e o nariz, infectando seus sentidos. Lembrou com carinho que vodca fora a primeira bebida alcoólica que experimentara, aos treze anos, ao encontrar a garrafa nas coisas do pai. E após uma breve avaliação, constatou que nunca fizera besteiras sob efeito de bebida. *Suas cagadas sempre foram feitas com sobriedade, Bruce*, pensou com um sorriso. *O roubo da bicicleta do vizinho, Nick; depois, o beijo em Marisa Gonzalez, uma líder de torcida dois anos mais velha, e a primeira troca de socos, justamente com o namorado da garota.*

Barrow permitia que álcool fosse distribuído apenas num estabelecimento perto do aeroporto. Cidadãos com permissão para consumo na cidade pagavam a taxa de cinquenta dólares ao ano para poder comprar seis garrafas de bebidas destiladas, vinte e seis de vinho e cinco engradados de cerveja por mês. A cota era generosa, e o efeito colateral era a venda ilegal dessas bebidas. O maior problema da polícia local era lidar com agressão doméstica, brigas e estupros, quase sempre associados ao consumo excessivo de álcool.

Tocava *Neon Moon*, da dupla Brooks & Dunn. Ele se acomodou no assento e recostou a cabeça, fechando os olhos, deixando a canção arrastada e deprimente puxá-lo para baixo.

Pensou na volatilidade cruel do amor, na rapidez com a qual um sentimento tão sólido pode evaporar. Dava para culpar o clima, a cidade monótona, a falta de dinheiro, claro, mas apenas durante os primeiros anos. Bruce sabia que chega uma hora em que é preciso encarar que o problema é você e o outro e as milhares de expectativas que tiveram da vida conjugal.

Sentia orgulho de não ter culpado Morgan. Nunca fizera aquela cretinice sem tamanho, ao contrário da mãe dela. Tracy usara Morgan como fonte de seu cansaço, seu mau humor, seu desinteresse em sexo, sua habilidade de gastar mais dinheiro do que o necessário, seu motivo para ficar em casa ano após ano, assistindo à televisão o dia inteiro em vez de procurar um emprego. Logo após as brigas, ele se pegava dirigindo pelas ruas vazias, ouvindo o rádio, furioso com ela, perguntando-se se era de fato um babaca machista sem empatia alguma pela rotina cansativa da esposa, ou se estava sendo manipulado e feito de trouxa por uma excelente atriz.

Sabia exatamente como o próprio pai agiria, e tentava usar aquilo sempre como exemplo do que não fazer. Por muito menos, Alphonse Darnell teria esbofeteado a mãe de Bruce, justificando a surra com o rotineiro "ela tava pedindo". Bruce não seria aquele cara. Não faria nada que lembrasse o pai.

*Mas você foi aquele cara, Bruce. Foi por alguns minutos e terminou de ferrar com tudo. Perdeu sua filha, otário. O mundo não perdoa um deslize desses. Não adianta berrar até a garganta sangrar sobre quantas vidas salvou, sobre mais de uma década de trabalho honesto na polícia. Eles não ligam. Não fez mais do que sua obrigação por um salário anual de cinco dígitos. O que sempre vão lembrar é do seu deslize. Nunca mais será o detetive herói, e sim o cara que empurrou a esposa num ataque de raiva. Dois segundos que foderam com tudo.*

Quando Bruce tinha vinte e dois anos, foi visitar a mãe no hospital, onde ela morreu dois dias após colocar a mão gelada no seu rosto e dizer: "Há um conflito em você, meu filho. Seu temperamento atrapalha conquistas e ambições. Não entendo como alguém pode se sabotar tanto."

O temperamento de Bruce de fato trabalhara contra ele, duas semanas atrás, quando ele perdeu a cabeça com Tracy. Não adiantou repetir para Harris que não tivera a intenção de machucá-la, que apenas sentira a necessidade de conversar com a mulher. As brigas entre os dois saíam de controle, sempre. A voz de Tracy, a forma como não parava de falar e ia aumentando o volume e polvilhando sarcasmo nas palavras, aquilo tinha um jeito peculiar de agredi-lo, como se ela estivesse sacudindo uma jaula dentro da qual ele tentava proteger-se. Ele perdeu a cabeça, aqueles dois segundos de fúria que conhecia bem e que o desconectavam da realidade. Deu um empurrão nela. Admitia que fora um empurrão estúpido, agressivo e cheio de ódio, mas não concordava com a descrição dela de que ele a havia "agredido com intenção de ferir". O resultado foi uma ordem de restrição contra ele. Ironicamente, o fato de Bruce ser da polícia tornava-o uma ameaça maior à esposa.

Ainda preferia ficar ali no carro, sentado, tomando café e olhando para a casa onde costumava morar, do que ter que encarar o apartamento vazio que agora esperava por ele todas as noites. Acostumado com o trabalho de viatura dos dias de policial de patrulha e com as vigias do trabalho de detetive, o espaço apertado de couro, metal e plástico já era tão familiar e confortável para Bruce quanto as roupas que vestia. Achava que conseguiria morar no carro por uma semana, se necessário. E, por uns instantes, chegou a cogitar a possibilidade quando Tracy chutou-o da casa pela qual ele pagava com seu miserável salário.

O frio, no entanto, implorava que Bruce deixasse a missão de lado e fosse para casa, onde comeria lasanha de micro-ondas e assistiria a um programa da televisão antes de tomar um banho quente e dormir.

Chegou a considerar sair do carro, bater na porta, pedir desculpas e implorar à Tracy que deixasse as coisas voltarem a ser como eram antes. Antes das brigas cheias de ressentimentos, do sexo silencioso que não passava de um esfrega-esfrega rápido de uma posição só, e de todas as conversas serem direcionadas às contas para pagar ou à Morgan.

Bruce conteve-se com esforço, suspirou e foi embora.

Ela sentia as carícias do ar-condicionado do condomínio Cherry Gardens. Gostava de ter quatro anos novamente, da flexibilidade dos membros, da ausência do peso das cicatrizes, das decepções, da desesperança construída a cada dia como policial.

Barbara sabia que estava dentro de um sonho, e também que era um sonho produzido puramente por meio de lembranças. Sem medo da escuridão, ela caminhava até a lavanderia, sem ter poder para mudar seu curso, sabendo o que a aguardava.

Nos dias da Academia, Barbara estudou a psicologia dos aspectos da memória, desde o momento no qual uma pessoa registrava uma ocorrência, a forma como a memorizava e o que acontecia quando tentava recuperá-la. Descobriu em seus estudos uma verdade regularmente reforçada pelos seus superiores como uma problemática na área judicial: não podemos confiar nas nossas lembranças. Não guardamos nenhum momento com precisão, inserimos informações e deturpamos aquilo que achamos ter vivenciado, e na hora de buscar e replicar tal lembrança, o processo é imperfeito. O resultado é que não podemos ter certeza de que um suspeito escolhido de uma fileira é culpado. Nossas memórias da infância, de velhas paixões, de festas de aniversário e tardes ensolaradas são dúbias.

Algumas lembranças, no entanto, nos definem. Algumas são tão vívidas que seríamos capazes de nos perder nelas, como se pudéssemos ser transferidos ao momento original e revivê-lo. Para Barbara, era a noite da lavanderia, que tingira de tristeza sua existência, sua família, sua identidade, seu destino.

A garota, cujo corpo já fora seu e que agora ocupava dentro do sonho-lembrança, cantarolava e parou em frente à porta aberta da lavanderia. Barbara pediu, sem palavras, para que ela não entrasse ali. Mas a menina tinha vontade própria e a curiosidade inocente das crianças daquela idade. Ela entrou no breu, esticando as mãos para não se machucar de encontro às máquinas de lavar e secar do Cherry Gardens.

O cheiro de sabão em pó invadiu suas narinas e Barbara sentiu a alma recuar, tentar segurar a menina para que não entrasse, mas foi em vão. Juntas, estavam naquele lugar, e Barbara sabia que a porta ia fechar. Naquele sonho, a porta sempre fechava, e quando abrisse, um homem ruim estaria à espera. Porque aquele sonho era uma réplica do que aconteceu com ela quando pequena.

Algo estava diferente, no entanto.

Barbara virou o rosto dentro da menina, o rosto consciente, acautelado, para trás. A porta ainda estava aberta.

Não era o mesmo sonho de sempre.

Por que não fecha? Preciso passar a noite aqui, presa aqui, me transformar em alguém com medo, íntima da dor e da escuridão, para que eu seja quem sou. Por que não fecha e deixa minha tortura começar?

*Um novo tipo de escuridão a espera agora.*

A voz veio de tudo ao seu redor. A menina parou de andar, sentindo a primeira fisgada de medo. Barbara quis tranquilizá-la, mas fixou o olhar no retângulo de luz onde esperava a porta fechar-se e trancá-las ali.

Então, a luz de fora mudou de forma, transformando-se no contorno de algo maior do que um homem, algo largo, sustentado por pernas finas e tortas que lembravam um animal.

*O Opositor, minha cara, O Adversário, O Anjo de Luz. Sou eu.*

*E aí está você.*

Barbara levantou-se num pulo, uma mão contra o peito, e olhou em volta do quarto. Precisou falar em voz alta, a mente incapaz de conter seu horror, as imagens e sensações do sonho sufocando-a.

— Calma, calma, merda... — Ela suspirou. — Calma, você estava sonhando.

Sorriu, nervosa, aliviada. *Você sonhou. Todos sonham. Alguns têm pais e mães para acalmá-los, outros têm amantes, namorados, maridos. Você tá sozinha nessa, amiga. Foi escolha sua.* Estava no seu quarto, em sua pequena casa. Como sempre, desde que tinha quatro anos, a luz de dois abajures iluminava o dormitório para que nenhum canto ficasse escuro. Os outros cômodos também estavam acesos.

O susto diluiu, abrindo espaço para a raiva de ter sido traída pelo seu subconsciente, de ter acordado, de estar sentindo mais uma vez o passado morder seus pés no meio da noite.

*Ainda está escuro,* pensou, aliviada. *Agora sempre estará escuro.*

Checou o relógio no celular e viu que ainda eram 2h16 da madrugada. Spark, um persa com olhos verdes, olhava para ela com questionamento. Parecia estar perguntando o porquê de ela ter se mexido tanto na cama.

Ela o acariciou, mais para se acalmar do que para consolá-lo. Pensou na noite na lavanderia e naquela maldita pergunta:

"É filha do herói ou do assassino, Barbara?"

Quase ouviu a voz de Rex Tavora, através do telefone preto que permitia a comunicação entre prisioneiros e visitantes na prisão de San Quentin. Lembrou-se do rosto envelhecido do seu padrinho do outro lado do vidro.

A pergunta daquele homem havia se tornado, nos últimos quatro meses, a força motriz de Barbara, seu combustível para afastar-se de tudo o que conhecia e amava e buscar refúgio na cidade longínqua, áspera e pouco povoada que agora era seu lar.

Ela ajeitou o corpo na cama, consciente de que voltou à posição fetal. Puxou os cobertores até os ombros e fechou os olhos, sabendo que só conseguiria voltar a dormir uma ou duas horas antes do alarme do celular disparar com *Mother*, do Danzig. Spark levantou, curvou as costas, bocejou e enrolou-se aos pés dela.

Ela tentou relaxar. Tomava melatonina todas as noites desde criança, então sabia que o sono viria.

Mas a Barbara de quatro anos, a menina no sonho, era uma criatura intuitiva. E intuiu que o dia seguinte traria surpresas mórbidas, e que o sonho havia sido uma forma de prepará-la.

# II

# LYPEI

## SOFRIMENTO

O sargento Harris recebeu a ligação às nove da manhã. As chamadas feitas pelos policiais da região eram transferidas para a central; uma sala com duas mulheres que atendiam às ligações e as transferiam para o responsável. Crimes caíam na mesa de Harris, outras emergências para o departamento de bombeiros, paramédicos, controle de animais, e outros escritórios.

Os anos haviam polido o sargento com a insensibilidade tão comum nos homens que pensam que já viram de tudo. Sempre chega o dia em que percebem que não viram de tudo ainda. Não existe "tudo"; a maldade humana não conhece limites.

Naquela manhã escura do dia dezenove de novembro, Harris sentiu a boca seca ao dar a resposta para Mandy Nubbs: "Os detetives já estão a caminho, mas mande uma viatura de apoio, certo? Sem sirenes, pelo amor de Deus."

Perdeu o olhar na mão forte ao colocar o telefone no gancho.

*Uma cidade pequena deveria ter crimes pequenos, pensou, aberrações são coisas de Nova Iorque ou Califórnia, lugares onde o povo é tão insensível quanto os policiais.*

Ele se levantou e olhou para as únicas pessoas que tinha para lidar com aquela situação: o brutamontes que estava com a carreira por um fio por ter agredido a esposa, Bruce Darnell, e a novata introspectiva Barbara Castelo, filha de um capitão da Polícia de São Francisco, Steven Shaw. Não ajudava o departamento que os dois investigadores se detestassem.

Harris permitiu-se um minuto antes de agir. Ficou olhando os dois através do vidro do escritório, um sentado de frente para o outro, sem se olhar, sem conversar, fazendo o que os detetives fazem na maior parte do tempo: preenchendo relatórios, nadando em burocracia e papéis. Bruce lia com um lápis na boca e uma carranca no rosto. Barbara tomava café enquanto preenchia outro formulário, consultando algo na tela do computador.

O chefe aproximou-se dos seus únicos detetives de homicídios. Falou baixo, receoso de que as outras pessoas escutassem. Precisava pensar sobre como conversaria com o povo local e com a mídia sobre aquilo.

Barbara foi a primeira a olhar para cima. Pelo brilho nos olhos dela, ele percebeu que seu rosto deixara transparecer o receio. Seria seu primeiro caso de homicídio, ela havia ajudado os detetives de crimes sexuais desde que chegara à cidade e provado em questão de semanas que era melhor do que eles. Ela não aguentou esperar:

— Homicídio?

Só então Bruce levantou a cabeça.

Harris suspirou.

— Vou com vocês. Temos um corpo. Já estão isolando a área.

Bruce foi quase preguiçoso ao levantar-se, vestir o casaco, as luvas e guardar no bolso suas chaves e celular. Barbara estava pronta em segundos, engolindo o resto do café como se não quisesse desperdiçar toda aquela cafeína. Harris sentiu os dois seguindo-o pelo corredor, a empolgação de Barbara tão perceptível no silêncio quanto a falta de interesse do parceiro dela.

Do lado de fora, Harris parou de caminhar. Não havia vento e o frio era estático. Chegou a ter um gosto cinza na boca, penetrando suas narinas. Ao redor deles, tudo era escuridão, e só o branco entediado da neve sob os holofotes dos postes contornava a paisagem e os outros carros.

Os outros dois cobriam os rostos com gorros, subiam zíperes nos casacos e o fitavam com antecipação. Bruce finalmente mostrou curiosidade.

— É o corpo de uma menina de cerca de oito, nove anos. — Ele falou, estudando as expressões dos dois. A garganta ardeu de frio. — Foi queimado.

Bruce enrugou a testa, enfiou as mãos nos bolsos.

Barbara não mostrou o que sentiu.

Harris cruzou os braços.

— Nenhuma palavra até entendermos o que aconteceu. O caso é dos dois, e não tenho saco para disputa de poder; vão trabalhar juntos. Alguma dúvida?

— Quem achou o corpo?

Ele encarou a novata.

— Um baleeiro. A polícia está fazendo os procedimentos com ele. Estamos perdendo tempo. Bruce, você dirige.

Os passos dados até o carro foram embalados pelo som de neve esmagada por botas, então entraram no SUV da polícia cedido a Bruce. O chefe entrou atrás para observar a dupla.

— Desce e pega a Stevenson, sentido Hollow Trees.

Bruce obedeceu, e Barbara virou o rosto para a janela embaçada para não ter que interagir com o parceiro.

Harris ficou de olho na estrada, incapaz de domar a enxurrada de avisos mentais. Uma criança morta significava investigar os pais, padrastos e avós. Significava tato ao fazer aquilo, porque, se estivessem errados, poderiam sofrer um processo judicial. *É até melhor que seja mesmo um dos pais, aí não preciso ter que avisar à população que um predador está à solta numa cidade com menos de mil crianças.* A notícia de um cadáver carbonizado chegaria à televisão. E um departamento do tamanho do deles, sem verba para testes forenses, onde os próprios policiais tinham que comprar metade das suas ferramentas de trabalho, não estava pronto para aquele tipo de pressão.

As casas foram sumindo de vista, e eles estavam entre o oceano Ártico e uma planície branca.

Barrow, Alasca, era a cidade americana de mais alta longitude, um lugar oficialmente conhecido pelo seu nome indígena, *Utqiagvik*. Haveria uma votação em breve para que a cidade voltasse a ser chamada pelo nome nativo. Harris não conseguia se importar, sabendo que seus colegas de outros estados ainda chamariam a cidade de Barrow, por ser de pronúncia mais fácil.

A cidade abrigava pouco mais de quatro mil habitantes, tinha um custo de vida alto, taxa de crimes intensa para seu tamanho, e muitos problemas com bebida. As oportunidades de trabalho temporário atraíam forasteiros do sexo masculino sem famílias, que longe de casa tinham comportamento problemático para a minúscula polícia local. O que a cidade nunca viu eram crimes hediondos e sádicos contra meninas tão novas.

Logo Bruce diminuiu a velocidade.

Harris soltou um "idiotas" entredentes quando viu as duas viaturas com o giroflex ligado; a última coisa de que precisavam era atenção do público. Ele rezou para que tivessem tempo antes que curiosos aparecessem. Quando Bruce virou à esquerda e o carro mudou de vibração com a tração contra a neve, ele se preparou para o que veria. Abriu a porta e pulou para o chão antes mesmo do carro parar.


Barbara abriu a porta e deu uns passos em direção a um retângulo torto de fita amarela. Naquela área, durante o verão, não se via nada além de grama, que no inverno ficava coberta por uma camada de neve. Os policiais haviam ligado dois holofotes sobre plásticos, ainda conectados às viaturas por fios, como bebês recém-nascidos ficam ligados às mães pelos cordões umbilicais. Os aparelhos enviavam dois fachos de luz numa figura negra prostrada no solo.

O tamanho da figura pareceu desproporcional para Barbara, na *escala* errada. Nunca vira uma criança morta antes. Adultos? Aos montes, começando pela própria mãe, aos quatorze anos. Depois, o cadáver para autópsia na Academia de Polícia, onde todos da turma, menos ela, saíram correndo para vomitar. E no trabalho que seguiu, por anos, teve sua cota de pessoas mortas, desde traficantes com balas no peito até prostitutas jogadas em lixeiras com as gargantas cortadas. Mas não crianças.

Não sentiu ânsia de vômito, e sim um leve dissipar de algo gelado no estômago. No ar, o cheiro de carne queimada, parecido com o de hambúrguer. Sentiu também o cheiro de gasolina e a mistura fez sua boca salivar de nojo. Engoliu e apertou as mãos enluvadas, estudando aquela coisa cadavérica, toda preta e vermelha, coberta em muitos lugares por montes macios de neve, e então percebeu algumas pontas de objetos ao redor dela. Toda a neve era tingida pelo vermelho e azul alternantes do giroflex ligado.

Não entendia o motivo, mas sabia que a posição do corpo a incomodava em alguma área oculta da sua alma, um lugar que nunca ousara visitar, onde os segredos mais obscenos e os medos mais viscerais sussurram, gargalham e se reproduzem. Ela pensou na primeira vez que vira uma nevasca, com o pai, na viagem para Yosemite. Ela viu crianças brincando de "anjos de neve", deitando-se no solo e abrindo e fechando os braços e pernas para marcar figuras angelicais. A coisa carbonizada que via agora, estranhamente fina, semelhante a uma escultura gigante de gravetos, parecia ter sido surpreendida no meio daquela brincadeira, o corpo formando uma estrela, braços e pernas abertos numa réplica deplorável do Homem Vitruviano.

E lá, debaixo de um céu aberto e sem estrelas, o corpo estava minúsculo e abandonado. Ela pensou na insignificância daquela criança tão indefesa para o seu assassino.

Ouviu a conversa entre Harris e o policial que o abordara: — Desliga essa merda agora! Quer chamar a cidade inteira até aqui antes de tirarmos o corpo dessa criança?

O homem estava visivelmente abalado, as bochechas parecendo um pouco moles. A impressão que Barbara teve foi a de que ele lutava para permanecer em pé. Era um dos policiais no Ice & Glory ontem, e ela se perguntou se ele descreveria sua bravura na cena do crime para os amigos naquela noite.

— Sargento, acabamos de chegar e pensamos...

— Só desliga essa merda.

Houve silêncio.

Bruce tirava o *kit* forense do porta-malas, calmo, mascando chiclete.

O policial conversava com outro homem, que Barbara deduziu ser o que encontrara o corpo. Era um *inupiat* baixo, usando casaco forrado de peles. O giroflex foi desligado, e então o policial aproximou-se, olhando para os três.

— Sou o oficial Marks, aquele é o oficial Begoy, o segundo a chegar em cena. Assinem aqui, por favor.

Ele se identificava mais para Barbara do que para os dois outros homens, que obviamente o conheciam. Estendeu uma prancheta com o formulário de controle da cena do crime. Harris escreveu o cargo, nome e assinou. Barbara e Bruce fizeram o mesmo. O policial Marks falou:

— O nome dele é Robert Tsosie. Disse que faz esse percurso todas as manhãs e hoje percebeu uma mancha na neve. Diz que se aproximou com sua lanterna e viu a vítima. Segundo ele, não tocou nela. Telefonou para a polícia com o celular. Cheguei cinco minutos depois e chequei os sinais vitais, mas, só de me aproximar, percebi que não estava viva. Aí liguei para a central. Não encostei em nada e isolei a área. Begoy acabou de chegar e me ajudou com os holofotes.

Bruce checou o relógio:

— Tirou fotos de Tsosie?

Ele balançou a cabeça para negar.

Harris cruzou os braços e observou.

Bruce deu uma olhada em volta, como se pensando em como proceder.

— Tire fotos dele, as botas, em especial, luvas, tudo, de perto. Não pode ser com câmera digital, se não eles não aceitam no tribunal.

— Tem uma no *kit*, e filme — Harris acrescentou.

Bruce continuou:

— Depois, tirem impressões da bota dele e coletem neve e seja lá mais o que encontrarem nas solas. Peguem as tiras adesivas e passe nas mãos dele, vamos ver se têm resíduos de pólvora, nunca se sabe.

O policial assentiu.

Bruce agachou-se e abriu a maleta no chão. Entregou ao policial o material necessário e tirou luvas cirúrgicas.

— Tá vendo o que faz a falta de verba, sargento? Não temos *spray* para tirar as marcas de pneus ou sapatos da neve. Da próxima vez que tiver que fazer um relatório daqueles…

— Já entendi, Bruce. — Harris suspirou. — Sua vida é uma merda. Vamos logo com isso. Usaremos tinta *spray*, dá no mesmo.

Forçando-se a agir como uma detetive, e não como uma mulher horrorizada com o que via, Barbara estendeu a mão para o parceiro.

— Luvas para mim. Não precisa economizar tanto assim.

Ele não respondeu, mas entregou um par para ela. Os dois removeram suas luvas de couro e começaram a vestir as de látex. Calçaram as *booties*, botinhas de feltro que cobriam os calçados para que não tirassem ou deixassem evidências na cena.

Bruce pegou uma lanterna da maleta.

— OK, Castelo, vamos para sua primeira cena de homicídio.

— Livre-se do chiclete primeiro.

Ela sentiu o olhar dele. Acostumara-se com o desprezo do parceiro. Ele sabia que ela tinha razão, chicletes são uma péssima ideia em cenas de crime. Bruce tirou uma sacolinha de evidências do *kit* e cuspiu o chiclete dentro. A bola cor-de-rosa deslizou para o fundo, deixando um rastro de saliva. Ele a entregou para o policial:

— Joga fora.

Caminharam até o losango torto com o cadáver no centro, deixando Harris para trás, sentindo a supervisão dele como se fosse um toque. Os dois policiais tiravam impressões das botas de Tsosie.

Ela esperou Bruce entrar no losango como um boxeador entra num ringue. Não podia cometer erros ou vomitar e chorar ao olhar para o corpo. Ainda estava sendo observada, e um detetive do sexo masculino chorando era apenas humano, uma mulher desmanchando-se em lágrimas era fraca. Observou o rosto de Bruce. As bochechas do parceiro estavam avermelhadas, assim como a ponta do nariz.

Bruce movia o feixe de luz pálida pela neve, paciente. Ela contou seis passos até chegaram à vítima. O círculo de luz correu o corpo enegrecido. Controlou-se para não soltar um suspiro de tristeza ou um som de nervosismo, com medo de que Bruce encarasse aquilo como frescura. Mas foi ele quem murmurou primeiro:

— Puta merda, Castelo. Olha o tamanho dela.

*Uma menininha*, ela quis complementar. Em vez disso, disse:

— Pelo menos ainda está com alguns pedaços da roupa e um pouco do cabelo. Talvez tenhamos sorte com evidências.

— Tá sentindo o cheiro?

— Carne queimada e gasolina.

— Ele a queimou aqui, acho.

Barbara olhou para ele.

— Parece que foi consumida pelo fogo exatamente nesse lugar, sem se mexer.

— Já estava morta.

Ela sentiu um alívio que só abriu espaço para outros receios. Mesmo se não tivesse sido queimada viva, a menina poderia ter sofrido outras violências antes de morrer.

Apenas a pele havia sido queimada. Ainda tinha a robustez da carne, os ossos não estavam expostos, e o sexo da criança era fácil de ser identificado pelo formato. Bruce continuou a primeira análise:

— Tá vendo que só tem vestígio de tecido na parte de cima? Reza para encontramos DNA nela.

Ela engoliu um volume imenso de saliva. Não queria encontrar sêmen no canal vaginal daquela criança.

— Ele queimou o corpo para eliminar evidências. Talvez a superfície inferior esteja em melhores condições para o laboratório.

Bruce mordeu o lábio.

— Numa cidade desse tamanho, a mãe dela já teria entrado na delegacia aos prantos. Saberíamos que uma criança está desaparecida. Isso não aconteceu.

— Acha que os pais estão envolvidos?

— A menos que os pais estejam mortos também, talvez um homicídio seguido por suicídio. Ou que não tenham dado falta dela, limitando muito o período no qual deve ter sido levada. Temos dois postos de gasolina na cidade, talvez alguém que more perto deles viu algo.

— Já viu algum crime desse tipo aqui?

Bruce fitava o corpo. Balançou a cabeça.

— Não. Nem de crianças, nem de corpos queimados. Mas vou checar o computador.

— Ele a queimou neste lugar, mas não há sangue nem roupas. Ela não foi morta aqui, essa é uma segunda cena.

— Sim, ele trouxe o corpo para cá. É um lugar isolado, a menina é leve, ele nem precisou arrastar. — Bruce levantou-se. Gesticulou com as mãos. — Queimou o corpo, voltou para limpar a primeira cena e deve ter incinerado as roupas também.

Ele se virou em direção à estrada e iluminou a neve com a luz da lanterna.

— A nevasca cobriu as marcas de pneus — Barbara concluiu em voz alta. — E de pegadas, claro. Vamos pegar amostras de neve próximas do corpo e em direção à estrada.

Bruce olhou o corpo por um minuto.

— Então, vamos às perguntas: Por que aqui? Por que assim? Por que ela? Por que ontem?

Ela falou as obviedades iniciais:

— A lua estava grande, ele não teria precisado de lanterna. E se planejou fazer isso durante a nevasca para apagar seus rastros, significa que tinha acesso rápido à menina.

Bruce assentiu.

Ela suspirou.

— A única coisa que consigo pensar é que ontem foi o primeiro dia de noite.

Ele levantou a sobrancelha para a expressão "primeiro dia de noite".

— Sexta-feira, dia 18. Mas por que aqui?

— Bem, estamos no meio do caminho entre Hollow Trees e Barrow. Como não há empregos em Hollow Trees, pode ser que more lá e trabalhe aqui.

— Como você. — Bruce sorriu.

— Como eu. — Ela forçou um sorriso cínico.

— Beleza, então vamos pensar na nossa vítima. Criança, sexo feminino, sem roupas de baixo. Ele é pedófilo, um predador sexual, muito provavelmente conhece a mãe ou o pai da vítima. Primeira coisa a fazer seria procurar ofensores sexuais registrados no sistema, depois dar uma olhada nos amigos mais próximos dos pais.

— Tá, mas… por que *assim*, Bruce? Queimada… corpo posado…

Ouviram a voz áspera de Harris:

— Comecem a andar, já liguei para o legista, precisamos tirar esse corpo daí. Deus me livre os civis começarem a chegar.

— Como costuma fazer? — ela perguntou para Bruce.

— Em espiral. Eu faço.

— Eu faço, Bruce.

Ele a ignorou.

— Sai da cena, eu faço, te chamo se precisar.

Ela sentiu a bochecha queimar e o familiar nó de raiva na garganta. Abaixou para passar por baixo da fita amarela e caminhou até Tsosie, enquanto Bruce começava a caminhada numa espiral a partir do corpo e ia expandindo, com o propósito de identificar evidências deixadas pelo agressor. Sentiu Harris olhando enquanto se aproximava da viatura do segundo policial.

Tsosie desencostou do carro. Estendeu a mão.

Ela não apertou.

— Protocolo, desculpa. Sou a detetive Castelo, preciso que vá à delegacia o mais cedo possível para dar uma declaração.

— Sim, isso não é problema.

Ele não estava nervoso, mas não olhava para o corpo, mantendo-se afastado. Era um homem de aparência típica, carregando genética esquimó e *inupiat*, em trajes modernos. Como muitos dos habitantes, vivia de pesca de baleias. Não tinha cheiro de peixe naquela manhã, o que batia com sua história de que estava a caminho do trabalho quando avistou o corpo. Ela fez um gesto de mão e o policial entregou o depoimento inicial de Tsosie.

43

— Robert Will Tsosie, mora em Barrow há quanto tempo?

— Desde que nasci. Minha família nunca morou em nenhum outro lugar. — Havia um tom de orgulho na declaração.

— Carrega alguma arma com você? Por causa do trabalho?

— Não, usamos arpões especiais para caçar baleias, mas ficam no barco, não carrego comigo.

— Para proteção, carrega algo? Canivete suíço? Anda bastante no escuro, sozinho...

— Não carrego nada, detetive, pode checar.

Ela devolveu o papel para o policial.

— Te vejo mais tarde na delegacia, tá liberado.

Ele acenou uma vez em agradecimento e caminhou em direção à estrada até sumir de vista.

— Ei! Ei! — Bruce chamava a todos com as mãos. — Olhem isso.

Aproximaram-se, e ele mexeu a lanterna, a projeção redonda circulando o corpo. Conseguiam distinguir algumas pontas de objetos espalhadas ao redor da menina. Bruce entregou a lanterna para Barbara, que, mesmo não gostando de ser tratada como auxiliar, iluminou o objeto mais próximo. Bruce puxou uma vela preta, queimada até metade.

Marks, o menos abalado dos dois policiais, abriu uma sacola impressa com EVIDÊNCIA, e Bruce colocou a vela dentro. O policial selou-a e começou a anotar as informações no espaço designado.

Barbara viu receio nos olhos de Harris. Bruce baixou a voz.

— Se isso foi alguma porra de ritual de magia negra, vamos ter um problema em mãos, chefe.

Harris deslizou a mão no rosto, do buço ao queixo.

— Quero vocês dois coletando evidências, o Marks e o Begoy vão colocar tudo nas sacolas e preencher as informações. Vamos manter tudo certinho na cadeia de custódia. As evidências serão agrupadas por eles, depois passarão para vocês, quero tudo anotado. Não podemos errar.

Ele se virou e entrou no carro de Bruce. Murmurou que pegassem carona com os policiais de volta para a delegacia.

Trabalharam em silêncio. Marks e Begoy ajudavam a embalar o que encontravam. Por vezes, alguém reclamava do escuro e o clima geral era de apreensão. Nos filmes, casos de sacrifício ritual são comuns, mas na vida real são raros, e quase sempre apenas simulações para confundir os investigadores. Naquele momento, os quatro tinham certeza de que estavam lidando com a exceção.

O legista chegou. Era um clínico geral com especialização e licença para conduzir as autópsias quando necessário. Anderson Gates era um homem baixo, peludo e muito didático. Saiu do carro bem no momento em que a ambulância chegou.

Gates e o motorista apertaram as mãos e trocaram palavras entre si, para só então se dirigirem até a parte de trás para pegarem o saco de transportar o corpo.

Os policiais tiraram as fitas e o corpo foi levado. Já tinham fotografado a cena e esperaram os outros esconderem a criança. Quando o corpo não estava mais lá, Barbara sentiu um alívio imenso.

Uma vez que saíssem da cena do crime, nada que fosse encontrado posteriormente seria válido num tribunal. Barbara sentiu como se tivesse esquecido alguma coisa ao sair de casa, só que com um peso opressor.

Finalmente no carro do policial Marks, Bruce dirigiu-se a ela.

— Sabe que os resultados da autópsia vão levar um tempão para chegar, não sabe? E pode esquecer DNA e outras coisas de laboratório, não temos a verba.

Ele achava que ela era uma idiota, ou falava daquele jeito só para provocar? Marks pareceu alheio à conversa dos detetives quando ligou o carro e tomou a estrada.

Ela respondeu:

— Em São Francisco, não adiantava ter a verba para o laboratório, porque, na melhor das hipóteses, o resultado de um exame de DNA levava três dias. Sei fazer meu trabalho sem essas regalias. Vou começar pelo banco de dados.

— Eu checo o registro de crianças desaparecidas e depois vamos até a escola, pode ser assim?

Ela encolheu os ombros, desejando poder mandá-lo à merda. Não podia bancar a difícil ou antissocial. Além disso, Darnell tinha respeito no departamento, e ela ainda era vista como uma forasteira.

Bruce entrou na sala de Harris e fechou a porta. A cada ano, o escritório parecia menor para ele. A poltrona com estofamento manchado deslizou contra o carpete sujo de neve quando ele a puxou. Harris estava tenso quando se olharam.

— Gates foi rápido. Identificou a menina pelos registros dentais com a ajuda da dentista Vanessa Cambrim. Ela estudava na escola Fred Nukilik, tinha nove anos e se chama Mollie Green. Conhece os pais?

Bruce balançou a cabeça. A pergunta era sensata, dado que Morgan, a filha de Bruce, também estudava naquela escola.

— Ele falou mais alguma coisa?

— Não, precisa esperar os pais antes de começar a autópsia.

— Foi você que ligou?

Harris brincava com um lápis amarelo.

— Sim, liguei há alguns minutos. A mãe vai fazer o reconhecimento e vai ser uma merda. Assim que a bola baixar, quero que pegue o depoimento dela, e quero Castelo com você, uma presença feminina vai ser importante.

— Vai mais atrapalhar do que ajudar, sargento, a Castelo é fria, ela não passa o conforto que você tá esperando. É boa para interrogar estupradores, mas não famílias de vítimas.

— Bruce… obedeça minhas ordens, partindo do pressuposto de que se eu cheguei aonde estou, é porque sei o que estou fazendo, tudo bem?

Bruce assentiu, sentindo uma vergonha tímida, passageira.

— Tá, e o pai? Vem junto?

— Quero que fique de olho nele também. O próximo passo é ir à escola da garota, mas você tem uma ordem de restrição, e não quero que corra o risco de encontrar Tracy por lá. A Castelo pode interrogar os professores, enquanto isso, você preenche a papelada e espera o parecer do Gates.

Bruce engoliu a frustração porque não tinha escolha. Harris não gostava de ter sua autoridade questionada e ele já pisara naquele calo durante a conversa.

— Entre nós dois… — A voz de Harris saiu mais baixa. — O que acha da cena? Daquelas velas? Só uma distração ou uma coisa séria?

Bruce não pôde evitar olhar para a mesa. Lembrou-se de que, quando era garoto, a coisa toda do "instinto de policial" parecera forçada, mas aprendera a confiar nele durante todos os anos no trabalho.

— Acho que é real, senhor.

Observou Harris distraído e notou que o homem louro estava ficando calvo, que as olheiras estavam mais escuras e que a pele flácida no pescoço começara a denunciar sua idade. Não imaginava o departamento sob a supervisão de nenhum outro sargento. Não havia ninguém ali apto para ser promovido àquele cargo. Bruce poderia ser cogitado, não fosse o episódio recente de violência doméstica.

"Violência doméstica". Termo tão difícil de engolir para ele quanto "separação". Violência era sua infância, era a palavra certa para descrever os atos de seu pai contra sua mãe. Era o que ele nunca deixaria que tocasse Tracy ou Morgan. E, por causa de um momento de descontrole, era a palavra que os colegas evocavam quando ele entrava na delegacia. *Tornou-se aquele desgraçado que aos três anos você já não chamava mais de pai, Bruce. Parabéns.*

O silêncio indicou que a conversa havia acabado. Bruce apoiou-se nos braços da poltrona para levantar-se, quando Harris fez um gesto para que esperasse.

— Não quero reclamações suas, aqui, tome... — Ele abriu uma gaveta e tirou uma caixa do tamanho de um jogo de baralho. — É para você e Castelo. Vai aproximar os dois.

Bruce leu o rótulo azulado e cheio de estrelas. "O Jogo do Autoconhecimento: 100 perguntas". Olhou para Harris, que o dispensou com um gesto impaciente.


Barbara observava Bruce na sala do sargento. *Velhos amigos,* pensou com desgosto, *um protegendo o outro. Nunca vou a lugar algum aqui.* A parte mais adulta de sua consciência respondeu: *Ora, boneca, não me diga que não sabia disso.*

Ela levou o café à boca e sentiu a temperatura ótima, mas o gosto fraco. Era quase hora do almoço e não tinham progredido em nada com o caso. Lá fora, o céu continuava negro. O desespero bateu e se dissolveu. É só a cor do céu. É só a ausência de sol, de calor e de luz. Não vai matá-la. Olha só os outros, eles já se acostumaram. Você também vai.

Viu Bruce sair do escritório com uma caixinha na mão, a forma confiante de andar que contribuía para o ar de arrogância dele. Mesmo assim, seus passos eram um pouco pesados, como se mal conseguissem conter sua altura e seu peso. Era forte daquele jeito que alguns homens são, com ossos largos e carne endurecida. Ela pensou num soco daqueles no rosto de uma mulher e engoliu o café com um pouco de raiva. O parceiro jogou a caixa na mesa e foi até a copa. Parou quando percebeu que ela estava ali, então continuou andando.

Barbara moveu-se para o lado para que ele pegasse o bule de vidro da cafeteira e se servisse num copo de papel.

— O legista localizou a menina pelos registros dentais — ele murmurou. — Mollie Green, nove anos. A mãe está a caminho.

— Que droga — ela respondeu. Já tivera que lidar com vítimas em estados de depressão e desespero, mas nunca com uma mãe de criança. — Não consigo, nem quero imaginar... — ela parou. Estava se abrindo demais.

Bruce tomou um gole e perdeu o olhar na mesinha suja de *ketchup*.

— Também não quero imaginar a sensação.

Barbara achou que ele pareceu sincero. *Ele ama a filha. É um babaca, mas ama a filha.*

— O que Harris te deu?

Ele a encarou.

— Uma merda de um joguinho de baralho para que eu e você possamos criar um vínculo emocional. — As últimas palavras foram pronunciadas com sarcasmo.

Aquilo era um sinal de que a animosidade entre os dois estava incomodando Harris. Ela queria que o sargento gostasse dela. Queria que um dia ele falasse bem dela para o pai. Admitiu que também gostaria de ter um bom relacionamento com seu parceiro. Arriscou:

— Acha que vale a pena tentar?

— Acho que vale a pena fingir que tentamos. — Ele deu um sorriso forçado e saiu da copa, os passos pesados até a mesa, onde começou a organizar seus relatórios.

Sentindo-se uma idiota, jogou seu copo no lixo e olhou para a janela. Noite. Era sempre noite ali.

Foi interrompida por um choro baixo e murmúrios. Uma mulher estava sendo amparada por Harris e pelo capitão, John Forster, enquanto Bruce e os outros dois detetives olhavam para ela com receio. Tinha um aspecto bagunçado, os cabelos louros despenteados por baixo do gorro preto, e a voz saía descontrolada.

— Onde ela está, cara? — As mãos estavam em punhos perto do peito. — Cadê ela, por favor?! O que fizeram com ela?

Barbara tentou distanciar-se do estado de dor daquela mulher. Deixou que a detetive dentro de si tomasse as rédeas e deu alguns passos até lá para observá-la melhor.

Harris falava baixo enquanto Forster olhava com uma ruga na testa. O clima no escritório era de um funeral, o silêncio dos outros era solidário.

A mulher desabou no peito de Harris. O gesto não pareceu tolo para Barbara, que lembrava bem de abraçar uma médica que nunca vira antes no dia em que sua mãe morreu. Algumas horas, um apoio é um apoio, não importa quem o oferece. Harris dizia palavras delicadas para a mulher enquanto ela soluçava.

Bruce virou o rosto e encarou a parceira. Nos olhos dele, ela viu seus próprios pensamentos: *não foi ela*.


Barbara sentou-se ao lado do parceiro. Tentou não se distrair com a luz vermelha piscando na câmera de vídeo afixada num tripé. Harris achava melhor filmar os depoimentos. Ela se perguntava do que ele tinha medo, mas supôs que, no lugar dele, também estaria nervosa.

Do outro lado da mesa, a mulher havia tirado o gorro preto e penteado o cabelo com as mãos. Não usava maquiagem, os olhos e a ponta do nariz estavam avermelhados, e parecia ter uns quarenta e cinco anos. Acabara de voltar do necrotério, onde identificou a filha.

— Por favor, diga seu nome completo, data de aniversário, endereço e profissão.

A mulher balançava a cabeça.

— Eu me identifiquei com um policial quando fui ver... Mollie. — A última palavra saiu com um enrugar do rosto.

— Sabemos, isso é apenas procedimento-padrão, senhora Green. Prometo que faremos essa entrevista o mais rápido possível.

— Ai... — ela suspirou, olhou para a câmera. — Sou Anna Green, nascida em sete de maio de 1973. Moro na Okpik Street. Sou recepcionista num escritório de advocacia.

— Quando viu Mollie viva pela última vez?

Anna Green tinha os olhos úmidos e fitava a superfície da mesa. Barbara estudava seus gestos. Bruce observava em silêncio.

— Ela disse que ia ficar estudando no quarto dela. Ontem à noite. Eu fiquei na sala, vendo televisão. Peguei no sono, eu trabalho muito, acordo cedo... estava cansada.

Anna disse a última palavra com pesar e ódio próprio. Então enrugou mais uma vez o rosto e começou a soluçar, o peito arfando. Sussurrou em meio ao choro:

— Desculpa, filha... desculpa, meu anjo...

Barbara engoliu em seco.

— Sra. Green, como era o relacionamento de Mollie com o pai dela?

Anna fechou os olhos e puxou ar pela boca, tentando acalmar-se.

— Nem sempre bom. Tom tem um temperamento difícil, consegue ser muito agressivo com as palavras... mas é o jeito dele, as pessoas não entendem...

Barbara sentiu o olhar de Bruce no dela.

— Quando Mollie e o pai se viram pela última vez?

— Fim de semana passado. Ele tem que passar dois fins de semana com ela todo mês, mas como divide a casa com outros homens, combinamos que ela não pode dormir lá. Temos um acordo com a mãe de uma amiga de Mollie, que mora perto de Tom, e minha filha passa a noite com ela e o domingo com o pai.

Os detetives ficaram em silêncio. Barbara deslizou uma folha de papel e uma caneta para Anna.

— Preciso que escreva o nome da amiga de Mollie, da sua mãe, e o endereço delas. O endereço do pai também, e os nomes dos homens que moram com ele.

Enquanto anotava o que foi pedido, Anna olhou para cima. Uma ruga formou na testa dela.

— Vocês… não estão achando que Tom possa ter algo a ver com isso, estão?

— Precisamos checar tudo e todos, Sra. Green, não é pessoal, é procedimento — disse Bruce.

Anna balançou a cabeça.

— Não é possível.

— Às vezes é, Sra. Green. — Barbara falou com delicadeza.

— Precisamos checar.

Anna Green olhou os dois detetives com impaciência.

—Vocês nunca viram Tom, não é?

Quando Tom Green entrou na delegacia, girando sua cadeira de rodas com habilidade notável, Barbara sentiu-se aliviada e decepcionada. Era impossível um homem naquelas condições ter cometido um crime daquele tipo sem ajuda.

Bruce olhava para ela, de pé, bebendo café na copa.

Barbara falou baixo:

— É bem possível que os pais não tenham nada a ver com essa história.

Bruce suspirou.

— Primeiro, vamos ver como o pai se sai nessa conversa.

Na sala de interrogatório, Tom parecia incapaz de parar de chorar. Apoiava o rosto nas mãos e soltava um chiado angustiado, *staccato*. Era um homem de aparência comum, não fosse o tronco e braços musculosos e pernas finas, descansando na cadeira de rodas.

Barbara sempre sentia desconforto na presença de pessoas com deficiências físicas. Temia parecer condescendente ao falar com eles, ou ser grossa ao fingir ignorar suas dificuldades. Queria demonstrar que imaginava o quanto deveria ser difícil e, ao mesmo tempo, que não tinha pena deles, não os via como inferiores de forma alguma. Queria poder expressar empatia pelas dificuldades que encaravam todos os dias, que ela não estava imune a um dia estar numa condição igual, mas que compreendia que era possível que tivessem vidas plenas e felizes mesmo sem poder andar, correr ou dançar. Não fazia a mínima ideia como alguém reagiria se ela verbalizasse aquilo, e, com receio de ofender, fazia o que detestava: fingia que não sentia nada.

— Sr. Green, sei que é um momento difícil, mas precisamos da sua colaboração para encontrar a pessoa que machucou sua filha.

Ele não parecia ter ouvido.

Bruce falou.

— Sr. Green, seu relacionamento com Mollie. O que pode nos dizer sobre ele?

— Eu não fui... — Ele enfim olhou para cima. — Não fui um bom pai, não nasci para lidar com crianças e muito menos meninas...

brigávamos... Mollie não me obedecia, não gostava de ficar comigo nos fins de semana.

— Quando a viu pela última vez?

Ele fixou o olhar em Barbara. Esfregou as lágrimas do rosto.

— No fim de semana passado. Ela foi para lá no sábado. Meus colegas de quarto estavam fora, então ficamos em casa, assistimos televisão e eu fiz um macarrão para o almoço. Não conversamos muito. Ela quis ficar sozinha, lendo uma revista dessas de meninas, sabe?

Ele perdeu-se num devaneio. Falou com a voz entorpecida:

— E eu assisti a um filme. Deveria ter conversado com ela.

— Mollie dormiu na casa com você?

Ele encarou Bruce e respondeu:

— Não, ela não dormia lá. Moro numa casa pequena, com dois caras que dividem o aluguel comigo. Tem muita gente que faz isso aqui, com os preços como estão. Não tem lugar para uma menina lá, não parece legal, sabe? Então levei minha filha, como sempre, para dormir na casa da Joyce Manning, já que a filha dela é a melhor amiga de Mollie.

A declaração batia com a de Anna Green, o que deixou Barbara intrigada. As histórias estavam bem alinhadas, e aquilo geralmente indicava verdade, mas, às vezes, narrativas começam a apresentar discrepâncias relevantes com o tempo. Ela não queria esperar. Sentia-se oca e sabia que o vazio só passaria quando pegasse o assassino de Mollie.

— Viu Mollie no domingo? — Bruce perguntou.

— Fui buscá-la, mas ela preferiu ficar com a amiga.

— Anna disse que sim, Sr. Green.

— É o que Mollie disse a ela...olha, minha filha não gostava de ficar comigo, OK? Quantas vezes vão me forçar a admitir isso?

— Não precisa se alterar — Bruce falou, como se buscasse justamente que Tom Green perdesse a paciência. Tom falou mais alto, as palavras vazando ódio e arrependimento.

— Não tenho assunto com uma menina de nove anos, não entendo como ela pensa, do que ela gosta, e nunca me dei ao trabalho de descobrir. Sempre pensei que seria mais fácil quando ela crescesse! Quando fosse adulta, eu poderia explicar e ela entenderia... merda, merda... Mollie...

— Sr. Green, o que aconteceu no domingo passado?

Com Barbara, ele foi mais brando:

— Nada... quer dizer, ela disse que preferia ficar com a amiga, e eu fiquei aliviado. Meu Deus, eu fiquei aliviado... — Ele enrugou o rosto e balançou os ombros, o choro saindo em chiados angustiados.

Barbara fez um gesto para que Bruce permitisse ao homem o tempo necessário para voltar a sua narrativa.

O silêncio forçou Tom a controlar-se. Após alguns segundos de pranto, continuou:

— A mãe da amiga dela disse que ela poderia ficar lá, que não tinha problema. Fui embora. Não falei com Mollie depois, e vocês me ligaram hoje... Anna... ela não merece isso. É uma boa mãe.

Bruce levantou-se, a caneca de café na mão soltando vapor fantasmagórico. Deu alguns passos pela sala, enquanto Barbara e Tom o acompanhavam com o olhar.

— Como foi parar nessa cadeira de rodas, Tom?

Barbara observou o homem, vergonhosamente aliviada que Bruce fizera a pergunta por ela.

— Fui atropelado no verão de 2005. Estava noivo de Anna. O carro deslizou na neve, eu estava voltando do supermercado. Nem bateu com tanta força, mas... foi o suficiente.

— Mollie nasceu em 2007 — Barbara falou, baixo.

Tom pareceu entender o que estavam querendo perguntar:

— Sim, eu funciono lá embaixo, se é o que querem saber, minha área sacral não foi afetada. Eu e Anna achávamos que seria o suficiente para o casamento durar. Não foi. Eu não tentei ser um bom marido e muito menos um bom pai. Achei que, por causa do que tinha acontecido comigo, eu não devia mais nada a ninguém, que todo o esforço deveria vir dos outros... Anna me disse tudo isso, e ela estava certa. Mas conhecer seus defeitos nem sempre é o suficiente para conseguir mudá-los. Nós nos separamos quando Mollie tinha três anos.

— Onde estava ontem à noite, Sr. Green?

— Na minha casa, com meus colegas de quarto. Assistimos a um seriado na televisão, e Bernie fez o jantar. Pergunte a eles, detetive Castelo. Você por acaso encontrou marcas de cadeira de rodas perto do corpo da minha filha para me considerar um suspeito?

— Estou fazendo meu trabalho, Sr. Green.

Ele balançou a cabeça, o olhar desolado fixo na mesa entre eles. Bruce aproximou-se dele.

— Precisamos que fique disponível para outras perguntas. Estamos fazendo nosso melhor para encontrar o assassino de Mollie.

E então Bruce abriu a porta para Tom Green. O homem rodou para trás, flexionando os músculos por baixo da blusa, e, num gesto ágil, virou a cadeira em direção à porta. Foi quando Bruce largou a caneca de café. Por impulso, Barbara levantou da cadeira, enquanto Tom olhava para suas coxas e a caneca batia no piso acarpetado sem fazer som.

Quando ela entendeu, Tom já olhava para Bruce com tristeza.

— Perdão — Bruce falou.

O homem não respondeu e saiu da sala com as calças pingando.

Barbara olhou para Bruce, sentindo o velho ódio pelo parceiro aflorar.

— Se tivesse dado certo, se ele tivesse reagido com berros e tivéssemos solucionado esse caso, você não estaria me olhando com essa cara. Eu seria considerado um gênio, e não um babaca sem sentimentos. Tive que tentar, Castelo, sabe disso.

56

Ela sabia daquilo, sim. Sem falar, saiu da sala, deixando o parceiro sozinho.

Harris estava esperando por ela quando o expediente acabou. Barbara viu Bruce sair com alguns policiais uniformizados que haviam acabado o turno às quatro e ficado até às cinco para preencher papelada. O escritório estava praticamente vazio quando ela guardou suas coisas, vestiu o casaco e preparou as luvas e o gorro para enfrentar o frio a caminho do carro.

— Senhor — murmurou ao entrar.

Harris fez um gesto para que ela se sentasse. Esperou um pouco antes de começar.

— Foi um dia estranho. Tá tudo bem com você?

— Fez a mesma pergunta para meu parceiro?

— Não, não fiz. Conheço Bruce há muitos anos e ele tem mais experiência do que você. Não me preocupo com ele.

— Não se preocupe comigo, senhor.

Harris a observou por uns instantes.

— Castelo, tivemos uma conversa quando você chegou. Eu perguntei por que estava em Barrow e você respondeu que estava querendo trabalhar num lugar menor, para se sentir mais próxima da comunidade e ter certeza de que seu trabalho dava resultados.

Ela não respondeu, mas sentiu que Harris estava cruzando a linha que separa o profissional do pessoal.

— Nós dois sabemos que treinou essa resposta no avião, a caminho daqui. — Harris suspirou. — Mas você se adaptou, embora não seja muito social, e fez um trabalho impressionante com crimes sexuais.

— Obrigada, sargento.

Ele levantou um dedo indicador, apontando para o teto.

— Mas este caso muda tudo. Vai aterrorizar esta cidade. Entende que há uma ameaça real lá fora? Para as crianças daqui?

Embora sentisse a verdade daquelas palavras desde que vira a cena do crime, a declaração de Harris, naquele momento, validou seus receios.

— Então, vai me contar ou não? — Ele olhou nos olhos dela, e ela sentiu que era uma intimação.

Barbara ganhou um segundo para pensar enquanto umedecia os lábios. Começou com a verdade:

— Minha avó faleceu há quatro meses. Embora eu não a visse desde a adolescência, ela me criou, junto com minha mãe. Éramos muito próximas, e fiquei mal.

Harris esperou que ela continuasse, e foi quando ela tomou um atalho.

— E então eu senti que precisava passar um tempo sozinha, viver meu luto… que não deixa de ser um luto duplo porque… — A verdade debatia-se para chegar à superfície e respirar, mas Barbara empurrou-a de volta para baixo. — Porque quando se perde alguém, parece que os outros mortos… despertam.

Harris suavizou a ruga de preocupação e seu rosto ficou mais amigável. Inclinou-se na mesa.

— Sei que perdeu sua mãe ainda muito jovem, e foi quando saiu do Brasil e veio para os Estados Unidos para morar com o capitão Shaw, seu pai.

Ela engoliu e assentiu, tentando manter o rosto inexpressivo.

*"É filha do herói ou do assassino?"*, ela temia que a pergunta a enlouquecesse. Para silenciá-la, falou:

— Sim, foi quando fui morar com meu pai.

Harris tamborilou os dedos na superfície da mesa.

— Barbara, eu me preocupo com a falta de ambição que vejo em você. Sair de um departamento como o de São Francisco para vir para Barrow é como enterrar sua carreira. Não sei se é algo que devo admirar ou temer em você.

— Andou falando com meu pai?

— Conversamos por telefone semana passada.

A raiva tinha um gosto amargo na boca. Fez o melhor para escondê-la.

— Eu liguei, ele foi gentil. Conversamos sobre sua carreira, apenas, nada pessoal, eu garanto.

Ela se sentiu infantilizada, quase humilhada com aquilo. A raiva pelo pai, que começara a efervescer desde as revelações de Tavora, despertou mais uma vez o sentimento de culpa e de confusão dentro dela.

Harris continuou:

— Só quero saber o que esperar de você.

— Não tenho a mínima vontade de ser sargento ou capitã um dia, mas isso não é motivo para se preocupar. Só significa que quero me aposentar como detetive de homicídios e poder morrer com a satisfação de ter colocado o maior número possível de assassinos e estupradores na prisão.

Aquilo soou novo para ela e, ao mesmo tempo, completamente verdadeiro.

A próxima frase de Harris arrepiou os pelos de Barbara.

— É realmente filha do seu pai.

*Não sei,* pensou em dizer, amarga. Mas assentiu.

— Posso ir?

Ele aquiesceu com um gesto de cabeça. Estava prestes a sair quando ele perguntou:

— O que acha deste caso?

A resposta dela também foi sincera:

— Não faço a mínima ideia do que pensar sobre este caso, senhor. Vou seguir as evidências.

Barbara caminhou na neve até sua caminhonete. O motor chiou antes de roncar e ela deu um suspiro, esperando esquentar-se um pouco na segurança do veículo.

*Ligou o rádio, e na estação local falava-se da chegada do inverno e da escuridão, num espírito de "chegou aquele momento no ano de novo, senhoras e senhores, vamos curtir o pior pesadelo da maioria dos mortais ao som de Frank Sinatra, por que não?".* Ela tirou as luvas e esfregou as mãos, soltando ar dos pulmões para aquecer os dedos. O que parecera uma opção temporária de cura espiritual na solidão daquele lugar agora era mais como um suicídio gradual. Descobrira cedo que Barrow era um lugar inóspito, mal-humorado, quase homicida.

Pensando na conversa com Harris, interrompeu Sinatra no meio de um longo *"aaall"* e enfiou o CD da banda Pantera no tocador de discos ancião. Sorriu ao ouvir os primeiros segundos de *Cemetery Gates*. Pisou no acelerador, sentindo a tração relutante do pneu contra a neve, e iniciou a jornada para Hollow Trees.

Todos os dias após o trabalho, ela precisava sair de Barrow e dirigir por uma hora em uma continuação da Stevenson Street até a minúscula aldeia vizinha, um conjunto de casas isoladas no meio da neve que recebera o nome de Hollow Trees, um mundo por si só, um retrato preciso de todas as implicações da palavra "isolação".

As viagens de ida e volta eram um ritual de meditação regado ao som de *rock* pesado. Uma hora durante a qual, todas as manhãs, podia perder-se no azul-acinzentado do oceano ao seu lado esquerdo, olhando as pepitas de ouro que cintilavam na superfície quando a luz solar beijava a água. Ela deixava a paz da solidão tomar conta e guiá-la às memórias leitosas da infância, aos momentos bons de sua história que escolhia com o egoísmo e divertimento de quem escolhe chocolates de uma caixa. Depois de um tempo, as casas sobre palafitas de Barrow começavam a aparecer. Eram pintadas de cores fortes, mas sempre pareciam pálidas, tristes e cercadas por veículos menores para transporte na neve, pequenos barcos, e até contêineres de navio. Chegava em poucos minutos à construção retangular, pintada de azul, que era o Departamento de Polícia de North Borough.

O regresso tinha um gosto muito melhor. Ela via o mundo escurecer à medida que se aproximava de Hollow Trees. Quando embicava o carro na frente de casa, sentia que chegava a uma toca secreta com propriedades mágicas de cura. As paredes interiores em tons terrosos e avermelhados denotavam o desespero com o qual Barbara precisava de um útero simulado para sentir-se bem.

Dirigindo, mais relaxada, e decidindo não pensar em Harris e muito menos na chegada do inverno polar, ela se perguntou como estaria o clima no Brasil. As pessoas já deveriam estar usando roupas curtíssimas, comprando aparelhos de ar-condicionado em doze prestações e planejando em qual casa de praia passariam as festas de fim de ano. Recusando a onda de saudades, ligou os limpadores de para-brisa contra os flocos do começo de uma nevasca.

Pensou no pai. Ele fez questão de ajudá-la a embalar seus pertences e participou do processo de mudança. Shaw aproveitou o tempo com a filha para tentar entender seus motivos. "Parece divertido e exótico, tenho certeza...", ele começou, a última palavra sumindo ao som de fita adesiva sendo puxada para lacrar uma caixa de papelão, "mas, com o tempo, cansa e deprime, Barbara. A cidade é feia, o clima é hostil, os recursos do departamento de polícia ali são escassos, e você ainda por cima escolheu a casa num lugar onde ficará completamente sozinha."

"Passa o estilete", foi a única resposta dela.

Shaw tentou dissuadir a filha apenas outra vez. "É uma jovem excepcional e chegou tão longe em tão pouco tempo." Tocou a mão dela, e ela a removeu. "... sei que tem se sentido perdida há um tempo, e sei que parte da culpa é minha. Mas fique aqui. Se precisa ouvir que tenho orgulho de você, aqui está e é verdade. Se quer um pedido de desculpas pelo pai que fui, eu peço. Fiz o que pude, e ainda não sei onde errei. Não sei o que você esperava, o que queria, que ideia fazia de mim quando morava com sua mãe no Brasil."

"Para, pai." foi a resposta. Sentindo-se uma crápula, acrescentou: "Tenho meus motivos e não têm a ver com você. É uma coisa minha, é particular, e sei o que estou fazendo."

"Tem futuro aqui. É detetive agora, e isso era tudo o que queria. Lutou muito por isso."

"Ainda serei detetive no Alasca. Pessoas matam pessoas em todos os lugares do mundo."

Receoso de falar em plano de carreira e outras coisas que irritavam Barbara, Shaw encerrou a conversa. Ela não gostava de bancar a adolescente revoltada, e era espantoso como sempre interpretava aquele papel nas conversas com o pai. Perguntava-se se ele pensava o mesmo, algo como *odeio bancar o pai protetor, mas ela não me dá escolha.* Assumiam suas posições automaticamente e seguiam o *script*, mesmo querendo falar outras coisas, de outras formas. Steven tinha uma ideia bem específica sobre o rumo que a carreira e a vida pessoal de Barbara deveriam tomar. Ela seguiu o plano do pai, do ensino médio direto para a Academia de Polícia. Depois de todas as entrevistas, exames e provas teóricas. Entrou para o SFDP, onde trabalhou como policial nas ruas por seis anos antes de virar detetive de crimes sexuais. Em dois anos, foi transferida para a divisão de homicídios. Não chegou a pegar o primeiro caso, porque a solicitação de Barrow para um novo detetive chegou ao capitão Miller. Ninguém se entusiasmou e Barbara agarrou a oportunidade.

Miller havia dito: "Vou falar com seu pai.", e Barbara respondeu: "Com todo o respeito, capitão, meu pai não decide isso."

O homem sorrira e a ignorara. Shaw foi contra, Barbara desafiou-o. No final, ela venceu, mas sabia que só conseguira a transferência porque, em algum ponto, o pai jogara a toalha. Talvez por medo de perdê-la para sempre.

Dentro de casa, Barbara foi recepcionada pelas luzes acesas. Pensou no peso do inverno polar na conta de luz.

Ligou o termostato para aquecer a casa, tirou metade das roupas e guardou tudo no armário. Sentando-se na cama de casal e ouvindo as molas gemerem sob seus setenta quilos, trocou os sapatos rígidos de policial por meias quentes e macias.

Barbara permitiu-se o silêncio da reclusão do fim do dia. Naquele momento, admitiu o que nunca admitiria novamente: estava com medo. Sim, do escuro. E daquele cadáver pequeno e abandonado no meio da neve.

Pegou o celular e encontrou o aplicativo por onde acessava facilmente o Dr. Johar, seu analista desde a morte da mãe, e a única pessoa no mundo para a qual Barbara pedia ajuda sem se sentir desconfortável. Apertou a gravação em áudio e falou:

— Primeiro dia inteiro de escuridão, *doc*. Não sei se agora eu enlouqueço, mas achei legal avisar.

De imediato, recebeu resposta. Com um sorriso, Barbara clicou no ícone e sentiu o peito apertar de saudades ao ouvir a voz carregada com o sotaque batata-na-boca do doutor Johar.

*"Ora, ora, então minha detetive preferida está pensando em mim. Deve ter sido um dia péssimo, nesse caso. Por quanto tempo vai insistir nessa tarefa de idiotas, senhorita Castelo? Não há atalhos para a cura."*

Ah, como sentia falta dele.

— Já falei que te amo, *doc*?

A resposta veio em forma escrita: *"Já. E para o espelho, já falou?"*

Ela revirou os olhos.

— Vou tentar dormir. Suponho que não possa prescrever pílulas pelo Whatsapp.

*A resposta mais uma vez veio digitada: "Chá de camomila, querida. Estou aqui quando precisar de um amigo. Ligue para seu pai."*

Barbara largou o celular na cama.

Sua fobia não era séria o suficiente para ser considerada uma doença, mas também não era tão comum a ponto de as pessoas conhecerem o termo *nictofobia*. O que a paralisava e causava ataques de pânico e vertigens era o medo de estar confinada num lugar escuro. Lidava bem com o carro à noite porque sentia-se livre nele, capaz de ver o que se passava ao redor. Andava bem na rua, funcionava como um ser humano normal em qualquer situação cotidiana, salvo um cinema ou um *darkroom* para revelação de fotografias.

A terapia com o Dr. Johar foi ideia do seu pai. Na Califórnia hostil para uma garota com inglês péssimo e hábitos sociais tão diferentes, Naveen Johar fora a escolha perfeita e tornara-se seu mais íntimo amigo. Estudara Barbara sempre atento, sempre complacente. Ela escolheu permanecer na terapia quando, aos dezenove anos, ele dissera que ela já estava adaptada aos Estados Unidos, ao pai, à vida. Ela achava que sem o terapeuta era muito possível que tivesse desistido da Academia de Polícia. Diminuiu a frequência das sessões, mas nunca deixou de ir. Levava café e *cupcakes*, sentavam-se em almofadas, ele acendia incenso e colocava música indiana para tocar, e ela abria seu coração. Nunca se sentiu desconfortável, nunca se sentiu julgada. Aquele era o momento sagrado dela, e só dela.

No computador na sala, escolheu um álbum que não escutava há tempos, da banda Fear Factory. Esperou a batida começar e amarrou os cabelos castanhos com um elástico. Na cozinha, estudou a geladeira, tentando decidir o que poderia fazer para jantar. Sentiu Spark circular seus calcanhares e soltar um miado.

— Eu sei — ela resmungou, pegando três ovos com uma mão —, você não gosta dessa banda. Você não gosta desse frio, nem dessa casa, e muito menos dessa merda na qual nos metemos.

Outro miado foi a resposta.

Ela colocou os ovos na pia, decidindo fazer uma omelete. Enfiou os dedos nos pelos brancos do gato. Massageou a pele solta por baixo. Ele começou a ronronar de imediato.

— O salário é uma bosta, não existe um único homem interessante aqui e meu parceiro é um babaca. E agora temos esse caso e não sei nem por onde começar.

O gato já não escutava mais. Ronronava alto, empinava o traseiro.

Barbara fechou a porta da geladeira e fitou o nada por um tempo, sentindo o gato esfregar a cabeça contra sua canela. Ela deu um sorriso triste.

— Mas pelo menos estou em paz.


Depois de jantar, ela ligou o computador em cima da mesa da sala e serviu-se de uma taça de vinho tinto barato. Abriu o Facebook e apoiou ambos os pés sobre a mesa, vendo fotos de amigos sorridentes, notícias sobre celebridades e políticos, memes sobre seriados e gatinhos.

Tinha alguns primos por parte de mãe e gostava de ver as fotos deles do Brasil. Sentia amor pela família que deixou para trás, mas não sabia se sentia saudades.

Passou por fotos de poucos amigos da escola e da Academia de Polícia, e encontrou o perfil do pai, cuja escassa atividade virtual era sempre relacionada ao trabalho. Barbara se perdeu na foto sorridente de Shaw e pensou nas descobertas recentes, e em tudo o que a levou a fugir de sua companhia. Lembrou-se das poucas fotos de sua infância em que os pais apareciam juntos, e na foto que ela tinha com seu padrinho e ex-parceiro do pai, o policial Rex Tavora. Nela, Rex, bonito com a covinha no queixo quadrado e de cabelos estilo militar, sorria para a fotógrafa, a mãe de Barbara, enquanto a menina ria, apoiada em seus ombros.

Éramos uma família linda, ela pensou, mordendo o lábio inferior.

Uma caixa de diálogo abriu na tela.

*Tá aí?*, o pai digitou.

*Sim, pai, acabei de chegar em casa. Tivemos um homicídio hoje.*

Tomou um gole de vinho enquanto ele digitava. Queria ajuda, mas não ousaria pedir.

65

*Como está se adaptando à noite eterna daí?*

Ela foi sincera. *Odiando cada segundo. A impressão que dá é exatamente essa, de que a noite está sendo eterna, que o tempo não está passando. Mas vou me adaptar.*

Sorriu quando leu a próxima mensagem. *Sem dúvidas, querida. Sinto sua falta.*

Então outra mensagem, logo abaixo: *Quer falar sobre o caso?*

*Barbara escreveu: Não temos muita coisa ainda. Quando souber mais, te aviso.*

Então Shaw mandou a pergunta: *Como estão as coisas com o parceiro, já se adaptou?*

Os dedos dela flutuaram sobre o teclado por alguns instantes. Era o gancho perfeito para questioná-lo sobre tudo o que Tavora dissera, para jogar na cara dele a história absurda que ouvira da boca do seu ex-parceiro. Mas não era hora ainda.

Ela digitou: *Você me disse uma vez que era possível ser um bom detetive e policial mesmo com um parceiro que odiamos.*

Tomou um gole do vinho. Shaw respondeu: *Sim, mas é muito mais difícil. Deve encontrar pontos em comum com ele, fortalecer o vínculo entre vocês como pode, entende?*

Ela puxou os lábios para trás num gesto involuntário de ódio. Digitou: *que vínculo você tinha com Tavora, fora sexo com minha mãe?* E depois apagou, num apertar furioso da tecla deletar. Não tinha estômago para aquilo. Escreveu apenas: *OK. Vou dormir.*

*A resposta: Boa noite, filha. Te amo.*

Ela digitou rápido: *Te amo.* E desceu a tela do *notebook* contra o teclado, com raiva.

Inclinou-se contra a cadeira com a taça na mão e forçou-se a pensar no caso Green. Os questionamentos às professoras de Mollie e à diretora da escola não indicaram nenhum professor ou funcionário com ligação fora do comum com a menina. A cabeça da policial percorreu cenários múltiplos, alguns nos quais o pai era o assassino, com um cúmplice. Em outros a mãe ajudava, mas pareciam pensamentos forçados.

Barbara focou nessa intuição. Imaginou-se com frio, sozinha, com raiva do pai, andando na neve e na escuridão implacável de Barrow. Um carro para, um homem coloca a cabeça para fora. O que faz uma menina confiar nele? Tem uma mulher lá? Uma criança, talvez? Mollie pode ter pedido para que a levassem à casa da mãe. O carro teria acelerado? Aonde poderiam ter levado aquela menina? A cidade era pequena, as chances de ela conhecer quem a abduziu eram grandes e explicariam por que ela confiou.

Sem pensar demais, Barbara puxou seu caderno e desenhou uma menina. Fez um círculo em volta dela e, do lado de fora, desenhou o pai e a mãe. Fez outro círculo em volta deles e pensou em quais seriam as outras pessoas próximas de Mollie. Escreveu: professores, pais de colegas, tios e tias, avós. Depois escreveu: policial? Médico?

Abriu o computador. Digitou o endereço do seu *site* preferido, *Old Cop Tales,* e fez o *login.* Era um lugar para policiais e ex-policiais trocarem ideias em fóruns. Era frequentado por gente calejada e experiente, com nomes de usuário falsos. O dela era "Republican-Mike002", porque percebeu que nomes femininos são ignorados. Entrou no *chat* "My Black Dahlia", que tinha os policiais aposentados mais durões e inteligentes que conhecia, falando sobre casos não solucionados que os assombram até hoje. Digitou no *chat:*

> Alguém aí, solitário, querendo ajudar um detetive num caso?

Imediatamente recebeu um:

> Oi, Mike, espero poder te ajudar.

O nome de usuário era IrishJimmy.

Ela digitou:

> Já viu algum caso real de assassinato ritualístico? Velas pretas, vítima queimada.

Resposta:

> Tenho um amigo que teve um caso serial desses por anos. MOs e vítimas bem diferentes, mas todos envolviam rituais. De onde fala, Mike?

Numa cidade daquele tamanho, levaria dois minutos para que a verdadeira identidade de "Mike" fosse descoberta. Então, digitou:

> Não posso falar.

E a resposta foi cordial:

"10-4", o código de rádio que significava "OK", "entendi". Ela continuou:

> Seu amigo tem e-mail?

E a resposta veio:

> Posso chamá-lo aqui no chat se esperar um pouco.

E ela respondeu:

> Espero.

A tela não mostrou nenhuma atividade. Spark pulou na mesa com graça e deitou em cima do caderno dela.

Então outro usuário entrou no *chat*, e IrishJimmy saiu, fornecendo privacidade. Ela sentiu uma leve excitação na barriga. O usuário era Lou1972.

> Mike? Achou quantas velas?

Direto. Afoito.
Ela digitou:

> Cinco.

> **Lou1972:** Onde você está?

> **RepublicanMike002:** Não quero falar ainda.

> **Lou1972:** Só posso te ajudar se me der sua localização.

> **RepublicanMike002:** Cidade pequena, chefe difícil.

Ela mordeu o lábio, esfregou as mãos.

> **Lou1972:** A vítima é uma criança?

*Puta que pariu.* Barbara flexionou as mãos.

> **RepublicanMike002:** Sim.

> **Lou1972:** Ele vai matar de novo, e vai entrar em contato com você em breve, para provocar.

> **RepublicanMike002:** Quem é ele?

> **Lou1972:** Onde você está?

Ela fitou a tela e pensou nas possibilidades. Não sabia nada sobre Lou1972, fora que era um policial, coisa que tinha certeza, pela forma como ele se comunicava. Não podia arriscar.

> **RepublicanMike002:** Se ele entrar em contato comigo, eu entro em contato com você.

Esperou. A resposta foi:

> **Lou1972:** Pode confiar em mim. Só me diga a cidade.

> **RepublicanMike002:** Acha que é um caso serial? Tem um nome para me dar?

Se fosse, ela perderia o caso para o FBI, a menos que Lou1972 estivesse no Alasca também. Se ela perguntasse, estaria lhe dando sua localização e corria diversos riscos, como punição por ter compartilhado informações do caso *on-line*.

> **Lou1972:** Pesquise "O Executor".

> **RepublicanMike002:** Nos falamos outra hora, Lou.

> **Lou1972:** Só confirme uma coisa: está em NY?

> **RepublicanMike002:** Não.

Ela fechou a janela do *chat* e pensou. Podia estar lidando com algo muito maior do que pensara. E teria que abrir aquela teoria para Bruce. Digitou "o executor + assassino serial" no Google.

No primeiro *site*, "Serial Killers of the USA", leu a matéria:

*"'O Executor' é um* serial killer *que começou a atuar em Nova Iorque no começo dos anos 2000. Costumava assassinar vítimas de quatro formas distintas: enforcamento, afogamento, incineração ou enterrando-as vivas, alguns dizem que para simbolizar mortes por ar, água, fogo e terra. Com tantos* modus operandi *diferentes, a polícia do estado nunca teria ligado os crimes à mesma pessoa, se não fossem as cartas que ele mandava, escritas à mão, com detalhes dos crimes que não haviam sido divulgados à imprensa.*

*O FBI foi acionado e peritos constataram que as cartas eram escritas pelo mesmo assassino. A polícia iniciou uma caçada com a ajuda do FBI, que foi infrutífera, e em 2010 os crimes cessaram. Hoje, O Executor continua sendo tão misterioso quanto o Zodíaco para uns, e não passa de uma lenda urbana para outros. As cartas do Executor eram parecidas em conteúdo, escolha de palavras e forma de descrever os crimes. No entanto, foram assinadas por nomes diferentes; Thanatos, Nyx, Lethe, Lilith e, em uma, Um Servo d'O Iluminado."*

*Não*, Barbara deixou os ombros caírem, desanimada. Não parecia real o suficiente, não tinha jeito de ser o que estava enfrentando no momento. Mas era uma boa história. Teve a impressão de que Lou1972 estava brincando com ela. Aquilo não a deixou chateada. Gostava do *chat*, das histórias mais obscuras dos veteranos, que a lembravam o pai e os amigos dele, de ter crescido ouvindo contos como aqueles no quintal da casa onde morara com Shaw, ouvindo aqueles homens durões divagando sobre crimes impensáveis. Se fechasse os olhos, ainda conseguiria sentir o cheiro de cerveja, jasmim, e a fumaça da grelha onde o pai fazia churrasco.

A curiosidade pediu só mais um segundo de atenção, e para saciá-la, abriu o Google e digitou os nomes *Thanatos, Lethe, Nyx, Lilith*.

Ela sentiu um desconforto ao ver as palavras que apareceram na tela:

*Pandemonium*

*Treze Demônios de Satã*

*Satanismo Acósmico*

Ela clicou no terceiro *link*. Um *site* pessimamente diagramado pareceu hesitar antes de abrir diversas imagens na tela. A primeira não chegou a assustar Barbara, mas a contaminou com um leve desconforto; uma figura masculina sentada num altar, a cabeça de um bode com chifres enormes e uma tocha acesa entre eles. Tinha seios cheios e fazia um sinal com dois dedos levantados para cima. Na outra mão, o mesmo gesto apontava para baixo. No meio da figura, um falo ereto e enorme saía de um manto vermelho, perfeitamente alinhado com a ponta da barba. Asas emolduravam a figura, e no céu escuro de fundo ela viu um eclipse.

Fechou a tela.

*Papo furado.*

Deixou escapar uma respiração e pegou o celular. Ligou para o parceiro pela primeira vez. Bruce atendeu no segundo toque.

— Aconteceu alguma coisa, Castelo?

Ela fechou os olhos, sentindo uma pontada de dor de cabeça.

— Não sei, está muito ocupado? Quer falar sobre o caso?

— Me encontra na frente da delegacia em uma hora.


Os faróis do carro de Bruce jogaram uma luz amarelada contra o para-brisa dela quando se aproximou. Ela saiu de seu carro, sentindo uma rajada de vento quase cortar a pele das suas bochechas, e entrou no dele. Sem falar, Bruce pegou a rua Stevenson e seguiu a estrada por uns cinco minutos. Parou o carro quando chegaram a um lugar isolado e desligou-o.

— Comeu pizza aqui dentro? — ela perguntou, para quebrar o gelo.

— Você sempre espera o pior de mim — ele suspirou. — Trouxe para nós dois. Já jantou?

Barbara observou-o puxar uma caixa de pizza até a parte da frente do carro, e então notou os dois copos de Coca-Cola no apoio entre os assentos. Bruce acendeu a luz acima deles e abriu a caixa para ela.

Sem saber demonstrar gratidão, ela pegou um pedaço e deu uma mordida. Bruce fez o mesmo, e eles comeram em silêncio por alguns minutos. Era quase patético o quanto os dois eram solitários. Ela finalmente soltou um:

— Obrigada.

Ele deu de ombros.

— Não tem nada melhor para fazer?

— Não. E sei que você também não.

— É, mas sou separado. Você ainda tem chances de encontrar um marido legal. Quer dizer... — ele vacilou um pouco — você é... né?

Barbara engoliu um pedaço de pizza.

— Heterossexual? Sim, sou, Bruce.

— Sei lá... hoje em dia parece que a gente ofende só por perguntar algo do tipo.

— Prefiro falar sobre o caso do que procurar um marido.

— Tudo bem. Então manda, você começa.

Ela chupou refrigerante pelo canudo e sacudiu um pouco o copo, ouvindo o gelo rodopiar lá dentro.

— Devemos priorizar as colegas de escola, conversar sobre homens na vida de Green, o que ela achava sobre eles, essas coisas. Meninas conversam como mulheres adultas.

— É melhor você ir sem mim. Vão se abrir melhor com você. Minha busca na internet sobre as cinco velas pretas não deu em nada. O que estava naquela cena pode fazer parte de vários cultos diferentes, ou ser até algo pessoal, sem fundamento, de algum esquizofrênico. Não há nada de específico lá.

— Temos alguma loja de artigos religiosos aqui em Barrow?

Bruce enrugou a testa.

— Não... mas poderíamos ver se houve alguma entrega nessa região. Ver as últimas compras feitas e tal.

— É uma boa.

— Minha teoria mais conservadora é a de que foi algum amigo da família. Estava de olho nela há um tempo, e ontem à noite passou dos limites com a menina e decidiu fazer aquilo parecer algo diferente. Minha teoria mais forçada é que é algum louco.

Barbara viu a pergunta nos olhos azuis de Bruce.

— Minha teoria mais conservadora... — ela desgrudou outro pedaço de pizza da caixa — é parecida com a sua. Um conhecido a estuprou e matou e depois tentou nos despistar. Algum vizinho, professor, algo assim. Minha teoria mais forçada é a de que foi um assassino em série.

Bruce fez uma expressão de confusão.

— Só temos *um* crime.

— Por isso é uma teoria forçada.

— Não... algo te levou a pensar nisso.

— Estamos falando só de teorias, né? Nada sai desse carro?

— Se está perguntando se vou levar isso para Harris para te foder, pode ficar tranquila. Sei que me odeia, mas não sou esse tipo de cara.

— Já ouviu falar d'O Executor?

Ele coçou a orelha e também destacou mais um pedaço de pizza do resto, cortando um fio de queijo com os dedos.

— Sei lá, acho que sim, não me é estranho.

— Matava desse jeito. Rituais, velas, incinerando os corpos... sumiu, nunca pegaram o cara.

Ele mexeu o quadril no assento um pouco.

— Crianças?

— Não tinha padrão de idade. Qualquer mulher entre oito e quarenta anos, o que parece atípico para um *serial killer*.

— Sabe bem qual é a história, Castelo: se não é impossível, deve ser considerado.

Ficaram em silêncio. Terminaram a pizza, limparam os dedos em guardanapos e beberam refrigerante. Ela não sentiu vontade de ir para casa. Bruce também não parecia ter pressa. Sim, eram dois casos perdidos em suas vidas amorosas e sociais.

Ela pegou Bruce olhando para ela de soslaio.

— É só uma teoria louca — ela falou, baixo.

— Não, não é isso. Quer fazer a coisa do chefe? As cartas das perguntas e tal? Já que estamos aqui...

Ela sentiu as bochechas repuxarem num sorriso tímido.

— Sim, pode ser que nos ajude a pensar um pouco. Distração é bom.

— Tá... — ele murmurou, e estendeu o braço para abrir o porta-luvas. Tirou a caixinha de dentro. Barbara observou enquanto ele abria o papelão, meio sem jeito. Pegou uma carta.

— "Qual das coisas que fez ou conquistou te dá mais orgulho?". Que besteira.

Barbara buscou uma linha do tempo interna, mas se perdeu na cronologia, nas memórias, na imensidão escura do seu subconsciente. Pensou em diplomas, em feitos, e só conseguiu se lembrar de uma conquista.

— Ah, sei lá, ter me formado na Academia. Não fiz mais nada de útil, fora meu trabalho. E você?

Ele olhou para fora da janela um tempo. Estava coberta por uma camada fina de neve que se dissolveria em água se ele passasse a mão.

— Minha filha, acho, Morgan. Não parece ser grande coisa, qualquer idiota faz um filho, mas... ela é bem-educada, é inteligente. Gosto de pensar que vai ser uma boa pessoa e que isso é em parte minha responsabilidade.

— Sim, eu acho que é.

Ele ofereceu a caixa. Barbara a pegou, um pouco mais à vontade com a brincadeira, e puxou uma carta de dentro.

— "Diga o nome de três pessoas importantes na sua vida".

Bruce inclinou a cabeça contra o banco. Sim, o jogo seria doloroso.

— Morgan, claro, ela é tudo pra mim.

— Uma...

— Minha mãe, também, que já se foi. Ela não foi uma mãe daquelas que as pessoas gostam de falar que são guerreiras e tal. Nunca trabalhou, nunca foi muito de se impor. Mas acho que existe força em resistir. Entende?

Ela queria perguntar como ele podia ser tão bondoso nas lembranças da mãe após agredir a esposa. Não pareciam ser dois feitos do mesmo homem. Ficou quieta. Dividir pizza no mesmo carro fora do expediente era o maior passo que haviam dado no relacionamento entre eles, e tocar naquela ferida seria um caminho sem volta.

— Duas — foi tudo o que disse.

— Tá. Acho que a terceira pessoa seria o sargento. Ele confiou em mim, me promoveu, me deu uma chance, e isso mudou minha vida. Devo muito a ele. Sua vez, Barb.

Ela não precisava pensar.

— Minha mãe... — Olhou para baixo e respirou fundo, para evitar que os olhos brilhassem. — Que foi uma ótima mãe, do jeito louco dela. Minha avó, que ajudou a me criar. E seria injusto não falar do meu pai, embora às vezes eu queira matá-lo.

— Sua mãe e sua avó morreram?

— Sim, ela quando eu tinha quatorze. Minha avó recentemente, já morava num asilo. Mas sabe, quando ela se foi, eu dei uma pirada legal.

— E veio pra cá?

Havia esquecido que estava conversando com outro detetive.

— É... e vim pra cá.

— Os caras dizem que veio para ficar longe do seu pai.

— Os caras? — Ela levantou as sobrancelhas.

— Policiais falam, Castelo. Tenho certeza que falam com você também.

— Como assim?

— Eu sei por que não vai com minha cara. Alguém falou que eu fiz aquela merda com a minha ex-mulher, e você deduziu que sou um agressor.

— Bateu na sua esposa, Bruce; você, por definição, é um agressor.

Ele apertou os lábios. Olhou para baixo. No silêncio, Barbara esperou.

— Empurrei minha ex. Foi errado? Sim. Foi também a única vez que toquei nela com raiva, foi depois de um milhão de brigas, depois de ela ter feito coisas idiotas com Morgan, e foi quando ela ameaçou tirar minha filha de mim. Ela é... — Ele suspirou e balançou a cabeça — uma mulher muito difícil e sabe provocar. Eu tenho o pavio curto. Empurrei minha esposa, e por causa disso não posso chegar perto da casa cuja hipoteca ainda pago, e não posso ver minha filha.

Barbara tentou ler os sinais no rosto dele, como fora treinada. Havia raiva lá, sem dúvidas, mas não havia se manifestado em suas expressões quando ele falara de Tracy, e sim do ato.

— Bruce, olha pra mim. Só a empurrou? Mais nada?

Ele a fitou.

— Eu só a empurrei. Foi com força, e ela caiu no chão.

Barbara assentiu.

— Então tá.

Depois de um silêncio desconfortável, Bruce encarou-a.

— Já que estamos discutindo as teorias absurdas tanto quanto as realistas, me fala uma coisa: se você fosse esse tal assassino...

— O Executor?

— É... por que Barrow?

— Não sei, mas é algo que eu e ele temos em comum.

Harris estendeu um pedaço de papel para Bruce e resumiu:

— Gates estimou que a hora da morte foi entre seis e meia-noite do dia dezoito. O corpo foi queimado algumas horas depois. Os bombeiros disseram que ela foi encharcada com gasolina. Havia sêmen na garganta dela. Já mandamos para o laboratório. O corpo estava em péssimas condições para uma necropsia. Não conseguiu encontrar mais nada, nenhum tipo de ferida, nem a causa da morte. Não parece ter sido uma arma, nem um tóxico. Nenhum osso foi quebrado.

Bruce correu os olhos pela folha e confirmou aquelas conclusões. Olhou para Harris.

— E nas velas, nenhuma digital?

— Nada.

— Conseguiremos uma amostra de sangue do pai em breve?

— Agora mesmo, mandei um policial e um cara do laboratório irem buscar. Onde está Barbara? O que estão pensando?

— Ela tem algumas teorias. Nada de mais, mas está engajada. Vamos atrás dos postos de gasolina e dar uma olhada nas outras pessoas próximas à família, colegas de trabalho da mãe e do pai, vizinhos, essas coisas.

Harris deixou o maxilar tenso por um instante, depois falou:

— Bruce, preciso desse cara, entende? Essa cidade não vê crimes deste tipo, e quando algo assim acontece, precisam saber que existe uma força policial forte para encontrar esses criminosos e entregá-los à justiça. O medo contamina.

Havia uma ameaça naquelas palavras. Bruce sabia que o sargento gostava dele e admirava seu trabalho, mas também sabia que, como um homem equilibrado e bem casado, Harris decepcionou-se com o incidente de Bruce com Tracy. Agora parecia dizer: "Você não pode se dar ao luxo de falhar de novo".

Era a primeira vez que sentia sua carreira sob ameaça.

Mesmo quando Tracy deu queixa, mesmo quando tudo aquilo ainda estava confuso e ele equilibrava a esperança de uma reconciliação com a raiva que sentia, nunca considerou que poderia perder seu emprego. Bruce não conseguia imaginar um mundo no qual ele não fosse um policial.

Foram interrompidos por Barbara, chegando ao trabalho na hora exata, bem agasalhada, um copo enorme de café na mão enluvada.

— Boa noite — suspirou. O inverno escuro da cidade já estava mexendo com sua paciência.

Harris ofereceu as palavras com ar paternal:

— Lembre-se de olhar o relógio, de lembrar-se constantemente de que é dia, de que o tempo está passando normalmente, que a única coisa diferente é a ausência da luz do sol. Vai passar, Castelo.

Bruce notou a mudança de tom e pensou em Harris como um pai que trata o filho com austeridade e a princesinha com condescendência.

No carro, Bruce ligou o rádio na estação *country*.

Barbara fez uma careta, enquanto lia o relatório da autópsia.

Então, ele apertou alguns botões e uma música melosa dos anos oitenta invadiu o ambiente íntimo do veículo.

— Isso é o máximo que consigo ceder. Aguenta?

Como a maioria das pessoas que cresceu nos anos oitenta, Barbara até que gostava dos maiores *hits* da época, por mais cafonas que alguns fossem. A lembrança da mãe cantarolando enquanto dirigia, tomava banho ou limpava a casa foi acionada imediatamente.

— Tudo bem, desde que você não cante.

Ele sorriu, balançou a cabeça e ligou o motor.

— Seguinte: tirei você de lá porque não quero que Harris saiba que estamos seguindo pistas de ocultismo. Ele é religioso, não vai gostar, e como ainda não temos nada para mostrar, é melhor não tocar no assunto. O que acha?

— Faz sentido. Conseguiu alguma coisa?

— Encontrei um *site* esotérico que entrega mercadorias em Barrow. Estou esperando o dono chegar, ele é o único com acesso ao sistema e vai me passar o endereço da última entrega, semana retrasada.

— Quais itens?

— A menina falou que eram velas coloridas, incenso e um cálice cerimonial.

Ficaram em silêncio, Toto cantando *I'll be Over You*, fornecendo uma trilha sonora inapropriada. Bruce parou no posto onde Barbara sempre abastecia.

Luzes iluminavam uma casa pintada de bege e azul, e um homem bem agasalhado e barrigudo saía dela, acenando para Bruce.

— Bom dia, detetive Darnell. Como vão a mulher e a filha?

Bruce hesitou antes de forçar a resposta enquanto Barbara saía do carro.

— Tudo bem. Preciso conversar com você por um instante.

Enquanto os dois dialogavam, Barbara olhou em volta. O posto ficava numa esquina e, naquela escuridão, parecia quase uma ilha de luz. As casas mantinham certa distância propositalmente, dando ao cliente privacidade para abastecer, como se o ato fosse ilícito. Ninguém teria notado nada fora de ordem ali, não na escuridão de novembro. Nem mesmo uma garota batendo no vidro do carro e gritando por socorro.

Estavam perdendo tempo.

Quando se aproximou, o homem dizia:

— Mais pessoas pagam com dinheiro do que você pensa, Bruce, e, bem, todo mundo tão agasalhado, com máscaras, gorros e roupas pesadas... não dá para notar quando alguém é "suspeito" ou não.

— Notou alguém de fora da cidade? Pedindo informações ou ajuda com alguma coisa?

O homem pareceu procurar o rosto de Bruce por alguma dica do que dizer. Deu de ombros e abriu os braços.

— O de sempre, cara. Não posso ajudar.

Bruce estava prestes a falar mais alguma coisa, quando endireitou as costas e puxou o telefone celular do bolso do casaco.

— Darnell.

Quando o atendente percebeu que Bruce não tinha mais intenção de falar com ele, voltou para casa, resmungando. Barbara prestou atenção na expressão atenta do parceiro. Ele desligou.

— O pedido da loja esotérica era para um tal de Bill Crawford. Mora na Ogrook Street, aqui do lado.

Barbara sentiu a empolgação dele. Caminharam de volta para o carro, sem falar o que pensavam: *pegamos ele, pegamos ele!* Ela apertou o rádio:

— Central, aqui é a detetive Castelo, 979, preciso de um 10-95 e um 10-29 para um Bill Crawford ou William Crawford aqui em Barrow.

84

Esperou.

Bruce ligou o carro e começou a dirigir até a Ogrook Street.

A resposta veio numa voz feminina:

— *William Crawford, residente na Ogrook Street, número 299. O status é 10-97, está registrado como agressor sexual condenado.*

— Obrigada, Central. Câmbio.

Bruce parou o carro e desligou o motor e os faróis.

Olharam para uma pequena casa sobre palafitas, do outro lado da rua, emoldurada pela escuridão daquela manhã.

Barbara se perguntou se a pequena Mollie morrera naquela casa antes de ser arrastada para a clareira. Sabia que ainda não tinham o suficiente para conseguir um mandado de busca; nenhuma evidência que ligasse Bill Crawford à cena do crime, e muito menos uma conexão entre ele e a vítima. Bruce verbalizou o que ela estava pensando:

— Vamos ficar de olho nele um pouco antes de entrar em contato.

— Concordo. Não quero assustá-lo.

Ficaram em silêncio, de olho na casa.

Ela se acomodou no assento do carro, observando os arredores, pensando num homem carregando um corpo da porta da frente até um carro, em como seria fácil ser visto. Não era impossível que Mollie tivesse sido assassinada ali, mas Barbara se perguntou se um homem que já fora preso por um crime sexual correria um risco daqueles, numa área residencial. Ele poderia tê-la levado diretamente ao local onde a queimaria, atacado dentro do carro e lavado o veículo no dia seguinte.

— Alguma coisa não bate.

— O que não bate? Um agressor sexual a poucas quadras de onde a vítima morava, comprando *on-line* o tipo de objeto deixado na cena do crime. É ele.

— O que você sentiu quando viu Mollie?

Ele olhou para além do para-brisa e pensou um pouco.

— Que estávamos lidando com um louco. Não daqueles que ouvem vozes e tal, mas do tipo filho da puta mesmo, do tipo que gosta de machucar.

— Sim — ela suspirou, fitando a casa de Crawford —, e era *específico*. Não teve essa sensação? De que aquilo era especial para ele de alguma forma? Não queimou o corpo para eliminar evidências como pensávamos, Bruce, caso contrário, não teria deixado sêmen na garganta dela. O fogo fazia parte de um ritual.

— Pegamos o cara, Castelo — ele murmurou, sem convicção, apontando o queixo para a casa.

— Esta casa, esta rua, tudo é genérico demais, Bruce, não tem a cara desse crime. Estou mentindo?

Bruce olhou pela janela, virando a nuca para ela, dando batidinhas irritadas no volante.

Barbara não quis ser difícil. Provavelmente estava errada, era coincidência demais que Crawford fosse envolvido com ocultismo, morasse perto de Green e fosse um agressor sexual registrado. Mas ela não conseguia ignorar aquela sensação de que algo estava errado.

— Bruce, você provavelmente o pegou. Não estou questionando seu trabalho. Só... sei lá... é estranho, tudo nesse caso é estranho. Tudo pra mim... — Ela se permitiu um desabafo para compensar sua falta de reconhecimento pelo trabalho dele. — Essa escuridão, o frio, não estou acostumada. E com crianças abusadas e carbonizadas.

Ele assentiu.

— Eu sei. E talvez tenha razão. Mas ele mora aí, e não vou a lugar algum até descobrir quem é esse cara e o que estava fazendo duas noites atrás.

Bill Crawford saiu de sua casa às dez e meia da manhã. Bruce aproveitou que Barbara havia pegado no sono e ficou olhando fotos de Morgan no celular; quando arriscou um olhar para cima, viu um homem baixo e bem agasalhado saindo da casa.

— Acorda — falou baixo, enfiando o celular no bolso.

Barbara abriu os olhos.

Ficaram em silêncio enquanto o homem caminhava até um latão de lixo e largava um saco preto. Então ele acendeu um cigarro e começou a fumar, uma das mãos no bolso, olhando para os lados.

— O que acha?

— Não sei... parece ansioso, né? E tem um isqueiro.

Bruce sorriu. *Quando não é uma megera, ela é legal*, pensou, percebendo que passara a gostar da companhia dela no carro. *As merdas das cartas do Harris funcionam mesmo.*

Um homem descia a rua. Os dois detetives ficaram em silêncio absoluto enquanto ele se aproximava de Crawford. Parou de andar e os dois, sorrindo bastante, começaram a conversar.

Barbara tirou o celular do bolso.

— Tira o *flash*, hein?

— Não sou idiota, Bruce... — ela cantarolou baixo, e tirou uma foto através do vidro. Sabia que a qualidade seria baixa e que não serviria de nada num tribunal, mas queria ter um registro do outro homem.

— Olha isso...

Ela olhou para cima e viu que os dois conversavam de forma íntima. Haviam aproximado seus corpos e o estranho, num gesto distraído, fez uma carícia no queixo de Bill.

— Liga pro Harris — ela falou, uma ruga na testa. — Vê se ele consegue puxar a ficha desse cara agora, só ele vai ter acesso tão rápido. Estou começando a achar que a agressão sexual não foi relacionada à pedofilia.

— Bichas não são pedófilas?

Ela balançou a cabeça.

— Que comentário escroto.

— Ué... — Bruce abriu as mãos com indignação.

— Sim, gays podem ser pedófilos, mas só checa pra mim, caramba!

Bruce pegou o celular, sem fazer questão alguma de esconder seu tédio:

— Sargento, preciso de detalhes de um agressor sexual. William Crawford, urgente... sim, claro.

Barbara olhava para ele com expectativa. Ele gesticulou com o queixo e viram que os dois homens estavam caminhando até a casa. Crawford abriu a porta de um jeito cavalheiresco para o outro e entrou depois dele, dando olhares ao redor antes de fechar.

Bruce ouviu o relato de Harris com decepção, e o repetiu em voz alta para que Barbara ouvisse:

— Condenado a serviço comunitário por ter contratado os serviços de um garoto de programa dois anos atrás. Tá. Não, tudo bem, chefe.

Ele desligou.

— O que quer fazer?

Ela não ia se gabar de ter razão.

— Pegá-lo de surpresa, pressioná-lo, ver o que sabe.

— Vamos lá. Você faz o papel de megera e eu, de policial preguiçoso.

— E preconceituoso.

Os dois saíram do carro e Bruce sentiu o ar frígido no rosto. Barbara parou para esperar por ele, tirando as luvas. Ele entendeu que ela queria estar pronta para sacar a arma.

Aproximaram-se da porta ao subir três degraus de uma escada em péssimas condições. A casa era pintada de verde-claro e a porta tinha um "299" preso a ela em números metálicos contornados por ferrugem. Não havia capacho, apenas neve espalhada e marcada de impressões de botas. Barbara bateu, três vezes, com força.

Nada.

Bruce viu no rosto dela uma centelha de apreensão. Ele bateu na porta com a mão mais pesada.

— Senhor Crawford! Polícia!

— Só um instante!

Naquele momento, Bruce pensou que se estivesse acompanhado por um detetive do sexo masculino, poderiam fazer uma pequena aposta sobre qual dos dois lá dentro era o ativo e qual era o passivo. Percebeu que se fizesse aquela piada para Barbara, ela faria uma denúncia contra ele à corregedoria, chamando-o de homofóbico.

— Estão demorando demais — ela sussurrou.

Bruce sentiu o medo remexer dentro de si. Gesticulou para que ela ficasse onde estava. Desceu o zíper e puxou a arma do coldre. Quando Barbara percebeu que ele estava pronto para algo, fez o mesmo, as duas mãos apontando a Glock para o chão, o dedo no guarda-mato.

Ele desceu os degraus e começou a contornar a casa.

Amaldiçoou a escuridão naquele momento. Havia apenas um poste de luz, que não iluminava a parte dos fundos.

Mantendo o foco da audição no que acontecia na parte de frente da casa, ele viu apenas a rua perpendicular, deserta, e um contêiner enferrujado, cor de vinho.

Bruce parou de se mexer, respirando com dificuldade, e moveu apenas os olhos. À direita, uma sombra de um movimento, tão sutil que ele vacilou.

Um som humano. De agonia, ou dor, ou medo, algo que ele não conseguiu identificar.

Sentindo o ritmo descontrolado do coração e a mente inundada de adrenalina, Bruce apoiou o pé na neve com movimentos calculados. A escuridão recebendo jatos fracos de sua respiração esbranquiçada.

De trás do contêiner, uma sombra ganhou nitidez e velocidade, os passos frenéticos denunciando a trajetória.

Alguém estava fugindo dele.

Bruce disparou atrás, puxando o ar congelante para dentro do peito, sentindo uma onda de calor percorrer seu tronco e queimar suas coxas. Enquanto corria com a imagem trêmula de um homem à sua frente, enfiou a arma no coldre. Fechou os punhos e impulsionou o corpo com um comando mental, aproximando-se do fugitivo.

Não precisou se jogar sobre o homem. Quando estava perto o suficiente, deu-lhe um empurrão. Bruce cambaleou alguns passos para frear seus movimentos, enquanto o outro foi atirado contra a neve. Bruce sacou a arma num puxão e apontou-a para ele.

— Um movimento brusco... — ofegou — e eu atiro em você. Vira, seu merda.

A figura indistinta mexeu-se contra a claridade da neve e virou-se: o homem que há poucos minutos abordara Crawford. Ele colocou as mãos para cima. Bruce viu o pavor em seu rosto.

Tinha feições delicadas, um pouco rechonchudo. O tipo de homem conformado que trabalhava num cubículo e nunca respondia às ameaças do chefe.

— Fugiu de uma autoridade. Por quê?

— Eu não fiz nada de errado... por favor...

Bruce ouviu passos atrás dele e alarmou-se, mas então ouviu a voz dela:

— Sou eu!

Barbara logo os alcançou, arma na mão.

— É o namorado de Crawford — ela disse, alterada. — Ele está dentro da casa, o prendi no banheiro. Tá tudo bem com você?

— Tudo certo, mas esse bosta tentou fugir.

Ela atirou um olhar impaciente para Bruce e aproximou-se do homem.

— Levanta.

Ele obedeceu, sem jeito, tentando manter as mãos erguidas.

Barbara abriu a jaqueta dele, alisou seu tronco, depois suas pernas.

— Tá limpo — falou para Bruce, que enfiou a arma de volta no coldre e fechou a jaqueta com o zumbido plástico do zíper.

O interior da casa era organizado. Móveis de segunda mão adornados com porta-retratos de pessoas se divertindo, velas aromáticas, toalhinhas de crochê. Uma geladeira velha fazia um zumbido que parecia vir de um filme de ficção científica.

Crawford e seu namorado, August Haynes, amedrontados, estavam sentados num sofá tão desgastado pelo uso que Barbara não sabia se era cinza ou bege. Bruce passeava num ritmo entediante pela sala, conferindo cada fotografia, lápis, estatueta de gato. Barbara estava sentada de frente para os dois.

— Continuando. Você estava aqui, sozinho, na noite do dia dezoito. Tem alguém que pode corroborar essa informação?

— Sim, o August... — Ele olhou para o namorado, que assentiu brevemente com a cabeça, olhos tristes. — Conversamos por Skype. Posso ver o horário da ligação. Durou umas duas horas.

Bruce moveu-se para o computador, numa mesa pequena. Os olhos de Crawford arregalaram-se.

— Ele vai mexer no meu computador?

— Só vai conferir o horário da conversa.

Ele concordou, olhando para baixo, parecendo avaliar o conteúdo das mensagens. Barbara continuou enquanto Bruce mexia no aparelho.

— Conhece Tom, Anna ou Mollie Green?

Ele mexeu a cabeça.

— Não tenho muitos amigos na cidade. August vem de Anchorage três vezes por ano para me ver.

— Entendo. Já viu esta menina? — Ela mostrou a foto de Mollie Green que Anna havia fornecido, às lágrimas. Nela, Mollie sorria com alguns dentes faltando, elásticos coloridos nos cabelos e camiseta lilás. Crawford pegou a foto com a mão trêmula.

— Acho que mora por perto. Acho que posso tê-la visto, sim… alguma coisa… — Olhou para August, depois para Barbara com uma expressão de terror. — Alguma coisa aconteceu com ela?

— Ela foi assassinada

Ele fechou os olhos e August, igualmente horrorizado, afagou suas costas. Crawford devolveu a foto com pressa, sem olhar para ela.

— Nossa… meu Deus… isso não…

— Tem alguma crença religiosa?

Naquele momento, ela viu Bruce chamar sua atenção com um gesto. Ele assentiu com a cabeça, indicando que a história do Skype era verdadeira. Continuou dando passos pela sala, prestando atenção na conversa.

— Não… mamãe me criou como católico, mas você pode imaginar que não deu muito certo quando compreendi que não era uma comunidade que aceitava gays muito bem.

— Mas compra velas, não compra?

— Sim… — Ele franziu a testa. — Gosto de velas aromáticas.

— Estou me referindo a velas pretas.

Ele pareceu confuso, então o rosto iluminou-se com uma lembrança, ao mesmo tempo em que August se pronunciou:

— As minhas velas.

— Sim, são dele, eu encomendei porque ele as adora e montei um *kit* de boas-vindas alguns meses atrás. Pedi de todas as cores.

— Por que as pretas?

August falou:

— Sou praticante de Wicca, detetive. Uso todas as cores de velas nos meus rituais, mas garanto que são coisas completamente inofensivas... acendo velas verdes para chamar dinheiro em momentos mais difíceis, e velas rosas para fortalecer a energia do amor, porque é muito difícil namorar à distância.

— Volta um pouco. — Barbara olhou para Bruce, que havia parado de se mexer com um porta-retrato na mão e olhava com atenção para o casal no sofá. — Me explica Wicca. Os rituais. Sei o que é a religião, mas explica a parte prática.

— Há infinitos rituais, e qualquer um pode inventar seus próprios, desde que leve em consideração que a fase da lua, o dia da semana, a cor da vela, as ervas, e tudo esteja alinhado com seus propósitos, e desde que não faça mal a ninguém.

— Para qual finalidade usaria as pretas? — Bruce perguntou, deixando a desconfiança transparecer.

August franziu a testa.

— Bem, a vela preta atrai as energias de um lugar para si. Geralmente, a colocamos à esquerda, e uma vela branca à direita, para que a energia seja "sugada", digamos assim, pela vela preta e irradie da vela branca, purificando o ambiente. Fora isso, pode ser usada em rituais voltados à alteração de estados de consciência, ou para afastar um mal de algum tipo.

Quando Barbara e Bruce trocaram outro olhar, August falou:

— A morte dessa menininha envolveu velas pretas?

— Sim. Foram encontradas na cena do crime. — Barbara observou o choque na expressão dele. — Em volta dela.

Ele desviou os olhos e fixou-os no tapete, pensativo. Então, com um olhar que era quase como um pedido de desculpas ao namorado, disse:

— Tem alguma foto?

Barbara encarou o parceiro. Sem a relutância que ela esperava, Bruce saiu da casa para buscar a pasta no carro.

Crawford colocou as mãos no rosto e começou a chorar. August segurou a mão dele com força:

— Ei, ei, calma...

Barbara sentiu uma pontada de inveja daquele carinho, daquela preocupação. Perguntou a si mesma se o amor habitava os gestos simples, se era mais real num momento daqueles do que num elaborado e caríssimo pedido de casamento. A lembrança dos pais tentou fisgá-la, mas ela foi implacável. Para ajudar a afastá-las, perguntou:

— Senhor Haynes, você mora em Anchorage?

— Sim, tenho um emprego por lá. Minha tia mora aqui, e invento a desculpa de que a adoro para poder ficar na cidade alguns dias por ano e ver William, entende? Nem todo mundo sabe de mim. De nós. Mas isso é por pouco tempo, temos planos.

Ela assentiu.

— Pode me passar os dados da sua tia?

— Claro, claro. Vocês não vão falar sobre...

— Não, a princípio nada disso precisa ser mencionado.

— Obrigado. Eu agradeço sua discrição.

— Não deveriam ter que se esconder — ela falou, depois se repreendeu. Não costumava ser emocional. A escuridão realmente estava mexendo com ela. Eles pareciam gratos pelas palavras.

Bruce entrou, botas e roupas jogando neve no chão. Quando ela mostrou uma foto do corpo de Mollie para August, William virou o rosto para não ver.

August sacudiu um pouco a cabeça com incredulidade, mas focou na imagem e examinou-a.

— Isso não é Wicca. Parecem ser as pontas de um pentagrama...

— Mas pentagramas não são símbolos da Wicca? — Barbara pensou que era bem possível que a nevasca tivesse apagado traços de um pentagrama desenhado em volta do corpo de Mollie.

— Assim como a cruz é um símbolo católico. Mas há uma filosofia... uma religião, se assim preferir, que inverte esses dois símbolos para profanar essas crenças.

— Qual? — ela perguntou, lembrando-se da pesquisa da noite passada.

August hesitou em pronunciar a palavra, mas disse:

— Bem, satanismo. — E deu de ombros. — Embora eu nunca tenha conhecido alguém que o levasse a sério.

Barbara colocou a foto de volta na pasta.

— O que acha que um satanista poderia querer com esse tipo de crime?

August pensou um pouco. Então suspirou:

— Veja bem, não sei muito sobre satanismo, mas li uma coisa ou outra. Até onde sei, são vários tipos, mas todos são relativamente pacíficos; Lúcifer é uma figura subjetiva, um símbolo de iluminação intelectual, não uma divindade oposta ao Deus católico. Na verdade, muitos satanistas não são antagônicos ao cristianismo, e sim a todo tipo de religião e doutrina. Sei que algumas vertentes são mais anárquicas e muitos seguidores praticam crimes. Só que... bem, sacrifícios, eu sinceramente nunca vi. Acho que você deveria investigar Satanismo Acósmico, que é bem menos conhecido do que o LaVey.

Barbara sentiu uma expansão de pavor no peito, que se dissipou rapidamente, deixando apenas apreensão. Pensou n'O Executor, nos nomes dos demônios nas cartas que enviara à polícia. Sentiu o olhar de Bruce e disfarçou:

— Se fosse praticar algum ritual satânico, em Barrow, qual seria o melhor lugar?

Ele deu de ombros.

— Numa floresta ou planície.


No carro, Bruce colocou o cinto de segurança sem falar nada.

Barbara fez o mesmo, observando a casa através do vidro embaçado.

— Não têm nada a ver com isso.

— Eu sei. — Ele ligou o carro. — Mas vamos ficar de olho mesmo assim, e perguntar para a tia de Haynes do paradeiro dele na noite do dia dezoito. Só para ter certeza.

— Bruce, acho que estamos atrás de alguém que leva toda essa coisa a sério mesmo.

Ele hesitou antes de mudar a marcha para *drive*.

— Barbara, não há satanistas. Há pessoas idiotas fazendo merda e culpando a sociedade, Deus, a mamãe, o governo ou a namorada.

— Eu acho que esse cara acredita que vai conseguir algum tipo de compensação sobrenatural se matar virgens para um Diabo que ele tem certeza ser real. Acho que...

— Ocultismo, algum tipo de perversão, eu até aceito, mas satanismo? Nossa Senhora, já pensou no que vai acontecer com você, com sua carreira, se falar isso para Harris?

— É claro que sim. Por que acha que ainda não falei com ele?


A adrenalina deixou resíduos, como sempre deixava. Barbara entrou no supermercado saboreando a leve sensação de descarga elétrica no corpo, ao lado do parceiro. Estavam atrás de um jantar rápido para encararem mais uma noite de especulação sobre o caso.

A tia de Haynes confirmou que o sobrinho passou a noite inteira em casa, vendo filmes. Também conversaram com os vizinhos de Crawford, que afirmaram não ter visto ou ouvido nada de estranho na noite do dia dezoito. Vizinhos de Tom e de Anna Green não contribuíram com nenhuma informação nova. Com o frio de quatro graus negativos, poucas pessoas saíam de suas casas após um dia de trabalho, e menos pessoas ainda ficavam olhando pela janela, espiando vizinhos. As casas em Barrow eram distantes umas das outras. Cada vez mais, Barbara sentia a certeza de que o assassino de Mollie Green escolhera Barrow por esses motivos.

Ela e Bruce preencheram relatórios durante o resto da tarde e agora, no final do expediente, a fome bateu com força total.

— Sente falta de patrulhar? — ela perguntou, parando no corredor onde pacotes metálicos de salgadinhos eram exibidos em prateleiras.

— Sim, claro — Bruce falou, examinando a mercadoria. — Principalmente quando tenho a impressão que agora só digito relatórios.

Ela escolheu um saquinho de batatinha Lay's.

— Lembra da montanha-russa de adrenalina? Aqueles momentos monótonos interrompidos por chamadas insanas?

Bruce sorriu de um jeito sincero, bonito.

— É, lembro. Nunca sabíamos o que esperar, mas sempre esperávamos o pior, né? Então resolvíamos a situação e vinha aquela queda louca de hormônios e o corpo ficava… sei lá, tremia. Aquela invasão de alívio, decepção e energia…

— Sim. — Ela se pegou sorrindo, também.

Passos rápidos e um "papaaaai!" estridente assustou os dois. Barbara viu uma garota pequena correndo e se jogando nos braços abertos do parceiro. Compreendeu que era Morgan, a filha dele, e olhou os dois com curiosidade.

Morgan era magricela, linda, com olhos do mesmo tom dos do pai, gigantes e emoldurados por cílios grossos. Tinha cabelos loiros como os dele. Usava luvas de lã de um vermelho intenso, que acompanhavam o agasalho. Mesmo ajoelhado, Bruce era mais alto. Deu um beijo demorado nela.

— Que saudades, meu anjo. Tá tudo bem com você?

Barbara não ouviu a resposta porque a mulher que apareceu no corredor não parecia contente. Tracy era mais bonita do que Barbara imaginou, e aquilo mudou a concepção que tinha de Bruce, como se o engrandecesse. Ela se deu conta da tolice de seus pensamentos.

Tracy deu alguns passos até eles, impaciente. Também loira, era uma mulher de estatura média e um corpo esbelto. As roupas grossas indicavam seios bonitos e quadris largos. Usava pouca maquiagem, sem precisar dela para chamar atenção.

Ela gesticulou para a filha enquanto Bruce erguia-se quase em câmera lenta.

— Morgan, vamos.

Bruce estendeu a mão.

— Tracy, espera.

Ela mordeu o lábio. Olhou Barbara da cabeça aos pés com pouco entusiasmo, deduzindo quem era.

Morgan parecia alheia à situação, o que levou Barbara a crer que era imatura demais para entender o que se passava, ou que a mãe não lhe contou os motivos pelos quais o pai estava afastado.

— Posso dormir na casa do papai hoje? Você disse que um dia eu poderia! Amanhã ele me leva para a escola.

— Não, hoje não, vamos.

Bruce deu um passo para a frente.

— Tracy… esta é Barbara Castelo, minha nova parceira.

Tracy viu-se obrigada a aproximar-se ao invés de sair dali e voltar ao limbo da alienação que tanto feria Bruce. Ela estendeu a mão a contragosto. Barbara sentiu a maciez gelada do couro e um aperto fraco, desmotivado. A mulher não fez questão de sorrir, mas falou:

— Prazer.

— Prazer, Tracy.

Ela voltou para onde estava, uma mão protetora no ombro da filha.

No silêncio que seguiu, Barbara sentiu-se compelida a agir. Seu instinto foi sair dali e dar-lhes privacidade, mas Morgan dirigiu-se a ela com a expressão entusiasmada e olhos curiosos.

— Você é policial como o meu pai?

Não tinha o costume de falar com crianças de forma condescendente, pois lembrava-se bem de como a irritava naquela idade ser tratada com sorrisos falsos e vozes melosas. Ofereceu à menina um sorriso genuíno e falou no tom habitual:

— Sim, querida, sou a nova parceira dele.

Morgan abriu a boca num círculo de surpresa, como se quisesse dizer um "uaaau!" longo e aerado. Depois, encheu-se de orgulho com o peito estufado e o queixo erguido:

— Eu vou ser policial também quando crescer!

Barbara foi atingida por uma lembrança do pai.

Tracy apertou o ombro da menina:

— Vamos, dê tchau ao seu pai.

Morgan correu mais uma vez até ele, como se não tivesse acabado de fazer aquilo alguns segundos antes. Bruce a abraçou de forma diferente, mais protetora, quase desesperada. Barbara ouviu a emoção na voz dele quando ele se dirigiu à ex-esposa, num tom de súplica:

— Deixe que ela fique comigo, só até você terminar as compras.

Tracy cedeu os ombros, virou-se e desapareceu.

Bruce sorriu para Morgan, parecendo analisar a menina, conferindo suas emoções por meio da expressão facial e seu bem-estar ao observar a cor do rosto e robustez do corpo.

Barbara lembrou-se do olhar trocado entre Haynes e Crawford. Percebeu que o amor concedia a todas as pessoas um modo de olhar para o objeto de sua afeição cheio de dúvidas e encantamento.

— Vou cantar uma música no Natal, pai, você vai lá na escola ver a apresentação?

— Claro, querida. Escuta, como estão as coisas em casa? Com a mamãe? Na escola?

Barbara afastou-se. Bruce merecia um tempo com a menina. Caminhou para o setor de frios.

Pensou no pai e em tudo o que descobriu sobre ele desde que começou a investigar seu passado. Como podia sentir falta de abraços que nunca foram dados e saudades de um amor que nunca haviam compartilhado? A sensação era de ter perdido o que nunca teve.

*Mas poderia ter tido, Barbara. Se você tivesse sido um pouco mais aberta, se ele tivesse sido mais acessível, mais caloroso...*

Ela fechou a porta de uma geladeira da qual pegou um pacote de hambúrgueres congelados. No reflexo, viu a si mesma com um gorro preto e um casaco tão grosso que deixava seu corpo amorfo. Distinguiu então um segundo reflexo. Virou-se e viu Tracy estudando-a.

— Oi — disse, mais por falta do que falar do que por vontade de estabelecer contato.

— Tá transando com o meu marido?

Barbara levou um segundo para acreditar que realmente ouvira aquilo.

— Eu não transaria com seu marido nem se ele fosse o último homem neste mundo, *senhora Darnell.*

Tracy não parecia se lamentar ou se envergonhar da pergunta.

— Porque eu e Bruce ainda somos casados, e se ele ousou cometer adultério depois do que fez comigo, o processo vai ficar ainda mais complicado para ele.

— Tá falando sério? Você tirou a *filha* dele, fez ele sair de casa, provavelmente está pedindo uma pensão que o deixará sem um centavo, e tudo isso por que você levou um empurrão?

Ela abriu a boca, franziu a testa. Barbara estava tão próxima que notou que o batom rosa-escuro começara a desaparecer dos cantos dos lábios dela.

— Não sabe nada sobre meu casamento.

— E não faço questão de saber. Mas sei que você é do tipo de mulher que não consegue parar depois que começou, que se aproveita da fraqueza dos outros para conseguir o que quer e usa sua filha para machucar um homem que não correspondeu às suas expectativas infantis do que era um marido ideal.

— Bem, detetive, eu também conheço esse jogo de julgar e tirar conclusões autosservientes. Você é uma mulher de mais de trinta, solteira, sem filhos, que provavelmente mora com seu gato e alivia sua frustração sexual na sua escova de dentes elétrica, e se acha superior às donas de casa que entrevista porque brinca com os meninos, porque é boa demais para ser como suas amigas de infância, porque carrega uma arminha e acha que é a porra da Mulher-Maravilha. E deve ser muito interessante agora, mas daqui a trinta anos vai ser só mais uma ex-policial gorda e infeliz desejando uma família para ter com quem conversar aos domingos.

— Uau.

— Surpreendentemente preciso, né?

— Você é louca.

Barbara virou as costas e deu de cara com Bruce. Ela se afastou para ficar longe das acusações arbitrárias daquela mulher e só parou quando estava na fila do caixa.

Ouviu uma troca de palavras ríspidas e então Tracy saiu do mercado, abandonando a cesta de compras, puxando Morgan pelo braço. A menina choramingava.

Bruce murmurou um "Te encontro no carro" e saiu do lugar com passos pesados e cara de quem estava prestes a chorar.

Bruce ouvia *country*, e daquela vez ela não ofereceu resistência. Os dois comiam dentro do carro, ele com o olhar perdido, ela com o livro do caso na mão, relendo os relatórios pela quarta vez.

— Sabe o que não temos? — ela comentou, enfiando a mão no pacote de batatinhas. — A fonte da ignição. Eu tenho um corpo diante de mim, no chão, molhado com gasolina. Como faço para criar a chama? Não encontramos isqueiro.

— Ele risca um fósforo e joga no corpo. O fogo consome o palito.

— Mas um fósforo consumido por fogo deixa restos fossilizados de diatomácea.

— Mais uma vez superestimando nosso departamento forense. Barbara, ninguém vai olhar a pele de Green num microscópio para detectar o óbvio: que alguém pôs fogo no corpo. Não importa o que ele usou como fonte de ignição, me importo em como encontrá-lo.

Bruce estava irritado, e não era com ela. E até certo ponto, ele tinha razão. Em São Francisco, foram orientados a sempre conseguir evidências para o julgamento, nada mais importava. E dependendo do tipo de diatomácea encontrada numa cena de incêndio, era possível até identificar a marca do palito de fósforo, de forma que se tal marca fosse encontrada na posse do suspeito com motivação para o incêndio criminoso, uma convicção era praticamente garantida. Mas tudo aquilo parecia irrelevante no caso em mãos. Ela voltou a atenção para o relatório da autópsia e retomou sua linha de pensamento.

Vinte minutos se passaram, em silêncio, antes de ela fechar o livro e colocá-lo no espaço em "V" criado entre o painel do carro e a inclinação do vidro do para-brisas.

— Você não está legal para trabalhar. Me deixa na delegacia e vá para casa. Durma.

— O que ela falou para você?

— Nada de mais.

— Fala, Barbara.

Ela suspirou.

— Queria saber se eu e você… dormimos juntos.

— Estava com ciúmes?

— Não, Bruce, queria ter algo para usar contra você, para que não consiga custódia da sua filha. Não sei como conseguiu ser casado com aquela mulher por tanto tempo ou como ainda consegue nutrir esperanças de que podem ficar juntos e felizes.

Quando ele não ofereceu argumento, ela o encarou. As palavras machucaram, era óbvio.

— Bruce… sei que você ama…

— Não, não sabe.

— Tudo bem. Consigo caminhar até a delegacia. Talvez a única coisa boa em Barrow seja o tamanho da cidade.

Ela saiu do carro antes que ele pudesse protestar. Protegeu-se do vento com o gorro e vestiu as luvas. Começou sua caminhada em direção ao prédio do NBPD.

Louis perdeu-se no reflexo de seu rosto no fundo do copo. A luz do bar distorcia os contornos de sua face na superfície côncava do vidro, e o velho detetive precisou empurrar o copo vazio no balcão para fugir daquele olhar.

O horário bom para beber foi interrompido por policiais mais jovens saindo do segundo turno, das quatro da tarde à meia-noite. O pior turno, o terceiro, no qual os homicídios e estupros eram mais frequentes e violentos, estava começando agora.

Ao contrário de alguns detetives, Louis não sentia saudade de patrulhar as ruas como policial uniformizado. Apreciava sua longa carreira na Homicídios em Nova Iorque, aceitava os arrependimentos que aqueles anos haviam proporcionado, e não estava se acostumando com a aposentadoria.

Os primeiros meses foram estranhos, mas confortáveis. Passou tempo com a esposa, cuidando do jardim com ela, executando receitas étnicas, fazendo amor com carinho e consertando coisas na casa que não estavam exatamente quebradas. No terceiro mês, começou a trocar o dia pela noite e a frequentar os velhos restaurantes e bares onde sabia que estaria cercado por homens como ele; durões, companheiros, honestos. Quando agosto virou setembro, Louis percebeu-se viciado em romances, filmes e seriados policiais, com cerveja e amendoim para acompanhar. A esposa, Ingrid, não interferiu. Ambos sabiam que levaria tempo para que ele se acostumasse com a vida tranquila. De forma maternal e sábia, Ingrid não reclamou e continuou com sua rotina pela casa.

Em setembro, ele insistiu em fazer parte do clube do livro dela. Escolheu um romance policial chamado "No Coração do Rio Amarelo", uma história de uma mulher atrás de sua identidade após um acidente de barco. Durante o encontro de mulheres na casa de seus quarenta e cinquenta anos, regado a limonada e bolinhos, Louis entregara-se a um monólogo sobre os erros do policial do livro. "Por qual motivo o cara iria até a casa do suspeito para dizer que está de olho nele? Para dar tempo de sumir com todas as evidências e fugir da cidade? Ah, poupe-me, que porcaria de livro é esse?". Ingrid expulsou-o do clube naquela mesma noite, com uma voz gentil e um sorriso no rosto.

Outubro trouxe vigias noturnas pelo bairro com a arma escondida nas calças e o prazer viciante dos fóruns de policiais. Ajudou dois detetives novatos a resolverem um caso de infanticídio e, depois daquilo, passava entre duas e quatro horas diárias no *site*. Pediu desculpas para Ingrid e começou a ajudá-la nas tarefas de casa, e até passou um fim de semana com a filha, Diane, em Connecticut.

Então aquela mensagem, aquela pessoa sem rosto e sem cidade, tirara seu sono mais uma vez: RepublicanMike002.

Michael alguma coisa, detetive de homicídios, republicano como a maioria dos policiais. Não dava para deduzir muito mais do que aquilo, fora que era mais jovem e menos experiente. O Google não deu respostas quando ele procurou por "Michael 002".

Ele até caçou números de distintivos, mas, como previu, a busca foi infrutífera. *Velas. Crianças. Assassinato ritualístico.*

A insônia de Louis voltou.

Deixou algumas notas no balcão. Saiu do bar e, no ar gelado de Nova Iorque, acendeu um cigarro. O assassino havia saído da toca. Em algum lugar, fez outra vítima, seguindo a metodologia ritualística que Louis conhecia tão bem.

Sentindo-se velho, ele olhou para cima e viu um céu sem estrelas, cuja cor parecia sugar as luzes e apagá-las, neutralizando a vibração incansável de energia da cidade que nunca dorme. Perdendo-se na escuridão como quase se perdera no reflexo do copo, deixou os demônios o invadirem, um por um, todos que aquela investigação o levara a conhecer de forma íntima e secreta.

O primeiro corpo, em 2002, parecia vítima de um assassino inexperiente. Talvez até mesmo com distúrbios mentais e tendências a paranoia e delírios. O caso esfriou, e outros pediam a atenção dele. O Executor matou quatro pessoas nos dois anos subsequentes, casos que foram para outros detetives. Louis só se deu conta da existência do *serial killer* em 2007, quando chegou numa cena de crime e encontrou uma menina de onze anos carbonizada. Dedicou-se ao caso com uma fúria que não soube explicar. Então, recebeu a primeira carta.

Nova Iorque, maio de 2007.

Detetive Louis McAllister,

Ela nem soube o que aconteceu. Partiu deste mundo lixo de uma forma quase poética. Passamos a noite juntos, e embora ela tenha perguntado pelos pais algumas vezes, ficou satisfeita com meus agrados. E como foi fácil agradá-la, Louis. Refrigerante, televisão, doces e segredos "de adultos". Ela adorou. Assistimos a vídeos pornográficos por horas e ela nem piscou. Pediu para que eu parasse quando começou a sentir dor. Não parei. Mas só durou alguns segundos para que sua vida se esvaísse quando apertei aquele pescoço branquinho. Fica horrorizado com esse tipo de coisa? Ou só finge isso para que sua esposa não pense que o trabalho mudou você? Estou deduzindo que tenha uma esposa, caras como você sempre têm.

O sacrifício foi rejeitado por Nosos. Entendo agora que não deveria tê-la iniciado nos prazeres da carne. Ela precisava ser pura. Não resisti e cometi um erro grotesco, mas fui perdoado. Haverá um sacrifício para compensar esse. Tudo precisa acabar. Todas as forças da vida precisam ser destruídas.

É inevitável. É o único caminho lógico.

Um servo d'O Iluminado

Louis decorou o conteúdo da carta durante as semanas de investigação que seguiram. As pesquisas *on-line* foram parcialmente úteis, mas Louis só conseguiria juntar as informações anos depois. Não encontrou nada sobre "Nosos". *O Iluminado* poderia ser um livro, um guru famoso que dava *workshops* sobre meditação com direito a *coffee break* e apostila por apenas 69,99, ou Satanás. Louis apostou no último, mas não conseguiu muita coisa. Não tinha pistas, os interrogatórios dolorosos com pais e amigos da vítima não serviram para nada. Louis colou a carta na sua geladeira e a lia três vezes por dia.

O próximo contato de Louis com O Executor foi em 2009. Naquele ano, ele pediu ajuda para um agente do FBI. Conhecera o *profiler* Ryan Owen numa convenção no ano anterior, mas, como a maioria dos policiais, já conhecia sua reputação da trágica história na qual se envolvera em 2014, com a escritora Kate Dwyer. Telefonou e pediu ajuda como amigo. Juntos, puxaram os crimes semelhantes dos últimos dez anos e descartaram os casos que não batiam. Ryan transformou a suíte do hotel num mapa de arquivos e fotos dos crimes, visitou os locais onde os corpos haviam sido encontrados e montou um perfil.

Foram jantar perto da delegacia e Ryan colocou alguns livros sobre a mesa. Louis arrepiou-se ao ler os títulos: "Teoria Luciferiana", "Os Treze Demônios da Destruição", e "Paraíso Perdido", de John Milton.

"Seu assassino acredita nisso, então é melhor que estude, Lou".

Louis folheara um dos tomos, receoso. Ryan bebeu um pouco de cerveja e continuou: "É real para ele. Se você for resistir, se tem medo do que seus superiores ou colegas vão achar, se não quer se envolver, nunca vai pegá-lo. Para ele, a ideia de destruir o mundo é acessível. Ele acha que vai conseguir. Está fazendo rituais, pedindo instruções e cometendo crimes baseados nelas. Você só precisa encontrar o padrão. Ele tem entre trinta e trinta e cinco anos, é bem-apessoado, e sem dúvidas tem características que se destacam na sociedade — roupas estranhas, ou *piercings,* ou tatuagens. Ele não respeita a sociedade o suficiente para tentar se ajustar a ela. E ele não é impossível de achar. Mas você vai ter que sujar as mãos".

Louis estudou. Leu os livros e encontrou novas conexões. Aprendeu que apenas um tipo de luciferanismo acreditava na destruição do mundo como algo tangível, material, possível. Aprendeu que os rituais envolviam sangue e meditação para comunicar-se com demônios. Foi difícil, mas em suas numerosas jornadas à biblioteca, ele encontrou o que procurava: um livro sobre Satanismo Acósmico. E foi nele que descobriu os nomes dos treze demônios.

Sete anos depois, O Executor, que tomara os nomes das diversas entidades em suas cartas; Nosos, Skotos, Thanatos, Lilith, Basanismos e Nyx, estava ativo novamente. E a única coisa que Louis podia fazer era olhar para a tela do computador e rezar para que Mike voltasse a entrar em contato.

# MNEMEION

## COVA

O cemitério de Barrow era a visão mais deprimente que Barbara já tivera. Com cruzes brancas fincadas na neve, o lugar parecia uma maquete de um projeto escolar que alguém esqueceu de pintar. Além da tragédia da perda violenta de uma criança, os pais de Mollie ainda teriam que enterrar a filha sob a escuridão da cidade. Um funeral noturno.

Bruce e Barbara ficaram no carro. Não haviam discutido se estavam ali para observar as pessoas caso alguém suspeito aparecesse, ou se era por respeito. Barbara suspeitava que era uma mistura dos dois, mas fora um "bom dia" da parte dele e um "boa noite" da dela, não tinham conversado ainda.

Barbara havia mandado uma gravação de áudio para o Dr. Johar. *"Conheci um casal de homens hoje. Acho que tive um raro vislumbre do que é amor real, sabe? Senti inveja. Sei que é um sentimento de merda, um dos piores, mas senti. E aí uma mulher me disse que sou frustrada e solteira e me acho especial porque brinco com os rapazes. Na hora pareceu ridículo, mas pode ser verdade. Boa noite. Aqui é sempre noite, doc."*

Ainda não recebera uma resposta e já se arrependia das confissões. Não era como no consultório dele, com os *cupcakes*. Os desabafos pelo Whatsapp pareciam mais patéticos, mais desesperados.

Do carro, viam um grupo de vinte e cinco pessoas, algumas das quais eram crianças, prestando atenção enquanto um religioso discursava sobre a morte.

Barbara sentia-se uma impostora naquele lugar, sem direito algum de testemunhar uma dor daquelas sem poder oferecer algum tipo de conforto. Ela notou que Bruce estava mais quieto do que o normal, o rosto pálido mostrando uma tristeza contida pelo que presenciava.

Para quebrar o gelo, ela falou numa voz suave:

— Se quiser ouvir *country*... hoje eu deixo.

Ouviu o chiado de um riso curto dele. Os dois beberam café. Não havia mais raiva. O desconforto que ficou não era mais estranho para eles.

As luzes dos postes iluminavam o funeral como se fosse o palco de um teatro de rua. Anna Green chorava e era amparada por duas amigas. Um homem estava atrás da cadeira de rodas de Tom Green, pousada sobre uma tábua de madeira fina que alguém colocara ali para ajudá-lo.

— Não está curiosa para saber o que a amostra dele vai dizer?

Barbara fitou Tom Green à distância, através do para-brisa sujo de neve.

— Não acho que foi ele. Não só pelo depoimento ou pela deficiência, mas porque um pedófilo geralmente faz de tudo para passar tempo com crianças, e parece que passou a vida ignorando Mollie.

— Você já investigou crimes sexuais. Sabe que não é simples assim. Alguns homens não preferem crianças, mas, na falta de uma mulher, aproveitam, abusam delas porque têm desvios sexuais que não permitem limites.

Bruce tinha razão. Entre as linhas tão bem definidas e documentadas nos livros de psicologia forense, há becos onde todos os tipos de pessoas caminham e espreitam a próxima vítima.

— Mas não vejo isso nele. Um pai cretino não precisa necessariamente ser um criminoso.

Bruce tirou os olhos do enterro e olhou para ela.

— Parece saber do que fala.

— Não. — ela respondeu, movida pela necessidade de defender Shaw. — Meu pai é um herói.

— Mas... — Bruce levantou uma sobrancelha inquisitiva.

Ela sentiu-se retrair, fechar-se. Dois dias sem desentendimentos com Bruce não significavam uma trégua tão absoluta a ponto de ela se abrir, principalmente em relação ao pai. Sem saber como pedir privacidade, permaneceu quieta.

Ele deu de ombros.

— Entendi, tudo bem. Ainda não estamos nesse estágio. Bem, nem sei se vale a pena dizer isso, mas meu pai era um cretino. Não falo com ele há doze anos e não sinto a mínima falta. Isso é ruim?

Barbara balançou a cabeça.

— Não sei.

Sem saber como continuar a conversa, eles voltaram os olhos para o espetáculo macabro. As pessoas agora observavam o caixão ser baixado para dentro da cova, num ritmo monótono. Anna dobrou os joelhos, quase desabando sobre o caixão da filha, e recebeu apoio de algumas pessoas.

Barbara olhou para Bruce com intenção de lembrá-lo de que ainda precisavam interrogar Joyce Manning, que estava no enterro com sua filha, Amber. Foi quando notou que o parceiro tinha os olhos molhados. Ele pendurou a cabeça, o maxilar tenso. Murmurou:

— Esse é o tipo de merda que não poderia acontecer. Nunca.

Surpresa, ela desviou o olhar, entendendo que, assim como ela, Bruce não queria suas fraquezas expostas. Vítimas de crimes e seus familiares procuram apoio em detetives durões, e não nos que parecem tão inconformados e abalados quanto eles. Pessoas querem certezas, mesmo que em sutis expressões faciais. Choro não dá aos pais de uma criança assassinada esperança para continuar vivendo.

Com o serviço terminado, o grupo começou a migrar em direção à estrada. Mulheres praticamente empurravam Anna Green, abraçando-a, tentando confortá-la com palavras ensaiadas. Tom Green fitava o buraco no solo no qual a única filha jazia.

Barbara sentiu a necessidade de ao menos dirigir algumas palavras gentis a Anna, e abriu a porta. Sentiu a mão de Bruce fechar no braço dela.

— O que está fazendo?

— Preciso falar alguma coisa.

Ela saiu do carro, sentindo uma rajada de vento ártico. Encostada no carro, observou as pessoas que iam do enterro para suas casas. Viu Anna caminhando em sua direção. Pensou no que diria, talvez o bom e velho "sinto muito pela sua perda", mas Barbara perdera a mãe e a avó, duas mulheres que, apesar de suas diferenças, haviam se unido como uma dupla maternal para criá-la cercada de apoio, compreensão e amor. Barbara sabia que palavras não adiantam de nada.

— Sra. Green — deu um passo à frente —, sinto muito pela sua perda.

Anna levantou os olhos para Barbara. Vítreos, eles davam indícios de loucura começando a formar-se dentro dela. Então, pareceu murchar e continuou caminhando, olhando para a frente.

A mulher alta, que até então não saíra do seu lado, ficou para trás e encarou Barbara.

— E o que estão esperando para encontrar o filho da mãe que fez isso? — A voz uma lixa raspando uma pedra. Gesticulou com a cabeça, apontando o queixo para os lados. — Há quatro mil habitantes na merda dessa cidade! Não é possível que não tenham uma pista!

Barbara lambeu os lábios, ouvindo Bruce sair do carro atrás dela.

— Estamos interrogando todo mundo, mas leva tempo...

A mulher cuspiu no chão.

Barbara não esboçou reação. Seu peito queimava e estava pronta para reagir, mas não podia encostar numa civil se ela não apresentasse ameaça.

Algo aproximou-se pela lateral. Quando ela virou o rosto, só conseguiu captar sobrancelhas grossas e dentes brancos numa caricatura de ódio, antes do corpo perder o equilíbrio e cair contra a neve, ferindo os cotovelos. Antes que pudesse reagir, Bruce empurrou o homem com uma força que o atirou ao chão.

Sentindo a neve penetrar as frestas de suas roupas, ela empurrou-se para cima, alarmada, tentando alcançar o parceiro, que já estava com o rosto vermelho, berrando:

— Tem noção do que acabou de fazer, seu merda? Atacou uma policial!

As pessoas afastavam-se, a maioria triste demais para se importar com a briga. Alguém puxou Anna Green para trás, para protegê-la. As pessoas ao redor do carro, no entanto, pareciam multiplicar-se.

Ela conseguiu tocar o ombro do parceiro, vendo o homem no chão, também nervoso, tentando se levantar.

— Tá tudo bem.

— O que vocês estão fazendo, seus incompetentes?! — o homem berrou. Levantou-se, o casaco salpicado de branco. Apontou um dedo para Bruce. — Tem um monstro nessa cidade! Já faz três dias e vocês ainda não prenderam ninguém! Quem vai garantir a segurança da minha filha?!

Houve sons e palavras de apoio a ele. Sentindo uma situação perigosa começar a se formar, ela levantou a voz:

— Estamos fazendo tudo em nosso poder...

— Não falei com você, piranha! — o homem berrou.

Ele caiu para trás e imediatamente foi amparado por outros homens. Bruce havia lhe dado um soco.

Barbara levou um segundo para reagir.

— Vou processar você por isso! — o homem berrava, uma veia saltando no pescoço, sendo levantado e contido pelos amigos.

— Entra na fila, babaca!

Ela segurou Bruce, testemunhando pela primeira vez a fúria do parceiro. O medo brigava com um sentimento de gratidão a ele, e quando os outros civis começaram a reagir àquilo, formando um coro de revolta, falando em abuso de autoridade, ela se virou para eles com um novo tipo de raiva, encarando o homem que a xingou:

— Tem dois segundos para sumir daqui ou prendo você por desacato. — Virou-se para o grupo de curiosos: — Vocês querem mesmo ver o assassino de Mollie pagar pelo que fez? Então parem de culpar a polícia!

Virou-se para Bruce ao sentir que eles retraíam. Nunca o vira daquele jeito, emanando calor, os olhos fixos no pobre coitado que agora cambaleava para longe deles. As outras pessoas afastavam-se, falando alto. Os olhos de Barbara fixaram numa mulher baixa, serena, que se benzia e fazia uma prece silenciosa. Por um instante, sentiu-se incapaz de se mover, pensando que deveria começar a acreditar em Deus.

— Entra no carro — murmurou, virando-se para Bruce. — Vamos, acabou.

Ele obedeceu, furioso. Ao olhar sobre os ombros mais uma vez à procura da beata, Barbara não a encontrou. O vento bateu no rosto dela, fazendo o cabelo desprender-se, e ela lembrou-se da avó e suas inconsistências religiosas, frequentando terreiros de candomblé com a mesma devoção que acendia velas aos pés da estátua de Santa Josefina Bakhita.

Dentro do carro, fechou a porta.

— Filho da puta — Bruce murmurou, girando a chave no contato.

— Estamos encrencados.

— Ele não vai me denunciar.

116

Ela o encarou.

— Essas pessoas estão revoltadas. É uma cidade pequena demais para um predador desse tipo. Aqui qualquer um pode ser a próxima vítima, não há margem para indiferença, para esperança... estamos no ártico, isolados, presos pelas condições climáticas, por tudo. Se eu tivesse uma filha...

Ela parou.

Bruce franziu a testa.

— Estaria com medo, também — ela terminou o pensamento.

Ele não respondeu. Arrancou com o carro, deixando o silêncio reprimir seus maiores receios.

A Igreja era pequena, não muito convidativa. Barbara nunca foi atraída pela religião institucional, e nenhum elemento ritualístico ou promessa feita pelo cristianismo lhe parecia sensato. Nunca percebeu nenhuma magia ou amor ao entrar num templo. Concluíra que a religião não precisava dela, ou que nada daquilo era real. Os últimos dias, no entanto, mudaram algo. Não achava que estava enlouquecendo no sentido literal da palavra, mas sabia que estava em território inexplorado e não conseguia mais distinguir a passagem do tempo. Era como estar num sonho.

O interior era mais aconchegante. Paredes em tons terrosos, vermelho-escuro e laranja. Figuras de santos com olhares sofredores. O rico aroma de velas.

Estava vazia, a entrada um pouco suja de neve. Ela caminhou pelo altar, olhando a estátua de Jesus Cristo na cruz. A tinta bege da pele do salvador descascava no nariz e queixo. Os pregos fincados nas mãos pareciam reais, quase enferrujados.

Ao parar de caminhar, ainda analisando o homem crucificado,

sentiu-se sendo observada. Como se notasse que foi descoberto, um homem saiu das sombras perto do altar e caminhou até ela com passos vigorosos, porém comedidos. As luzes das velas reluziram numa cabeça careca e a batina revelou que era o padre.

Ele sorriu. Pareceu-lhe instantaneamente um homem bom, sábio, de confiança. Ela enviou sinais mentais de cautela e sentiu o coração fechar-se um pouco.

— Posso ajudá-la, minha jovem?

— Espero que sim, padre. Trabalho para o Departamento de Polícia de North Borough, como detetive de homicídios. Gostaria de fazer algumas perguntas, se o senhor não se importar.

Ele ergueu as sobrancelhas acinzentadas.

— Houve algum homicídio de algum membro da minha congregação, ou algum bom católico na comunidade?

— Não sei muito bem se era alguém que frequentava a igreja... — Assim que respondeu, percebeu que deveria ter prestado atenção naquilo. — Mas houve um assassinato ritualístico...

— Oh, sim, acho que se refere àquela pequena criança.

— Sim, padre.

— Eu realmente não sabia que aquilo foi... como você disse? "Ritualístico". É uma pena, uma coisa lamentável...

Ele parecia sincero, abalado e conformado ao mesmo tempo. Ela supunha que diria algo como "é a vontade de Deus" e sentiu revolta pela passividade dele.

— Ela foi abusada e queimada. O corpo foi encontrado na disposição de um pentagrama invertido, se nos orientarmos pelo Norte. Havia velas pretas e temos indícios de que possa haver motivações de caráter religioso. Satanista, provavelmente.

O padre franziu a testa, denunciando sua idade avançada.

— Como chegou a essa conclusão? Não pode ser um delinquente ou alguma brincadeira de mau gosto?

— Estamos investigando todas as possibilidades. Já aconteceu algo aqui na igreja? Profanação de símbolos sagrados, objetos estranhos encontrados aqui?

O balançar de cabeça foi decisivo.

— Nunca, de forma alguma. Eu teria procurado as autoridades.

Mais uma vez, parecia estar sendo sincero.

— Sabe muito sobre Satanismo, padre?

Ele fechou as mãos sobre a virilha e pendeu a cabeça para baixo um pouco, refletindo.

— Bem, de forma mais tradicional, o culto ao Lúcifer é o culto ao Mal, a tudo que se opõe à pureza de espírito, à luz. No entanto, sei de grupos que consideram o satanismo a oposição ao sistema de crenças, às religiões num geral, e a Deus. Já li algumas coisas sobre ritualística nesses cultos, porém não posso afirmar que há um padrão, por assim dizer. Sei que... bem, uma vez ouvi falar que há uma hierarquia de demônios a serem... invocados.

Ele parecia pouco à vontade. Olhou para o alto, para os cantos da igreja, como se a conversa pudesse profanar aquele lugar sagrado para ele. Suspirou.

— Não sei muito mais do que isso, detetive...?

— Castelo. — Ela mostrou o distintivo. — Posso pedir um favor?

— Naturalmente.

— Preste atenção na sua congregação. Observe os homens entre dezoito e quarenta anos. Me ligue se desconfiar de algo. De qualquer coisa.

— Certamente não acha que o monstro por trás desse crime poderia frequentar esta igreja.

— É uma possibilidade. Falando nisso, os Green costumavam vir à igreja? Tom e Anna Green?

Ele balançou a cabeça.

— Não os conheço.

— Obrigada, padre...?

Ele estendeu a mão.

— Padre Sanderson, detetive.

Ela entregou um cartão para ele e saiu, deixando-o imerso nas implicações de suas palavras.

Não havia mais ninguém no segundo andar do Departamento de Polícia de North Borough, com exceção de Barbara, Bruce e Harris. O sargento saiu de sua sala e viu seus dois detetives debruçados sobre depoimentos e relatórios. Deu um assobio baixo para despertá-los da concentração que dedicavam àquele caso, e quando os dois olharam para cima, gesticulou para que entrassem na sala dele.

Sentou-se e esperou os dois se acomodarem. Bruce afundou na poltrona como se pesasse duzentos quilos, abatido, a barba loira por fazer, pernas afastadas e dedos entrelaçados. Barbara sentou-se ereta, rígida, flexionando os dedos das mãos que estavam brancas de tão geladas.

Ele esforçou-se para a voz sair tranquila e não piorar a situação:

— O capitão tem me pressionado. Soube que farão uma matéria no telejornal do estado, e soube, por cortesia de uma colega da imprensa, que há um desabafo cheio de lágrimas de Anna Green. Pediram um posicionamento e eu menti, claro, e disse que já tínhamos algumas pistas, mas a esta altura, não podíamos dar mais informações. Soube do que aconteceu no enterro hoje.

Ele olhou de um para o outro, esperando respostas. Barbara falou primeiro:

— Alguns civis estavam emotivos, nada de grave aconteceu, sargento.

— Preciso deste caso solucionado — ele falou, os olhos fixos nos dela. — Solicitei uma análise das evidências físicas junto ao laboratório forense da polícia de Anchorage, orçamento aprovado por tempo limitadíssimo, em caráter emergencial. Sabem que isso não significa nada sem suspeitos, sem mais provas, sem confissões. Vocês são detetives ou não?

Bruce manifestou-se, como se provocado.

— Interrogamos vizinhos, amigos da família, amigas de Mollie, professores, a diretora da escola, os donos dos postos de gasolina, e até agora não conseguimos nada. Ainda por cima, temos relatórios de outros casos para terminar, e Barbara praticamente abandonou dois casos de estupro que vieram antes, sargento. Não há mais rastros para seguir. Talvez, com o exame de DNA, alguma coisa apareça, mas hoje não temos nada.

Harris inclinou-se para trás e observou Barbara.

— Quase consigo enxergar os pensamentos nessa sua cabeça, Castelo, loucos para dançar na sua boca. O que não está me dizendo?

— Acho que estamos lidando com um assassino em série missionário, sargento. Mais especificamente, um satanista.

Bruce fechou os olhos.

Harris prendeu o olhar no rosto dela: olhos grandes emoldurados por cílios grossos e negros, maçãs fortes, nariz triangular e pontudo, lábios grossos. Um rosto simétrico que poderia ser descrito tanto como exótico quanto sem graça; encontrava-se beleza nela apenas se prestasse atenção. Os olhos não demonstravam vergonha pelo que acabara de dizer.

Ele apenas abriu os braços, palmas viradas para cima.

— O namorado de Crawford é praticante de Wicca, mostrei algumas fotos para ele e um esboço de como a vítima foi encontrada.

— Uou, uou, espera aí. — Harris inclinou-se para ela. — O namorado de Crawford é o quê?

— Ele disse que parecia satanismo. Acho que estamos lidando

com alguém que realmente acredita nos rituais que conduz e que gosta de matar, e aproveita essas vítimas para gratificação sexual, mas ainda as deixando intactas. Virgens. Isso explica o estupro oral, não vaginal.

Harris virou o rosto para Bruce, que o olhava como se esperasse uma reação ruim. Não gostou do que ouviu, sentiu o estômago num nó, mas não conseguia ignorar a certeza na voz dela.

— E o que você acha, Darnell?

— Neste momento, eu concordo com a Castelo, senhor.

Barbara falou, revigorada pelo apoio do parceiro:

— Acredito que ele já matou antes, de maneira parecida, e que naquela noite foi com um propósito, não acho que a chegada da escuridão do inverno tenha sido coincidência, ele pensa que há poder nela. Também acredito que siga uma linha do satanismo chamada *acósmico*, que mata como parte de missões, e sinta real prazer nisso. Se eu estiver certa, ele pode estar agindo em nome de uma entre treze entidades, uma força chamada Nyx, de *noite*.

Harris só conseguiu olhar para Bruce, que fitava a parceira com uma mão suave sobre a boca, mostrando desconforto, como se não acreditasse que ela ousara despejar aquela teoria na mesa.

Quando Harris levantou-se, os dois também se endireitaram com corpos densos e rostos desanimados.

— Sabe qual é a maior contradição em vocês dois, e basicamente a única coisa que têm em comum? Amam este trabalho, nasceram para ele, mas não dão a mínima para a carreira. Barbara, se persistir nessa linha de investigação, quero evidências que a corroborem, ou juro que a mando de volta para São Francisco.

Ela engoliu o nervosismo, manteve o rosto firme e, com um "Sim, sargento", saiu do escritório dele.

Harris encarou Bruce.

— Seu emprego também está por um fio. Lute por ele.

No carro de Barbara, os dois comiam sanduíches em silêncio. A alguns metros, no cemitério de Barrow, cerca de duzentos civis locais faziam uma vigília para Mollie Green.

Contrastavam com a noite por causa das velas acesas. Parecendo inchados devido aos agasalhos, abraçavam-se, rezavam, agachavam na neve e colocavam mensagens de apoio à família, fotos da menina retiradas de arquivos pessoais e da internet. Todos acendiam velas, que difundiam uma iluminação morosa, porém potente o suficiente para criar uma mancha de luz na pequena cidade.

Duas viaturas da polícia flanqueavam o conglomerado para garantir a paz. Bruce e Barbara não queriam marcar presença ali, sabendo que tristeza e hostilidade muitas vezes caminham de mãos dadas, e sem ânimo para enfrentar perguntas que não tinham como responder. Barbara lembrou-se de que Shaw uma vez dissera que o martírio fazia parte do trabalho. "Na ausência de um rosto para odiar, vão se virar contra as autoridades, é da natureza humana."

Bruce quebrou o silêncio:

— Sabe que Harris não teria coragem de mandá-la embora. Está se sentindo tão acuado e impotente quanto nós.

— Por que vocês sempre se defendem?

Ele observou a movimentação de corpos ao redor das velas, os repórteres entrevistando os locais com luzes agressivas nos rostos deles.

— Eu gosto do cara. Já vi o quanto ele ama essa cidade e o quanto leva o trabalho a sério, sei que carrega uma responsabilidade filha da puta nas costas. Eu perdoo a reação humana. Perdoo que ele tenha se exaltado. O mundo vive falando em perdão, mas... sei lá, um deslize e você é um monstro.

— Está falando de si mesmo — ela murmurou.

Ele se inclinou no volante.

— Isso daí — gesticulou com o queixo —não ajuda.

— Precisam vivenciar o luto.

— Está falando de si mesma.

Ela apertou a mandíbula. Bruce encarou-a e sorriu.

— Também sei brincar.

Ela engoliu a provocação e bebeu mais refrigerante, sentindo a garganta queimar de forma deliciosa e ácida.

— Precisamos parar de pensar no caso. Sabe disso, né?

— Sei. Estamos sobrecarregados e não vamos conseguir clareza alguma se não respirarmos. O único problema é que esta cidade não oferece nenhum tipo de válvula de escape.

— Acho que vou para casa ver um filme — ela murmurou, entediada, empurrando as costas contra o assento para esticar-se. Sabia que se fosse, sentaria no sofá com Spark no colo e leria, mais uma vez, o livro do caso, atrás de algo que poderia ter deixado passar.

— Ou... — Bruce lhe atirou um olhar cheio de malícia.

Barbara enrugou a testa.

— Não vou transar com você.

Bruce riu e balançou a cabeça.

— Eu só ia sugerir que tomássemos uns *shots* de refrigerante no Ice & Glory. Por que todas vocês acham que só queremos sexo o tempo todo?

Barbara sentiu a vergonha crescer e aquecer suas bochechas.

— Desculpa. Bom, um *irish coffee* sem álcool faria toda a diferença do mundo agora.

Ela virou a chave e o carro deu uma balançada e voltou a dormir.

Bruce fez uma careta.

— Ganhamos pouco, Castelo, mas dá para comprar um carro novo.

Ela mordeu o lábio e girou a chave mais uma vez, trabalhando o pé no acelerador da forma como a caminhonete pacientemente lhe ensinara nos últimos meses.

Bruce continuou observando com um sorriso despreocupado.

— Sério mesmo, gasta seu dinheiro com o quê?

O carro pegou, trêmulo, incerto, e ela suspirou de alívio. Olhou para o parceiro antes de engatar a marcha.

— Comida de gato e vibradores, Bruce.

O Ice & Glory estava praticamente vazio. Na ambientação escura, um aparelho de som tocava *House of the Rising Sun*, na versão do The Animals, e os poucos homens que bebiam lá bebiam sozinhos.

Ninguém olhou para cima ou moveu a cabeça quando Barbara e Bruce entraram. Ela não conseguiu deixar de pensar que algo mudou no ar frígido de Barrow com o assassinato de Mollie.

Ela não ficaria surpresa se as pessoas naquele restaurante tivessem trazido suas próprias doses de uísque para jogar nas bebidas e proteger-se da realidade de que uma menina pode berrar, chorar, implorar e morrer sem que alguém vá em seu socorro.

Policiais têm comportamentos que acabam fazendo parte de quem são, e escolher os cantos para ter visão total de um restaurante ou bar, com a parede às suas costas, é um deles. Os dois sentaram-se, despiram-se das luvas, gorros e jaquetas, e olharam os cardápios envelhecidos e engordurados por um tempo, em silêncio.

— Qual foi seu primeiro *drink*? — ela perguntou, inclinando-se contra o sofá de plástico e cruzando os braços.

— Roubei uma garrafa de vodca do meu pai, aos treze anos. Nem lembro a marca. Deveria ser barata, meu velho não gastava dinheiro. Odiei, mas fingi que adorei. Aquele tipo patético de mentira que contamos para nós mesmos.

Barbara sentiu a boca abrir num sorriso intenso.

— Tipo fingir que está sentindo o efeito *nossa-que-muito-lou-co* da maconha quando dá o primeiro trago?

Ele riu.

— Tipo isso, sim. E o seu?

Ela contornou uma mancha circular deixada pela bebida do cliente anterior, gostando do deslizar da ponta do dedo indicador contra a madeira gasta e macia.

— Tinha uns dez, onze anos. Minha mãe chegou em casa, era um fim de semana e ela tinha saído com as amigas. Geralmente voltava cansada e me dava um beijo com cheiro de perfume e suor enquanto eu fingia estar dormindo. Não sei por que fingia, eu amava a minha mãe e éramos muito amigas... mas lembro que naquela noite ela chegou mal. Ouvi a ducha e os choros dela. Minha avó acordou e entrou no banheiro. Conversaram. Aí minha avó, furiosa, disse "*se tem tanta saudade daquele bosta, então volta para ele e deixa a Ba aqui comigo! Por que ficar saindo e bebendo e dando para qualquer um que te trata como lixo, só para matar as saudades daquele bosta, Sandra, bosta! Bosta! Eu não criei você para isso!*"

Bruce prendeu a respiração por uns segundos. Mas Barbara parecia bem tranquila ao falar daquilo, embora o olhar estivesse distante e a voz um pouco amortecida.

— Sua avó estava falando do seu pai.

Ela assentiu.

— Sim, estava. Enfim... minha avó foi dormir, minha mãe saiu do banho e me deu outro beijo e também foi dormir. Então, fiquei pensando na bebida, me perguntando se ela realmente consegue fazer isso, arredondar nossas dores, apaziguá-las, entende? Fui até a cozinha. Eu tinha bebido cerveja com uma amiga uma vez, mas só um gole, nada de mais. Naquela noite, eu queria beber de verdade. Achei uma garrafa de uísque barato. Tomei um copo inteiro. Lavei o copo e guardei, eliminei todas as evidências...

Bruce sorriu.

— Então... — Barbara olhou para ele. — Na volta ao quarto, descendo o corredor, senti o efeito.

Eles riram um pouco.

— E quando deitei foi horrível. Eu sentia que afundava na cama, que minha barriga era feita de gelatina... jurei que nunca mais ia beber, chorei, mas não vomitei. Escovei os dentes umas quatro vezes para não sentirem o bafo. E sabe, acordei bem no dia seguinte e ninguém nunca percebeu. E só voltei a beber aos dezesseis, em festinhas clandestinas.

Um homem de cabelos brancos aproximou-se.

— Vão beber o que, detetives?

— Boa noite, Jones. — Bruce adotou um tom educado para referir-se a ele. — Uma Coca-Cola, *on the rocks*.

Barbara sorriu para ele.

— Duas, então.

O homem assentiu, o rosto demonstrando fadiga e pesar, e foi até o balcão. Barbara parou de sorrir e Bruce escancarou seus receios:

— Levaram um golpe forte demais.

— É... — ela suspirou. — Mas vamos pegá-lo.

Bruce não respondeu de imediato. Pareceu duvidar.

— São condições adversas, sabe? A neve, a escuridão, a falta de gente nas ruas. É um ambiente que o favorece, que apaga traços de suas ações, que dificulta tudo. Somos humanos, Barbara. Só podemos trabalhar com o que temos.

— Temos o suficiente para continuar procurando.

— Pensei que não íamos falar do caso.

— *Touché.*

O velho Jones serviu as bebidas e se foi.

Eles brindaram em silêncio, com um leve erguer de copos, e deram goles espartanos. No balcão, um homem pediu o controle remoto ao velho e ligou a TV. Aumentou o volume o suficiente para subjugar a música e virar as cabeças de todos no recinto. Na tela, a imagem granulada da vigília.

Uma repórter bem agasalhada falava num microfone. Alguém desligou a música no bar e a voz dela saiu nítida:

— Uma noite triste aqui em Barrow, Alasca, onde os moradores mostram sua solidariedade e tentam confortar os pais e amigos da pequena Mollie Green, cujo corpo, queimado e com sinais de estrangulamento e abuso sexual, foi encontrado por um pescador, no dia dezenove de novembro. Neste momento, a polícia ainda não tem suspeitos, e embora o chefe da Polícia de North Borough, Bo Danielson, não queira comentar, há indícios de que Green foi executada num ritual de magia negra.

A voz dela continuou, enquanto a câmera passava lentamente por dezenas de velas, flores, desenhos e bilhetes.

— Os moradores estão depositando suas mensagens e preces, e conseguimos alguns depoimentos que mostram a dor que estão sentindo neste momento.

Uma luz absurdamente branca iluminou o rosto de uma *inupiat* baixa, com as feições nativas típicas da região.

— Não conseguimos mais dormir sabendo que alguém capaz de maltratar tanto de uma menina está livre, entre nós...

A tela ficou preta, o som cortado de maneira tão abrupta que o silêncio ganhou densidade. Jones desligara a TV. Arrastou passos e voltou ao trabalho. O homem que havia ligado a televisão murmurou algo inaudível, levantou-se e saiu, deixando o uivar do vento penetrar o estabelecimento.

Barbara encarou o parceiro. Bruce levou o copo à boca. Quando o silêncio ficou pesado demais, ele falou baixo:

— Então vamos falar do caso. Ele precisa ter um carro. E se fizéssemos um levantamento de todos os carros comprados em Barrow nos últimos seis meses e investigarmos cada proprietário?

— Precisamos dar uma olhada na lista de classificados *on-line*.

— Podemos fazer o mesmo com imóveis. Vamos ver se dá para afinar a lista para homens que tenham alugado casas e carros aqui neste ano.

— E aí vamos de porta em porta, começando por Hollow Trees — Barbara suspirou. — Sabe que eu estarei nessas listas, né?

Bruce ofereceu um sorriso débil.

— Ainda não é suspeita, Castelo.

Tomaram mais refrigerantes e brigaram para ver quem pagaria a conta. Barbara venceu, pagou, e os dois saíram do restaurante às dez da noite. Não havia movimento nas ruas e nevava pouco, os flocos caindo lentamente e grudando onde encontravam uma superfície para descansar.

— Apesar de tudo, é bonito — Bruce falou com ares de quem precisa dormir, enfiando as mãos nos bolsos.

Ela olhou em volta, para o cenário de filmes natalinos e documentários de expedições suicidas. Sorriu.

— É, é bonito. Meu novo lar.

A pancada na parte de trás da cabeça foi forte o suficiente para que seus joelhos cedessem e se enterrassem na neve. Antes que pudesse avaliar a posição do seu agressor, seu rosto sentiu o próximo golpe e ela foi jogada contra o solo, o rosto contra o gelo. O estômago contraiu-se quando alguém chutou sua barriga. Ela ouviu seu próprio gemido de dor. Abriu os olhos e a imagem era turva, sem ponto de referência, um borrão preto misturando-se com um cinza-claro e um feixe da luz do poste. Ouviu grunhidos e sons abafados, enquanto segurava a barriga, o corpo encolhido. A dor irradiava para as costas. A mente conseguiu agarrar-se a um fragmento de lucidez; *estamos sendo atacados*. Barbara forçou-se a rolar no chão, as costas arranhando a neve.

Três corpos vestidos com roupas escuras, esboçando movimentos curtos e violentos contra Bruce, que também fora atirado ao chão. Grunhidos masculinos, respirações aceleradas. Barbara forçou-se a negligenciar as dores. Estava desarmada, assim como o parceiro, mas não eram homens treinados, apenas furiosos. Moradores de Barrow pressionando a polícia do pior jeito possível.

Ela se levantou e avançou no agressor mais próximo. Eram apenas contornos na escuridão. Barbara foi para cima com movimentos instintivos. Um chute no joelho fez com que ele se dobrasse.

Os outros desviaram a atenção de Bruce para ela. Barbara arrancou um taco de *baseball* dos dedos do primeiro. O bastão cortou o ar e acertou o segundo homem na cabeça. Ele desabou na neve como se pesasse uma tonelada.

O primeiro já se recuperara o suficiente e adiantou-se com um berro de ódio. Enquanto ela calculava o próximo golpe, foi agarrada por trás. O terceiro era um tanque. Ela sentiu todos os seus músculos afrouxarem quando um soco curto, ossudo, atingiu sua face esquerda. Mole, ela desabou e a neve entrou nas roupas para gelar seu pescoço, punhos e tornozelos.

Ouviu um berro de angústia e o estalar sutil de ossos. Soube que Bruce voltara à briga. Empurrou-se para cima mais uma vez, ainda tonta do soco, sentindo o rosto inchado.

Bruce segurava o maior pelos cabelos. Ela não conseguiu, naqueles milésimos de segundo, detectar as feições do líder, mas distinguiu um nariz aquilino e um queixo gordo, flácido. Inflamada pelo ataque covarde e pela dor que intensificava em seu rosto, esperou o segundo abordá-la mais uma vez, um recorte negro contra o mundo cor de cinzas, respirando com dificuldade, grunhindo como algo que era metade animal.

Barbara cerrou os dentes e chutou o tornozelo dele com potência inédita. Ele reprimiu um berro, mas não aguentou e dobrou. Com sede por violência, que a tomou de surpresa e encheu seu peito com uma cólera nova e saborosa, Barbara desferiu um chute contra as costelas do seu oponente. Então, deixou escapar um leve gemido ao preparar-se para atacá-lo. Parou. Afastou-se, ofegante, tossindo, a garganta machucada pelo ar gelado. Não bateria nele sem necessidade.

Bruce olhava para os homens caídos, o peito largo inflando e desinflando com fúria.

— Filhos da puta… — ele sussurrou, ainda incrédulo. — Vou matar vocês, seus filhos da puta.

Ela o segurou pelo braço, passando a temer sua reação.

— Deixa… já aprenderam.

— Não, ainda não. Pegue as algemas, estão presos.

— Bruce, esquece isso. Já apanharam.

Não eram bandidos, isso ela e Bruce aprenderam durante a luta. Eram homens de meia idade, trabalhadores, revoltados com o assassinato de Mollie. Apesar da reação violenta, eram boas pessoas em essência.

Bruce deu um chute no segundo, com uma força que produziu um som arredondado, grosso. Ela sentiu uma onda de medo e empurrou o parceiro para trás.

— Para, acabou.

Ele virou as costas e andou até o carro, já esbranquiçado, que havia estacionado em frente ao bar. Por um segundo, ela pensou que Bruce estava chamando uma patrulha pela central, mas então percebeu que ele havia se trancado ali para não matá-los.

As pernas moles, a cabeça latejando, ela foi atrás dele. Entrou no carro, escutando apenas respirações cortadas no ambiente quente do veículo.

— Desgraçados — ele murmurou.

Barbara baixou o espelho do lado do passageiro e viu o rosto avermelhado no reflexo. Incharia, ficaria roxo e amarelado, e ela não conseguiria esconder que ela e Bruce haviam se metido numa briga. Do lado de fora, os homens não estavam se movendo.

Decidiram, sem falar uma palavra. Aceitaram comprar a briga com a cidade inteira naquele gesto, mas precisavam fazer a coisa certa. Ele pegou o rádio e apertou o botão.

— Central, aqui é Bruce Darnell, 567, pedindo um veículo na rua Nanook, restaurante Ice & Glory. Temos três homens, um deles armado com um taco de *baseball*, que atacaram a mim e a minha parceira, Barbara Castelo, agora às dez e vinte da noite, quando saíamos do bar. Usamos força apenas para nos defender e incapacitamos os agressores. Andem logo que eu quero dormir.

Abrindo a porta de casa, Barbara pisou num envelope fino. Os músculos estavam doloridos da briga, dizendo a ela que havia sido atingida em lugares que não percebera no calor do momento. Ao abaixar para pegar a correspondência, encontrou os olhos verdes de Spark. Sorriu e fechou a porta, confirmando com um olhar em volta que todas as luzes continuavam acesas. Spark miou, esfregou-se nas pernas dela e começou a ronronar.

Ela pegou o animal com uma mão e abraçou-o enquanto virava o envelope para ver o endereço do remetente. Não havia nada. Largou o envelope na mesa, apertando o gato contra o peito, e foi até a cozinha, onde preencheu o pratinho dele com comida e água, depois abriu um vinho e encheu uma taça.

Sentou-se no sofá da sala e tirou o casaco e o gorro. Apoiou os pés na mesa de centro e provou do vinho, o olho preso ao envelope. Tocou o rosto com as mãos cautelosas. Olho inchado, maçã dolorida, pele quente. Sentira-se abalada e fragilizada logo após o ataque. Naquele momento, no entanto, saboreava apenas raiva. Tinha aquilo, também, que quase ninguém gosta de mencionar, mas que já notara no passado, nos tempos de policial uniformizada. A queda de adrenalina desperta desejo sexual.

Lembrou que não fazia sexo há quase três anos, que sentia saudades de um corpo masculino para montar, para apertar.

Ignorou a súplica do seu sexo e pensou na briga. Pegou o celular. Antes que pudesse pensar demais e mudar de ideia, mandou a gravação em áudio para o Dr. Johar.

— Não sei se consigo encontrar esse cara. Meu pai sempre foi realista em relação às taxas de crimes não resolvidos, e sempre me pediu para manter isso em mente e não me torturar a cada caso que fica frio, porque o trabalho nunca acaba, porque sempre há o próximo e só precisamos dar o melhor de nós. Mas não neste. Não posso falhar neste. Não por ser o primeiro... é porque acho que... esquece. — Soltou o dedo do ícone de microfone.

Queria dizer: *não acho que estou aqui por acaso. Acho que ele é um forasteiro, como eu. Acho que ambos viemos encontrar alguma coisa no céu negro, algum tipo de nirvana, de apoteose... e receio o que acontecerá quando encontrarmos.*

Não teria coragem de dizer aquilo. Era bem possível que Johar entrasse em contato com Shaw, para que ele fosse ao encontro de Barbara a fim de salvá-la de si mesma. Às vezes, ela tinha raiva do quanto o terapeuta gostava dela, num nível pessoal e paternal. Talvez fosse mais fácil se ele a visse apenas como um rato de laboratório.

Distraiu-se por um instante e seus olhos fixaram-se no envelope.

Ao abri-lo, encontrou uma única folha de papel, escrita à mão com uma caneta tinteiro preta, exibindo uma caligrafia irregular, masculina, agressiva.

BARROW, NOVEMBRO DE 2016
DETETIVE BARBARA CASTELO

Já na segunda frase, lembrou-se de Lou1972: "Vai entrar em contato com você em breve, para provocar.":

VIVER NUMA CIDADE MINÚSCULA PODE SER UM GRANDE DESAFIO PARA UM HOMEM QUE AINDA NÃO ESTÁ PRONTO PARA A PRISÃO, MAS TEM SUAS VANTAGENS, COMO PODER SEGUIR E OBSERVAR UMA MULHER TÃO DETERMINADA QUANTO VOCÊ. POR VEZES ACHEI QUE TINHA NOTADO MEU ~~CARO~~ ████████ ████████ SEU NA SOLITÁRIA STVEVENSON ROAD, MAS ESTAVA ENGANADO. PERGUNTO-ME NO QUE PENSA ENQUANTO DIRIGE, PARA QUE FIQUE TÃO DESATENTA. OU TALVEZ VOCÊ NÃO SEJA TÃO BOA DETETIVE QUANTO PENSA. SEJA COMO FOR, ESTOU DE OLHO EM VOCÊ, E CONTO COM UM ENCONTRO EM BREVE.

MOLLIE ERA INOCENTE DEMAIS PARA ESTE MUNDO, E EU SÓ APRESSEI AS COISAS. JÁ POR MIM, FIZ UM FAVOR AQUELA MENINA, E MAIS UMA VEZ O SOLO ESTÁ MANCHADO COM O SANGUE DE UM INOCENTE, E ESTAMOS MAIS PERTO DO QUE VOCÊ PENSA DA EXTINÇÃO DE TUDO QUE É PODRE E RUIM, TOPA A LAMA QUE VOCÊS PORCOS COMUNS SE ESFORÇAM INUTILMENTE PARA PRESERVAR.

UM DIA VOCÊ, QUE VIU DE PERTO O MAL DESTE MUNDO, AINDA VAI OUVIR MINHA EXPLICAÇÃO PARA MEUS ATOS E NO SEU ÍNTIMO TERÁ QUE CONCORDAR. DESEJO A VOCÊ UMA BOA CAÇADA, MAS SINTO DIZER QUE "ESTÁ FRIA" AINDA. ESPERO QUE FIQUE MAIS QUENTE ANTES QUE SEJA TARDE DEMAIS, BARBARA.

ATÉ BREVE,

NYX

*Puta merda.* Barbara sentiu os dedos leves, sem força, e colocou a carta sobre a mesa. Percebeu o coração acelerado e uma imediata aversão ao papel que tocara, como se impregnado por algum tipo de excremento ou fluido. Levantou-se para gastar um pouco da adrenalina que corria pelas veias e foi até a pia da cozinha, onde o chiado leve da água corrente massageou suas mãos. Abriu o pote de vidro sobre o balcão. Desembrulhou plástico protetor com um girar dos dedos e colocou um pirulito na boca. Fechou os olhos. *OK. Agora pode pensar. Acalme-se. Dê um* zoom out.

A técnica funcionava desde pequena. A avó percebeu que Barbara roía as unhas já aos cinco anos. "Isso daqui", Regina dissera, mostrando o cigarro aceso entre dedos enrugados e manchados de amarelo, "é uma péssima ideia. É uma delícia até o ponto em que você estará numa cama de hospital, sem cabelos, com tubos saindo das veias, puxando o ar e não conseguindo encher os pulmões. Não faça isso. Melhor ser gordinha", e deu a ela um pirulito sabor uva. Barbara aceitara a sabedoria da avó naquele exato minuto, e desde então, quando nervosa, enfiava um pirulito na boca.

Rodando o pirulito contra a língua, ela deu alguns passos em direção à mesinha de centro. A carta jazia no vidro, aberta, obscena.

É o Executor.

Nunca odiara tanto estar certa.

# V

# THANATOS

MORTE

Phoenix amassou um cigarro num cinzeiro de vidro. Soprou fumaça, imaginando-se como uma vela que acabou de ser apagada. Pela janela, viu a noite e deu um sorriso. A presença de algo maior do que ele, que tudo via e compreendia, pareceu mais real naquele momento do que em todos os seus trinta e oito anos.

Viu seu reflexo no espelho do quarto, sujo de marcas de mãos. O homem de estatura média, cujos cabelos negros chegavam até a cintura, olhava para ele com orgulho. A mulher na cama gemeu, e Phoenix desviou-se de sua autocontemplação para observá-la em sua viagem.

Ela tinha os olhos fechados, e ele viu as marcas finas e brilhantes onde algumas lágrimas haviam escorrido, contornando o osso da têmpora e refugiando-se nos cabelos descoloridos. A cama afundou com um gemido quando ele sentou e acariciou aquelas mechas.

— Joyce... onde está agora, meu adorável pedaço de lixo?

Os dentes dela apareceram quando repuxou os lábios num sorriso cheio de aflição. É, a viagem não estava sendo boa. Ele desejou poder visualizar o que ela via, o que sentia com o corpo e a mente reagindo às qualidades psicotrópicas do chá. Ela confessara, às lágrimas, na semana anterior, que não gostou de ter sido penetrada por ele durante a viagem.

— Suas tatuagens... — Joyce tinha um olhar apavorado — elas *viveram*, Phoenix... meu Deus, elas estavam vivas e debochavam de mim.

Aquilo o fascinou. Ele adoçou a voz e colocou um braço em volta dela.

— Me conta mais, querida — pediu, e Joyce, abraçando o próprio corpo, continuou:

— Eles cresciam, esses monstros... se apossavam de você, e seu corpo de repente era o deles e eles riam de mim... Phoenix, você precisa me jurar, amor, me prometer, me prometer que nunca mais vai fazer isso! Eu não quero mais sentir isso!

Ele a estudou enquanto ela chorava. Acendeu um cigarro, que ela aceitou. Sentia uma ligeira inveja da viagem dela. De uma forma apenas abstrata, mas que, em sua mente, proporcionara uma experiência ultrarrealista, Joyce fora possuída pelos grandes demônios. Não como Phoenix, em sugestão espiritual, mas sexualmente. Intimamente.

Quando ela adormeceu, ele havia se olhado no espelho, como fazia agora. Analisou o trabalho majestoso e caríssimo que levou treze anos para ficar completo. Seu corpo era preenchido pelas figuras do pandemônio, cujos corpos tomavam formas animalescas e contorcidas, os rostos exibiam sorrisos de malícia, e os olhos pareciam tão reais, tão convexos, que uma pessoa com consciência pesada poderia enxergar seus próprios pecados neles.

Desperto, quase livre do estado sufocante de tédio que o acompanhava desde que era criança, Phoenix pegara um bloco de papel e um grafite afiado e começara a desenhar aquilo. Quando Joyce viu-se, habilmente desenhada, sendo violentada por Lethe, Lilith, Basanismos e Thanatos, desmanchara em lágrimas mais uma vez.

— Por que fez isso?

Phoenix lhe deu um beijo na testa.

— Porque eu te amo, Joyce. Tudo o que sente é de absoluto interesse para mim.

Mesmo magoada, Joyce voltaria. Teve o tipo de vida que a transformou numa mulher que tolerava xingamentos, humilhações e tapas como exibições naturais do temperamento de um homem apaixonado. Ele não ficou surpreso quando ela apareceu uma semana após o incidente, disposta a aguentar novos tipos de agressão só para poder vê-lo, trepar com ele e sentir-se amada. Joyce não era rara, mas, numa cidade daquele tamanho, e mãe de uma menininha, foi realmente um presente para Phoenix, um presente dos demônios, para mostrar a ele que estava no caminho certo.

Ele correu os olhos pela pele dela. Na luz amarelada do dormitório, a tonalidade lhe pareceu bela, lembrando baunilha e leite. Ela tinha algumas tatuagens pequenas, desbotadas, feitas em momentos de desespero para provar-se moderna e livre. Ele não ficaria surpreso se ela tivesse feito uma na semana em que se separou do pai da filha, a esperta Amber.

A expressão no rosto dela suavizara. Estaria num bosque, acariciando um unicórnio? Ele sinceramente desejou que sim. A burrice de Joyce, seus limites intelectuais e espirituais, não eram necessariamente culpa dela. Não era justo desejar que sofresse apenas por ser insignificante. Você não chuta um animal que está sangrando. Crueldade sem finalidade é inútil, um recurso dos frustrados, covardes e estúpidos.

Mas, naquele momento, a pele dela era tão perfeita que ele se permitiu um momento de fraqueza. Segurando o cigarro entre o dedo médio que ela tanto amava e seu indicador, Phoenix aproximou-o devagar do ombro ossudo dela. Entorpecida pela *ayahuasca*, Joyce não sentiu o calor afinar e intensificar. Tremeu quando o cigarro fez contato com a pele, mas não gritou. Phoenix assistiu às mudanças imediatas na derme; um círculo vermelho de uma vitalidade espontânea e belamente comum.

Ele deu uma tragada, desejando sentir o gosto dela. Então pensou na carta que escrevera para a detetive Castelo. Seria absolutamente esplêndido se ela pudesse, de alguma forma, ser incluída no último ritual. Seria também interessante poder conhecer o colega dela, Bruce Darnell. Era curioso que eles eram de certa forma importantes para o grande esquema das coisas, para o final apoteótico que estava por vir, e nem se davam conta disso. Não conheciam sua própria relevância no cosmos, na teia que conecta tudo e todos. Seria tolice ou uma delicadeza avisá-los? Sem dúvidas gostaria de mandar outra carta.

Ansioso, respirando com mais intensidade, ele fixou o olhar na parede preta. Os rabiscos feitos com giz mostravam que estavam em 23 de novembro. Tudo acabaria no dia 27. Os olhos de Phoenix foram atraídos pela frase em letras grandes que ele escrevera com esmero, com dedicação; um trecho particularmente notável de "Paraíso Perdido", de Milton:

"NOVE dias DUROU A
ENORME QUEDA
O CAOS, muí ESPANTADO,
RiBOMBANDO
Jente ELEVAR-SE DÉCUPLA
DESORDEM
ENtre SUA congênitA
ANARQUIA
E DE HÓRRIDOS DESTROÇOS
ENTULHAR-SE "

MiLtoN

Estava chegando, após tantos anos. Intermináveis haviam sido os dias nos quais ele nem ousara sonhar com o fim. Nove dias durou a enorme queda. Ele só precisava aguentar mais quatro.

*Tavora estava sentado do outro lado do vidro, o aparelho de telefone na mão máscula. A roupa azul-escura denunciava seu status de prisioneiro. Já fora bonito, dava para ver. Ela conseguia imaginar o homem que foi na época em que a carregava no colo e tirava fotos no parque com ela. A barba malfeita, uma cicatriz perto do olho e o cabelo grisalho não tiravam seu charme.*

*"Sua mãe era... intoxicante", ele dizia, o olhar perdido nas lembranças. "Ela colocava música e fechava os olhos, dava um sorriso cheio de malícia, e começava a dançar. Aí ela olhava pra mim enquanto rebolava. E eu sabia que seria uma daquelas noites".*

*"Meu pai descobriu quando?", ela perguntou, com nojo da traição e desprezo por saber que a mãe que tanto amara, a mãe maravilhosa, divertida e protetora que Sandra Castelo foi, havia sido capaz de trair o marido com o parceiro dele.*

*O sorriso de Tavora mostrou um dente quebrado. "Ah, garota, você não sabe de nada, mesmo... seu pai sempre soube. Seu pai fazia parte daquilo".*

Barbara despertou com um zumbido insistente. As dores faiscaram por todo o seu corpo enquanto ela percebia que dormira sentada, com a cabeça na mesa, ao lado do computador. A conversa com Tavora havia sido um sonho ou uma manifestação involuntária de suas memórias? Sentindo a boca arder ao salivar pela primeira vez em horas, atendeu o celular.

— Castelo.

— *É Harris, Barbara.*

A pausa não era típica; Harris era um homem direto. O alarme espalhou-se no peito dela devagar.

— *Aconteceu uma merda... aconteceu uma coisa aqui e eu preciso que venha. 10-40, OK? Ainda é cedo para alarmar todo mundo.*

10-40 era o código para uma emergência para a qual não se usa sirenes ou o giroflex. Era usado tanto para não atrair atenção de criminosos que poderiam ainda estar numa cena quanto para não assustar civis. Confusa, ela só conseguia imaginar que havia uma nova vítima. Checou o relógio na tela do computador. Dez da manhã.

*Merda, dormi demais.*

Levantou-se e sentiu o efeito do vinho misturado aos diferentes tons de dores que sentia pelo corpo inteiro. A dor de cabeça martelou e depois dissipou.

— Outro corpo?

— *Não um corpo qualquer.*

O GPS levou Barbara às coordenadas passadas por Harris e ela avistou dois veículos e uma área protegida com fita amarela. Da mesma forma como Mollie foi encontrada numa área isolada, no caminho entre Barrow e Hollow Trees, estava a segunda vítima.

Os faróis dos carros jogavam feixes de luz amarelada sobre algo no meio do quadrado amplo formado pela faixa que parecia berrar CENA DE CRIME NÃO ULTRAPASSE.

Ela diminuiu a velocidade ao pegar o caminho de neve. Saindo da estrada, o corpo encontrava-se a duzentos metros na planície deserta.

Quando Barbara saiu do carro, agasalhando-se, viu Harris com o rosto protegido entre pelos sintéticos que forravam o capuz. Também viu dois policiais que não conhecia. Deduziu que Bruce estava a caminho.

Harris não deixou que se aproximasse. Ao olhar seus hematomas, franziu a testa:

— Conversaremos sobre a agressão a vocês mais tarde. Qual foi a última vez que viu Bruce?

— No Ice & Glory, depois da briga com os locais. Pedimos apoio, e quando os agressores foram levados, nós fomos para casa. Íamos dar nossos depoimentos agora pela manhã.

Ela virou o rosto para olhar a cena do crime, mas Harris desviou sua atenção:

— Que horas ele saiu de lá, Castelo?

Ela encolheu os ombros.

— Sei lá, dez e meia, acho. Por que pergunta? Ele não atende?

Quando Harris não respondeu, ela sentiu uma bola gelada no estômago.

*Não. Meu Deus.*

Correu até a fita amarela, preparando-se para ver o corpo do parceiro. Precisou de alguns segundos para compreender o que via: um corpo feminino negro e vermelho, queimado e sem roupas, afundado numa camada macia e angelical de neve.

Barbara suspirou de choque e alívio simultâneos, e então virou-se para Harris com questionamento no rosto.

— É Tracy Darnell — ele disse.


O carro de Bruce não demorou a aparecer. Harris havia dado a notícia alguns segundos antes de telefonar para Barbara. Não achou justo que ele fosse pego de surpresa na frente dos policiais e da parceira. Pela forma que largou o carro e correu até o corpo, Barbara confirmou o óbvio: ele ainda estava esperando que não fosse verdade.

Ela viu um homem diferente do parceiro que começara finalmente a conhecer. O Bruce pessimista e sarcástico, moldado nos padrões conservadores dos americanos, um policial robusto e intimidador, agora parecia apenas outro pai de família de meia-idade, pequeno demais para a tragédia que desabava sobre ele. A expressão que veio à mente de Barbara foi "temente a Deus".

Ele ficou rígido ao fitar o cadáver da ex-esposa. Não parecia perceber que quatro pessoas o observavam, mantendo uma distância respeitosa, e que agarrava a fita amarela com força o suficiente para rasgá-la.

E então Bruce dobrou os joelhos e desabou na neve.

Ela deu alguns passos, mas ele estendeu a mão e começou a soluçar.

Era uma mensagem ou uma punição? Para Bruce apenas, ou para toda a polícia de North Borough?

Harris dava a impressão de ter setenta anos naquela manhã negra.

Quando Bruce pôs-se de pé, devagar, o homem mais velho aproximou-se.

— Estou falando como seu amigo, e não sargento. Preciso que se acalme e me ajude a entender.

Barbara não encontrou palavras. Tentou dimensionar aquilo e teve a sensação de que todo o futuro para o qual caminhavam havia sido apagado, esbranquiçado. A cada nova pista, ela tecera uma narrativa para aquele caso, como foi ensinada, e agora sentiu que o chão havia sido puxado sob seus pés.

— Quando a viu pela última vez?

— Meu Deus, Morgan! Morgan! Onde está minha filha?

— Bruce, já mandamos uma viatura buscá-la, Morgan está bem, estava dormindo. Precisa me falar agora: quando viu Tracy pela última vez?

Bruce encarou o sargento, como se a pergunta tivesse sido feita em outro idioma. Barbara percebeu que Harris estava tratando Bruce como um suspeito e sentiu outro choque leve de adrenalina, como um aviso.

— Ontem.

Ela endireitou a coluna, surpresa com a resposta.

Harris trocou um olhar com ela, e então dirigiu a voz a Bruce:

— Quero que se afaste dessa cena. Para o bem da investigação e para o seu bem como detetive. Preciso que deixe o oficial Parker tirar amostras dos seus calçados e das suas mãos. Entende isso?

Bruce não parecia entender. Ele olhou para Barbara, que não mudou o rosto. Não sabia o que pensar sobre ele ter ido ao encontro da esposa na noite anterior. Para não ter que presenciar o parceiro compreender a situação por completo, ela virou as costas, ciente de que não podia distrair-se com os aspectos pessoais e emocionais do que estava acontecendo.

A mesma cena: as velas cercando o corpo carbonizado, de modo que poderiam muito bem estar nas pontas de um pentagrama invertido.

— Ainda acha que não se trata de um *serial killer*, sargento? — ela perguntou com ódio.

Dois policiais abordaram Bruce com olhares pesarosos. Um deles tirou um par de algemas do seu cinto, num gesto contido. Barbara murmurou:

— Não acredito nisso… isso não está acontecendo.

Um dos policiais falou:

— Bruce, por favor facilite para mim. É só uma formalidade. Não está sendo preso, apenas levado sob custódia para dar seu depoimento oficial.

Harris aproximou-se dos dois:

— Bruce.

Ele meneou a cabeça, entregando-se àquilo. Deixou-se ser algemado, olhos molhados, perdidos na neve entre seus pés. Não olhava para o corpo.

Barbara observou, impotente. Bruce foi auxiliado ao entrar no banco de trás da viatura do policial Parker. Após alguns segundos, o carro deu marcha à ré, abrindo dois rastros de terra na neve, e, virando à esquerda, partiu, sem sirenes.

Ela virou o corpo para Harris.

—Consegue um *kit* para mim, sargento?

Mas ele balançou a cabeça.

—Desculpe, Castelo, não vai processar essa cena, Spencer já está a caminho.

— O quê?

— Sabe que há conflito de interesse aqui. Se isso tudo for para o tribunal, cada decisão que eu tomar aqui e agora será usada pelos advogados para libertar esse assassino. Você é parceira de Bruce, e neste crime ele é um suspeito. Vou preservar a cadeia de custódia como se minha vida dependesse dela, detetive.

— Sargento! — A voz saiu mais alta do que deveria. Ela se controlou: — Estou louca ou temos uma cena do crime idêntica à cena de Green?

— E tudo isso será investigado, e esse corpo passará por uma autópsia, e todas as evidências aqui serão catalogadas e examinadas, e você ainda está à frente desta investigação, mas agora, neste momento, preciso garantir que tudo seja feito do jeito certo!

Ela balançou a cabeça, aflita.

— Barbara, está emocional. Todos estamos, meu Deus. — Harris tinha o rosto vermelho de frio e do esforço que estava fazendo para manter-se no controle da situação. — Por favor, vá para a delegacia, tome um banho, cuide dessas feridas, já se olhou no espelho hoje? Dê seu depoimento sobre o que aconteceu ontem à noite, cada detalhe, e mais tarde conversamos sobre o caso.

Ela olhou por cima do ombro dele, para a mancha no solo, protegida, tarde demais, pela fita amarela. Não, não estava pronta para encarar aquele corpo. Murmurou um "Sim, senhor" cheio de rancor e caminhou até seu carro.

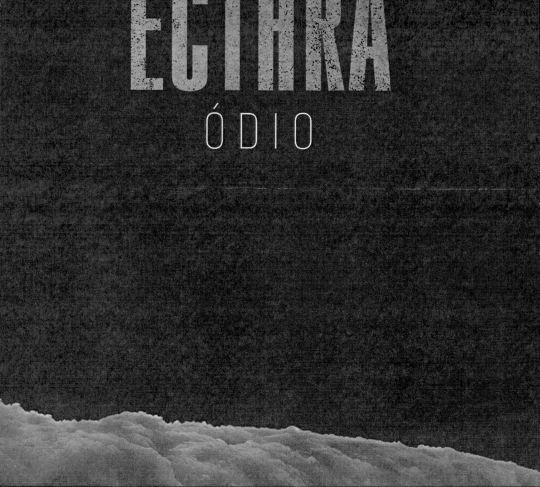

Bruce tinha a impressão de que Deus abrira os olhos pela primeira vez em séculos, só para poder olhar para ele. Sentado na sala de interrogatório, sabia que do lado de fora todos os policiais, auxiliares, detetives e peritos com quem convivera pelos últimos quinze anos cochichavam sobre ele, fofocavam sobre Tracy e o casamento dos dois, faziam apostas sobre a inocência dele e balançavam as cabeças com pena ao mencionar Morgan.

Nunca chegou a considerar que um dia estaria ali, de frente para o espelho através do qual seus companheiros de trabalho estariam bebendo café e o observando, tirando conclusões baseadas na sua fisionomia, escolha de palavras, possíveis contradições e linguagem corporal.

Continuou o depoimento.

— Eu pensei que era uma noite boa para conversarmos. — Umedeceu o lábio inferior, ainda inchado da luta da noite anterior.

Extraía de si cada átomo de força e autocontrole para pronunciar as palavras. Não deveria estar ali, falando de sua vida para a câmera que registrava seus gestos, suas lágrimas, sua voz tremida e embargada.

— Porque tudo isso está acontecendo na cidade, porque todo mundo está com medo, e eu queria que ela soubesse que... que estou aqui, se ela precisar. Preci*sasse*.

Bo Danielson esperou Bruce continuar.

— Quando eu cheguei, a gente conversou um pouco, até que foi amigável...

— Detetive Darnell, você bateu na porta ou forçou a entrada? O que aconteceu?

Ele suspirou.

— Tenho uma ordem de restrição contra Tracy. Eu sabia que pela lei não deveria estar lá, mas ela... era minha esposa. Não é possível que seja errado eu entrar na casa pela qual paguei, para conversar com a minha esposa e ver minha filha... não é possível que isso seja justiça, não é possível!

— Darnell, não está em julgamento aqui. Estamos tomando seu depoimento para poder narrar, com a maior exatidão possível, o que aconteceu ontem à noite. Continue e explique seu encontro com Tracy.

— Bati na porta, ela abriu. Entrei e conversamos na sala, sentados. Ela no sofá e eu numa poltrona, de frente a ela. Morgan estava no quarto, dormindo.

— Como estava Tracy? Como estava vestida, qual era seu humor?

Ele pensou na crueldade daquele tipo de entrevista, em ser forçado a lembrar de cada detalhe da última vez em que viu seu ente querido. Nunca tinha analisado como o processo de depor poderia ser doloroso para as dezenas de pessoas que havia entrevistado na sua carreira de detetive. Sentiu o gosto amargo na boca, aquele de quando nos damos conta que não somos os mocinhos que sempre acreditávamos ser. *Castelo tem razão*, ele pensou, engolindo em seco. *Sou um babaca mesmo. Sempre fui.*

— Usava um roupão de *plush*, daqueles macios, bem quentes. Foi um presente de dia das mães da Morgan, sei lá, de uns dois anos atrás. Por baixo acho que usava um pijama, não lembro bem. Ela... estava preocupada com meus machucados. Contei da briga, conversamos por um bom tempo. Não foi uma reconciliação. Ela ainda estava chateada, mas ontem, por algum motivo... estava mais dócil, mais aberta.

— Não tiveram nenhuma discussão?

Bruce só queria fugir dali. Pensou no calor da casa na noite anterior, pensou em como nem prestara atenção em tantas coisas que Tracy dissera, não apenas porque já ouvira aquilo antes, mas porque só conseguira pensar em como era bonita para ele, em quantas vezes já beijara o rosto dela, no cheiro que sabia que sentiria quando se aproximasse do cabelo dela. Limpou a garganta e continuou.

— Claro que sim, é claro que não concordamos com um monte de coisa e discutimos, mas não brigamos, é diferente. É casado, chefe Danielson?

Bo meneou a cabeça.

— Então sabe como é. Elas sempre querem mais de tudo, mesmo quando você já deu tudo que um homem consegue dar. Tracy queria mais carinho, mais dinheiro, mais atenção, mais tempo, mais dedicação, mais segurança, mais conversas, mais tudo, tudo, tudo. A diferença é que sinto tanta saudade dela, de Morgan e da nossa casa e da nossa vida que... — ele encolheu os ombros — que estava disposto a mentir para ela, a prometer que daria tudo o que queria, se ela simplesmente me deixasse voltar.

— E então?

— E aí eu pedi para ver Morgan, não ia acordá-la, só daria um beijo nela, e Tracy concordou. Dei um beijo na minha filha.

Bruce respirou fundo. Não ia se desmanchar em lágrimas na frente daquela filmadora velha e do chefe de polícia.

— E fui embora. Acho que eram... umas onze e meia.

— Para onde foi?

— Para a casa que estou alugando por um tempo, enquanto resolvo... quer dizer, estava resolvendo, minha situação com Tracy.

Bo observou Bruce por um tempo. Com duas batidinhas leves na mesa, suspirou e olhou para a câmera.

— Encerramos. Bruce, vamos manter você sob custódia por mais algumas horas, OK? Já trago seu depoimento para você assinar.

Ele assentiu.

A porta abriu e dois policiais entraram. Bruce viu os rostos deles, antes seus amigos, olhando para ele como se fosse um estranho.

— Não precisa me algemar, chefe, vou até a cela numa boa.

Bo hesitou, mas concordou. Bruce acompanhou os policiais para fora da sala, fazendo com eles o início de uma trajetória que já fizera, mecanicamente, centenas de vezes. Disse a si mesmo que só estavam seguindo as regras, que não o consideravam um suspeito de verdade. Estava se saindo bem em confortar-se, em ser otimista, até que viu a filha.

Teria reconhecido Morgan mesmo a quilômetros de distância, mesmo se visse só seus cabelos, ou mãos, ou até pelo som do seu riso. Teve um vislumbre de uma menina pequena e sentiu o corpo enrijecer com instinto paternal. Parou de caminhar, sentindo a mão pesada do policial Gibbs em suas costas, e compreendeu a situação num átimo de segundo.

Morgan chorava. Uma assistente social que Bruce conhecia conversava com ela. Estivera tão amortecido que nem lembrara que o procedimento era pegar o depoimento de Morgan, que ela era a testemunha principal.

Então o momento desabou sobre ele. Um passo atrás do outro, a confusão de pessoas ao seu redor, à sua frente, bloqueando o acesso dele à única coisa que restava e importava no mundo. Não ouviu bem o que diziam. Sentiu um braço tentar detê-lo. Ouviu o nome sair de sua boca: "Morgan!", mas mesmo enquanto todos os seus sentidos o atacavam com aquelas informações secundárias, Bruce só via a filha ali, a poucos metros de distância, destacando-se do ambiente bege, cinza e azul-escuro com as cores vívidas de suas roupas pequenas.

Morgan virou a cabeça, alerta, procurando o pai. Então, corpos se fecharam e a imagem da filha desapareceu. E em seu desespero, e aos berros, Bruce Darnell reagiu.

No banheiro feminino, Barbara trancou-se numa cabine e sentou-se na tampa do vaso. Respirou fundo e tirou o celular do bolso, ignorando o cheiro misto de suor, vapor das duchas e urina. Como odiava ser uma daquelas pessoas que precisam telefonar para seus analistas ao menor sinal de instabilidade emocional. Naquele momento, não dava a mínima; admitia que estava quebrada.

A voz saiu trêmula.

— Doc, me ajuda.

O celular ficou turvo através das lágrimas.

— Caralho, me ajuda, doc. Está aí?

Ela cerrou os dentes, sentindo como se o cadáver de Tracy a tivesse infectado com alguma coisa.

A mensagem chegou até o celular dele, mas não foi visualizada. Provavelmente estava trabalhando. Ela sabia que era infantil imaginá-lo sempre num contexto profissional, e não num jantar íntimo com algum interesse romântico, por exemplo. Sempre desconfiara da homossexualidade do doutor Johar, mas ele nunca se abrira para a pergunta.

Mirando a tela do aparelho, ela sentiu-se colar a palma da mão sobre o peito e pressionar um pouco. Era horrível que na ausência do doutor Johar não pudesse recorrer ao pai. Era devastador compreender que estava sozinha. Entregando-se a um choro contido, ela tentou mais uma vez.

— Doc, eu a odiei tanto... — soluçou —, que coisa horrorosa de sentir. Mas ela foi tão invasiva, tão agressiva que eu... alguém *queimou* aquela mulher. Ela estava lá como um pedaço de carne e deu para sentir o cheiro, aquilo... aquilo me infectou, doc... puta que pariu, por que você não responde?!

Engoliu o choro, alerta, ao ouvir vozes no vestiário. Duas mulheres conversavam e abriam armários. Só havia três mulheres no Departamento de Polícia de North Borough além dela: uma policial uniformizada, Andy Zorella; uma secretária, Mary Yazzie; e a técnica do laboratório, Lidia. Barbara ficou imóvel para que não soubessem que ela estava ali.

— Mas não machuca? — A voz de Mary era inconfundível, aveludada, com vogais esticadas.

— Não, não dá nem para sentir depois que entra. Ele nem percebeu.

— Mas transaram enquanto você usava o coletor?

— Não, só brincamos, mas por fora. O coletor não afeta nada disso, porque ficou só na massagem, entende? Então você não precisa tipo cancelar tudo só porque desceu. O Ricky é casado, isso complica tudo, só temos dois encontros por mês, não dá para deixar menstruação ferrar com tudo.

Barbara rezou para que fossem embora. Passou as mãos no rosto para limpar as lágrimas, e quando olhou de novo para o celular, viu que as mensagens haviam sido visualizadas. Do lado de fora, as duas ainda entravam em detalhes sobre a suposta relação sexual pela metade de Andy Zorella, enquanto o doutor Johar digitava a resposta.

*"Barb, acabei de ver a notícia na internet."*

A mídia já estava noticiando a morte de Tracy Darnell. O alcance daquilo era nacional agora, talvez global. Pessoas adoram *serial killers*, e agora havia um segundo corpo com o mesmo *m.o.*, de forma que seria impossível não cogitarem aquela possibilidade.

Johar escreveu: "Me perdoe, Barb. Vou ter que fazer algo que vai feri-la."

O quê? O que aquilo significava?

Então, as duas mulheres ficaram em silêncio.

No vão da porta da cabine, ela viu sapatos negros de policial.

— Está aí, detetive Castelo?

Era Andy. A voz denunciava receio.

Ela enfiou o celular no bolso e abriu a porta.

Andy ainda usava o uniforme, a pele claríssima do rosto tinha manchas vermelhas enormes na bochecha.

— Estão te chamando lá na porta, alguma coisa a ver com seu parceiro.

Barbara queria dizer que não a julgava pelo relacionamento com Ricky casado, mas não tinha tempo para aquilo. Andy desviou o olhar quando ela saiu do vestiário.

Era Harris na porta, braços cruzados, rosto abatido.

— Nocauteou um policial. Não sei se você vai piorar ou melhorar tudo, mas é a única coisa que não tentei ainda.

— Meu Deus do céu. O que está acontecendo?

— Pirou quando viu a filha. Ficará sob custódia por algumas horas, mas será libertado enquanto as investigações continuam.

— Ele não fez isso. Sabe que ele não fez isso!

— O que eu sei não vale nada. Preciso agir de acordo com as regras, preciso esquecer quem ele é e olhar para ele e o que fez nas últimas vinte e quatro horas de uma forma muito objetiva. E você também.

Ela fechou as mãos, tentando controlar-se. Então, lembrou-se da carta. Por puro instinto, foi cautelosa.

— Posso buscar uma coisa em casa antes de dar meu depoimento sobre a noite de ontem?

155

Harris assentiu.

— Pode fazer o que quiser desde que esteja no escritório do Danielson às duas da tarde.

Alguém estava entrando na cela.

Bruce despertou de um cochilo exausto, leve e perturbado, e olhou para a parceira. A forma como Barbara entrou, os cabelos sedosos soltos sobre sua camisa azul-claro, o único anel dourado que usava no delicado dedo, aquilo mexeu um pouco com ele.

Não percebera antes que a parceira era tão *feminina*. Sentou--se, menos atordoado depois dos segundos de sono, de oblívio.

— Oi, parceiro — ela murmurou, cruzando os braços e re-costando-se contra as barras de ferro. O policial saiu pelo corredor, dando privacidade aos dois. — Como está?

— Não sei, Barb. Acabado.

— Soube que levaram Morgan para uma casa segura, onde ela ficará sob a tutela temporária das assistentes sociais até que isso se resolva. As irmãs de Tracy em Fairbanks já foram avisadas e mos-traram interesse em adotar a menina caso... algo aconteça com você.

Susanna e Drea, as irmãs que nunca visitaram, que quase nun-ca se lembravam do aniversário de Morgan, que parabenizaram Tracy pelo nascimento da sobrinha pelo Facebook. Ele não podia deixar a filha dele crescer com aquelas mulheres que Tracy detestara, com os maridos delas, um deles um mulherengo que xingava a mãe idosa de Tracy na frente das crianças. O outro, proprietário de uma distribui-dora de equipamentos esportivos, quieto, retraído, sem interesse pela vida familiar.

— Sei que bateu num policial.

Bruce viu o olhar aflitivo e triste no rosto dela. Sentiu-se culpado.

— Por que foi até lá na noite passada?

Ele balançou a cabeça, exasperado.

— Porque eu a amo, Barb. Amava. Porque depois que a adrenalina passou e eu me dei conta de que aqueles filhos da puta podiam ter matado nós dois, eu quis ver minha filha. Como vai entender uma coisa dessas se você não é casada, se não tem filhos?

Ela fez uma cara, rápida, como se tivesse sido atingida.

— Porra, desculpa…

Ela lembrou-se da onda de excitação sexual que sentiu depois da briga e achou fácil perdoá-lo por ter ido atrás da ex. Ela teria feito o mesmo se tivesse um homem acessível por perto.

— Escuta, Bruce. Dei meu depoimento a Danielson, recebi uma carta dele, que já foi para a perícia, e vou encontrar o detetive que cuidou desse caso em Nova Iorque. Se tudo der certo, o NYPD vai me mandar o livro do caso e vou poder comparar as cartas. Vou dar um jeito de encontrar esse cara.

— Calma, não entendi… você recebeu uma carta de quem?

— *Dele*, Bruce. Tinha um envelope me esperando. Ele me seguiu, sabe quem eu sou, onde moro e que estamos longe de pegá-lo.

Bruce pareceu incrédulo, a princípio. Ficou ali, parecendo um homem dez anos mais velho, de cabelos desgrenhados e barba loira despontando como espinhos no seu rosto e pescoço.

— Se ele sabe quem somos… então Tracy foi para mim. A carta para você e o corpo da minha esposa para mim.

— Não temos certeza disso.

Bruce correu os olhos pelas paredes da cela. Ela esperou.

Então ele falou:

— Sabe que, quando o NYPD souber que O Executor está aqui, vão envolver os federais. Não posso ficar preso por tanto tempo. Morgan precisa de mim, não de uma assistente social. Deve estar apavorada.

— Eu só posso jurar que vou tentar.

— Barbara. Acha que Tracy foi um… presente macabro para mim?

— Não sei. Ainda não consigo pensar como ele.

Bruce ouviu o que ela não teve coragem de dizer: que, naquela casa, o alvo que mais se assemelhava às vítimas d'O Executor era Morgan. Barbara sabia disso. Viu a parceira chamar o guarda e, com a ajuda dele, sair dali.

Morgan estava dormindo. Barbara perscrutou o quarto onde a haviam instalado, de modo que a assistente social não percebesse que estava procurando algum sinal de negligência. As paredes eram cor-de-rosa, borboletas de plástico decoravam o ambiente, e as quatro camas tinham jogos de lençóis e cobertores de *patchwork*. Num canto, uma casa de bonecas e um grande baú de brinquedos.

A assistente social anotava os dados de Barbara num formulário, registrando sua visita.

— Ela será liberada quando o pai tiver permissão para vê-la. Se isso não acontecer, vamos tomar os passos necessários para que sua custódia seja definida.

— Isso é loucura. Ela tem um pai que a ama.

A mulher deu de ombros.

— Eu só sigo as regras, detetive. O momento dela é bem delicado. Tem ciência do falecimento da mãe, chorou bastante antes de pegar no sono. Posso lhe dar um momento com ela, se acha prudente acordá-la.

Não se sentia à vontade para fazer aquilo. Não tinha irmãos, nunca precisara interagir muito com crianças e nem sabia como.

Mas deixar aquela menina naquele lugar, sem respostas, parecia uma crueldade imperdoável. Ela assentiu para a assistente, que saiu do quarto, deixando a porta aberta.

Barbara ajoelhou-se no piso de madeira, puxando os cabelos para trás das orelhas. Hesitou antes de tocar na menina, e quando o fez, foi de forma tão leve que Morgan nem se mexeu.

A garota teria lembranças da mãe quando crescesse? Perguntou-se se perder uma mãe aos sete anos era mais fácil do que aos quatorze. Ainda se recusava a acreditar que com um pai vivo, um pai *bom*, ela corria o risco de ter que crescer com uma família de estranhos.

Sentiu o celular vibrar no bolso. Ignorou e sacudiu a menina.

Morgan abriu os olhos claros e levou alguns instantes para reconhecê-la.

— Oi, querida. — Ela soube instintivamente que deveria ser agradável, sorridente, para passar segurança para Morgan.

— Oi, Barbara.

— Que bom que lembrou meu nome. Como está se sentindo?

— O papai tá com você? Cadê ele?

— Não, ele precisou resolver umas coisas. Entende que algo ruim aconteceu com sua mãe?

Os olhos de Morgan, tão claros que refletiam as borboletas que adornavam o quarto, pareciam procurar o ambiente por conforto. Por fim, ela abraçou os joelhos e encarou Barbara.

— Ela morreu.

Barbara tentou pegar a mão da menina, mas Morgan encolheu-se e começou a chorar. Ela quase pôde ver a psique da menina, tão trabalhosamente preservada pelos pais, desfazendo-se aos poucos, soltando fios, perdendo consistência. Enrijeceu a voz numa tentativa de confortá-la.

— Morgan, vai doer, e vai doer para sempre, querida. Mas eu juro, eu garanto que em breve você vai ficar bem.

*Não faça promessas que não pode cumprir,* ela avisou a si mesma, mesmo enquanto desafiava seu próprio bom senso apenas para conseguir que Morgan parasse de chorar.

— Seu pai vem te buscar. Vocês dois vão ficar bem.

A menina soluçava, o choro saindo sem vergonha alguma, sem compromisso com qualquer coisa senão a desesperança e tristeza que sentia. Barbara temeu que outra tentativa de proximidade fosse rejeitada, então moveu-se para ir embora dali, aflita por ter falhado. Odiou-se pela promessa feita e aceitou que possivelmente causara um grande dano àquela criança. No entanto, quando se mexeu para levantar, Morgan deu um pulo em direção a ela e a agarrou. Quase perdendo o equilíbrio, Barbara abraçou-a, amparando os dois corpos. Morgan parou de chorar, a cabeça pressionada contra o peito de Barbara, as mãos puxando as mangas do seu casaco, como se temesse ser abandonada mais uma vez.

— Ei... — Barbara sentiu os olhos queimando. A dor de sua própria perda pareceu contorcer-se e esticar uma cicatriz recente dentro de si. — Escuta, você tem um pai que te ama, e ele está resolvendo tudo para que vocês dois possam ficar juntos, querida. Vai passar. Está tudo bem, e você está segura aqui.

— Não vai embora... — Ela soluçava mais uma vez. — Chama meu pai.

— Não posso, Morgan... — Ela acariciou os cabelos embaraçados da criança. — Ei, vamos lá, olha pra mim.

Morgan obedeceu, o rosto vermelho, todo molhado.

Barbara fitou os olhos dela, tão parecidos com os do pai. Algo manifestou-se nela, algo maternal, mas ela ignorou.

— Preciso ajudar seu pai. Vou trazê-lo a você assim que possível. Mas preciso que seja muito forte agora, e isso eu já sei que você é. Sei que quando crescer quer ser policial e proteger as pessoas, então quero que comece agora, protegendo a pessoa mais importante do mundo: você. Fique aqui, boazinha, e aguente firme para que possamos voltar e buscá-la.

Morgan olhava mais uma vez para os cantos do quarto, trabalhando aquilo em sua mente, decidindo-se.

— O que me diz, meu anjo, você vai ser forte?

Ela assentiu. A forma decidida como fez aquilo deu a Barbara um conforto ligeiro, mas real.

— Sim. O que vai acontecer?

Barbara limpou as lágrimas dela. A pele da menina era macia, quase sagrada. Lembrou-se de Mollie Green na neve, parecendo feita de gravetos pretos. Uma onda de ódio cresceu nela, e seus lábios retesaram-se antes que ela dissesse:

— Vou pegar a pessoa que machucou sua mãe.

Steven Shaw avistou o doutor Johar numa mesa de canto do café Brenson's Coffee Beans.

Johar havia pedido chá e algum tipo de pão integral.

O indiano moreno, de olhos grandes e nariz em forma de gota acenou para o capitão enquanto Shaw caminhava até ele. O psicólogo vestia jeans, tênis e uma jaqueta cor de ervilha por cima de uma camiseta. Shaw perguntou-se que impressão Johar teria dele, usando um terno alinhado, de barba recém-feita e cabelos escovados. O que Barbara teria confessado durante as décadas de tratamento com aquele homem simpático e sagaz, que tudo parecia saber e medir?

Apreensivo e com medo de alguma revelação sobre a filha que ele não teria forças para aceitar, Shaw esticou a mão e forçou um sorriso.

— Naveen — disse, para demonstrar amizade.

A mão do indiano era macia e o aperto, intenso.

— Capitão Steven Shaw, é um prazer ver você depois de... nossa...

— Décadas, eu sei. Como anda, doutor?

— Muito bem.

Shaw sentou-se e entrelaçou os dedos sobre a mesa surpreendentemente limpa do estabelecimento.

— Não vou mentir, sua ligação me deixou bastante preocupado. Gostaria que fosse direto. Como está Barb?

— O que sabe sobre o caso, Steven?

Shaw vasculhou sua mente, tentando entender a que o homem se referia.

— Estamos falando do primeiro caso de Barb? De homicídio? O que tem ele?

O semblante de Johar era de decepção.

— Então suponho que não tenha visto nenhum noticiário entre ontem e hoje.

— O que está acontecendo?

— Minha preocupação inicial com Barbara era a escuridão, o inverno. Ela fez alguns desabafos, mas parecia bem-humorada, muito dona de seus receios e sentimentos, então não me preocupei muito. Mas ontem li uma matéria sobre o caso, está por toda parte na rede. Envolve uma criança abusada e queimada.

Shaw não gostou de saber aquilo por intermédio de Johar. Estivera tão envolvido com a politicagem do SFPD nos últimos dias que não prestou atenção no mundo além de seu escritório. Sentiu culpa.

— Continue.

— Pelo que andam dizendo, envolve algum tipo de seita ou culto, e pode até ser um assassino em série. Então, ela me mandou isso... — Johar tirou o celular do bolso e ofereceu-o a Shaw.

Ele acessou o recado em áudio e sentiu o coração mudar de ritmo quando ouviu a voz trêmula, tão familiar, tão distante, de sua única filha.

*"Doc, eu a odiei tanto... que coisa horrorosa de sentir. Mas ela foi tão invasiva, tão agressiva que eu... alguém queimou aquela mulher. Ela estava lá como um pedaço de carne e deu para sentir o cheiro, aquilo... aquilo me infectou, doc... puta que pariu, por que você não responde?!"*

Johar disse:

— A segunda vítima desse mesmo assassino era esposa de um policial. Pelo que entendi, houve algum tipo de desavença entre ela e Barbara.

— Lembra-se do nome da vítima?

— Tracy Darnell.

— Darnell é o parceiro de Barb.

— O que devo fazer, Shaw? — Johar perguntou com preocupação sincera.

Shaw deixou as costas relaxarem contra o sofá. Não conseguiu deixar de pensar que Barbara estava se envolvendo, como ele se envolvera, e que aquilo não podia levar a boas coisas.

Talvez, apesar de sua maturidade, de sua determinação, fosse cedo demais para que estivesse num caso daqueles, tão longe de tudo e de todos que conhecia.

— Obrigado por me contar — ele falou, enfim. — Vou descobrir o que está acontecendo.

Mas Johar mudou o tom de voz:

— O que aconteceu quatro meses atrás?

Steven franziu a testa.

— Nada aconteceu entre mim e Barbara.

Johar balançou a cabeça e fitou a camada transparente do chá que restara na caneca.

— Sabe, eu até entendi a mudança dela para Barrow. Sei o quanto era apaixonada pela avó, o quanto sofria por não morar mais perto dela, o quanto romantiza sua infância e sente falta daquelas duas mulheres e do Brasil.

Shaw fez o possível para não demonstrar que só a menção à Sandra, por mais velada que tivesse sido, o ferira. Tentava prever para onde Johar estava levando aquela conversa, mas não fazia a mínima ideia do que o homem estava falando.

—Quando Regina Castelo morreu, e Barbara voltou a chorar durante suas consultas, eu entendi que ela reagiria àquilo. Não esperei que seria tão drástico, que abandonaria a carreira no seu momento mais promissor, que escolheria recomeçar a vida ainda tão jovem, e num lugar tão... desumano. Mas concluí que a isolação faria bem a ela. — Johar coçou os cabelos negros, ligeiramente oleosos. — Mas não é isso. Ela mudou na forma como se referia a você. Algo mudou, Shaw. Esconder de mim o que é só vai prejudicar sua filha. Sabe que ela só se abre comigo. Sabe que a amo como uma filha também e gostaria de ajudá-la.

Shaw se pegou calculando, voltando seus pensamentos para agosto, para o mês que sucedera ao falecimento de sua ex-sogra. Sim, Barbara mudou de forma quase violenta. Mas ele, como Johar, deduzira que tinha ligação com sua perda. Ele não sabia como reagiria se ela soubesse de Tavora e Sandra e a história completa da noite na lavanderia.

Arriscou:

— Acha que a mudança tem a ver com a fobia dela?

— Se está perguntando é porque desconfia disso.

— Naveen, sou grato pela sua amizade com Barbara e sua ajuda todos esses anos, mas não vou tolerar que me interrogue. A verdade é que não faço a mínima ideia do que mudou na minha filha, mas concordo com sua avaliação de que sim, algo mudou, e foi mais do que a morte de Regina. Se quer tanto ajudar, e se é tão bom em ler mentes, por que não me ajuda a descobrir o que é?

Johar sorriu. Shaw viu nos olhos dele que estava reconhecendo o homem que Barbara deveria ter descrito em sua adolescência como autoritário, inflexível e "chato".

— Barbara foi para o lugar mais escuro do mundo. Sem dúvidas tem a ver com a fobia dela. A pergunta é: há algo sobre seu passado, ou o passado dela, que nunca revelou? Algo que ela poderia ter descoberto quando a avó faleceu?

Shaw pensou nas caixas. Pensou na filha remexendo os documentos, bijuterias e fotos que o tio mandara do Brasil. Pensou na foto que Barbara segurara nas mãos e fitara por alguns minutos. "Este é meu padrinho, não é? O que aconteceu com ele?" Shaw fingira atender uma ligação naquele momento, para que não tivesse que responder. E se ela tivesse ido atrás daquele desgraçado? Era uma investigadora, cheia de audácia e curiosidade desde criancinha. Agora era uma mulher feita, com meios de encontrar o homem que mudara todo o curso da vida de Shaw, que já fora bem mais do que um melhor amigo, um parceiro e um irmão de alma. O único homem no mundo que Shaw conhecera de forma tão íntima que era quase uma extensão de si mesmo.

Soube naquele momento que seu maior medo tornara-se real. Aquilo explicava a maneira como Barbara havia agindo, praticamente incapaz de olhar o pai nos olhos por meses, até a viagem para o Alasca.

Quando encarou Johar, viu que o homem o estudava.

— Acho que Barbara foi atrás de Rex Tavora — disse o nome contra sua vontade. — O padrinho dela. Ele pode ter dito coisas sobre a infância dela, sobre... a mãe dela.

— E o que isso tem a ver com Barrow?

— Barrow é a autopunição dela.

— Por que Barbara se puniria, se era apenas uma criança?

Shaw levantou-se. A conversa com Johar era irrelevante agora, e ele não tinha intenção alguma de compartilhar seus mais obscuros segredos com aquele homem.

— Espere! — O indiano levantou-se, atraindo alguns olhares para si. Baixou a voz. — O que vai fazer para ajudá-la? Em relação a esse caso, esse assassino?

O capitão suspirou.

— Sei que, quando era adolescente, minha filha confundia minha falta de proteção com ausência de amor. Também sei que, quando cresceu, ela entendeu os motivos de eu não ter sido um pai superprotetor. E ela nunca quis ser protegida, Naveen. Há praticamente nada que eu possa fazer, estou fora de minha jurisdição e não sei nada sobre o caso. A verdade é que só ela pode resolvê-lo. Quer nós dois gostemos ou não, ela está por conta própria. E se você tem dúvidas de que Barbara pegará esse assassino, então sinto informar que não conhece minha filha como eu.

# VII

# LILITH

PERVERSÃO

Em casa, ela sabia que o uivo do vento tinha o poder de enlouque-cê-la. Fechou todas as janelas, ignorando o carro de polícia que Bo Danielson ordenara que fizesse vigia durante a noite. Quando o chefe de polícia dá uma ordem, você não age como os filmes mandam, com o bom e velho "não preciso de proteção". Você agradece, avisa aos policiais que urinem nas árvores ao redor da propriedade, e faz seu melhor para esquecer que está sendo observada. A ordem era a de que estivessem ali apenas no período das oito às oito, quando Barbara estaria em casa.

Como ainda ouvia o barulho da nevasca do lado de fora, enfiou o *pen drive* no computador e aumentou o volume para ouvir *Lord of this World*, do Black Sabbath, uma de suas preferidas desde que era adolescente, e claramente uma música sobre Satã.

*Não, ela pensou, sem sentir repulsa nem medo, apenas clareza. Essa música é sobre o que você está enfrentando, e não é Satã. É só um assassino missionário.*

Ozzy falava sobre escolher o mal sobre o bem, perfurando a alma de Barbara com a frase "você me fez mestre do mundo onde você existe." Estavam sendo pronunciadas para ela e apenas para ela, como um sussurro brutal de um amante.

Sentou-se no sofá e abriu o livro do caso, partindo direto para os mais recentes relatórios: a cena do crime de Tracy, as evidências encontradas na cena e o depoimento de Morgan Darnell. Só teria o relatório da autópsia no dia seguinte.

A menina despertou às oito da manhã e estranhou que a mãe não a acordara para ir à escola. Levantou-se para ir ao banheiro e percebeu que estava sozinha em casa. Voltou a dormir, deduzindo que a mãe havia feito uma viagem rápida ao supermercado ou fora conversar com algum vizinho, e só despertou novamente quando os policiais bateram na porta. Barbara mordeu o lábio quando leu a parte do depoimento na qual Morgan dissera "Tava escuro, queria continuar dormindo. Foi errado?", e pensou se Morgan se culparia quando ficasse mais velha. Crianças sempre se culpam.

*Adultos também, Barbara.*

*Seu parceiro pode ser preso. Mexa-se.*

Ela foi até o computador. Entrou na sala de *chat* onde encontrara Lou da primeira vez. Ficou surpresa ao ver que ele estava *on-line*, como se esperando por ela. Precisou de alguns minutos para dimensionar aquilo.

> **RepublicanMike002:** Oi, Lou.

Nada. Ela foi até a cozinha e encheu uma tigela com cereal e leite. Comeu com pressa, balançando o pé, antecipando a resposta de Lou e planejando o que diria a ele. Quando apenas quatro cereais boiavam na superfície do leite, ela ouviu que alguém respondera. Largou a tigela no balcão e correu para o computador.

> **Lou1972:** Mike. Ele entrou em contato? Que nome usou?

Barbara sentiu uma leve aceleração do coração. Os dedos dançaram no teclado, ágeis, eufóricos.

> **RepublicanMike002:** Nyx. O demônio da noite. É noite aqui, Lou. Uma noite que dura 65 dias. Onde estou?

Ele levou alguns segundos para responder, segundos tão arrastados que Barbara precisou respirar profundamente para não perder a cabeça.

> **Lou1972:** Barrow, Alasca.

> **RepublicanMike002:** Sim.

> **Lou1972:** Precisamos conversar.

> **RepublicanMike002:** Skype. Tem mais privacidade. BarbaraShawCastelo. Em 5 minutos ou nunca mais.

> **Lou1972:** Barbara? É seu nome verdadeiro?

> **RepublicanMike002:** O que isso muda?

> **Lou1972:** Prazer, Barbara. Sou Louis McAllister. Esquece o Skype. Estou indo para Barrow. Temos três dias.

Na manhã seguinte, os policiais e detetives não disfarçaram seus olhares quando Barbara entrou na delegacia. Ela continuou andando, imaginando o que pensavam da estrangeira que estava há menos de quatro meses na cidade e já tinha teorias de cultos satânicos, e cujo parceiro estava diretamente ligado ao seu primeiro caso de homicídio. Lembrou-se de Bruce falando que policiais conversam muito, uma forma delicada de dizer que patrulhas e vigias em cidades minúsculas geram muita fofoca. O que pensavam dela? Já não se importava mais.

Sentou-se à sua escrivaninha, fingindo não saber que estava sendo observada por Harris, e tirou o casaco. Tinha relatórios para preencher. Detetives sempre têm relatórios para preencher. Seu olhar pousou sobre um arquivo lacrado na bandeja "IN". Abriu o envelope com estupidez e puxou para fora o relatório da autópsia de Tracy Darnell.

Não conseguia deixar de pensar, ao olhar o desenho genérico de um corpo feminino, que aquela mulher não era apenas uma vítima, e sim a esposa do parceiro, a mãe da filha dele.

Gates circulara o pescoço da figura. "*Causa mortis*: estrangulamento manual. Presença de fraturas na superfície dorsal das lâminas da tireoide, fraturas na cartilagem cricoide, hemorragia na estrutura laríngea. Obs.: Mesmo com a pele queimada, que escondeu sinais clássicos de estrangulamento, conseguimos encontrar provas concretas de estrangulamento, provavelmente manual."

Na figura, ele também circulara os antebraços. As anotações: "Cortes defensivos: foi atacada com uma lâmina fina, como uma faca de cozinha, nos dois braços. Dois cortes no braço direito com menor profundidade. Cortes no braço esquerdo maiores, mais frequentes (5) e dois alcançaram o osso. Ângulo das facadas indicam pessoa de cerca de 1,85 de altura. Golpes feitos com mão direita do agressor."

Um homem atacou Tracy e ela tentou se defender. Estaria defendendo Morgan? Conseguira convencer O Executor a levá-la no lugar da filha? Ou realmente o ataque à Tracy era um ataque a Bruce, num nível pessoal?

Barbara baixou o documento e imaginou uma briga daquelas proporções dentro da casa. Morgan sem dúvidas teria acordado, a menos que Tracy realmente tivesse sido levada para outro lugar, onde despertou, tentou fugir ou se defender, e então foi cortada. Será mesmo? A avó de Barbara uma vez havia comentado que crianças têm o sono tão pesado que, quando estão cansadas, é praticamente impossível acordá-las. E Barbara só se lembrava daquilo porque ouvira a mãe e a avó conversando na cozinha. Lembrava-se bem do cheiro de cebola e alho picado fritando no óleo. As duas faziam o almoço rotineiro: arroz branco bem solto, feijão carioca cremoso e bife acebolado. Regina fez o comentário sobre o sono pesado dos pequenos. Sandra comentou: "Exceto a Barb. Acho que dormir com a luz acesa afeta o sono dela. Vou conversar com o pediatra." E foi assim que Barbara começou a tomar pílulas de melatonina todas as noites.

Forçou-se a esquecer daquela vida e voltou ao relatório.

Os cortes defensivos de Tracy não faziam parte do ritual. Ela foi subjugada e então estrangulada. Não havia nada no relatório que indicava que foi amarrada. Barbara pulou as páginas para o relatório de sorologia e toxicologia. Não havia ingerido álcool, nem qualquer tipo de droga. Olhou as fotos tiradas da sala de estar dos Darnell. Nada fora do lugar, exceto os pingos de sangue, grossos, no carpete e respingados numa parede, quando a faca deve ter cortado o ar depois da primeira investida. Louças sujas do jantar em cima da pia, sinais de que alguém preparara comida um tempo antes: tábua de plástico, restos de legumes, uma panela suja de óleo. Nenhuma faca encontrada.

Uma sombra cobriu a folha e ela olhou para cima, para os olhos claros de Harris.

— A Corregedoria está a caminho para interrogar Bruce. Estão mandando um pessoal aqui que vai supervisionar o andamento do caso.

— Sargento, me dê um tempo. Sei que não foi ele. É o segundo assassinato com o mesmo *m.o.* em uma semana, eu sei que vocês odeiam o termo *serial killer*, mas é isso que temos aqui e Bruce não tem nada a ver com isso. Quarenta e oito horas. Só peço isso. Sei que você não quer que o público pense que um policial fez isso, e sei...

— Vinte e quatro horas. É o tempo que eles levam para chegar aqui. Tem um dia, Castelo.

Harris não dera exatamente permissão para que ela atrasasse todos os seus relatórios, mas ao ameaçá-la de suspensão e dar-lhe um dia para encontrar evidências da inocência de Bruce, ele não poderia ficar surpreso que ela parasse de seguir sua rotina de trabalho. Enquanto dirigia, a mente insistiu em desprender-se do corpo fatigado e da urgência da missão, e levou-a de volta para uma das piores prisões do país, San Quentin, onde...

*Seu verdadeiro pai, Barbara?*

... não, seu padrinho, o ex-parceiro de Steven Shaw, apodrecia aos poucos. Ela lembrou-se da forma como olhara para ela, do afeto nos olhos de um homem que vivia entre os mais perigosos criminosos dos Estados Unidos.

"Por que matou Tobin Markswell, Tavora?", ela perguntou no final daquela conversa diabólica que a atirou no estado de angústia silenciosa do qual tentara fugir com sua realocação para o Alasca.

Não houve hesitação. Ele sabia a resposta. A voz saiu suave e cheia de tristeza: "Porque sua mãe mandou, querida."

Barbara endureceu a mandíbula e apertou os olhos, tentando focar na rua flanqueada por neve. Precisava concentrar-se no problema que tinha em mãos. Não entendia a conexão de Nyx com sua história pessoal, por mais que sentisse que as respostas habitavam um lugar na estratosfera da sua mente, quase próximas o suficiente para que ela as tocasse, se fosse seu desejo. *Mas não é. Não é hora de pensar naquela merda toda*. Ela estacionou o carro.

A casa de Joyce Manning era o que o pai de Barbara teria chamado de "espelunca", com um desprezo na boca fina que lembraria Clint Eastwood. Uma casa pequena e malcuidada, sobre palafitas, que deveria ter metade do tamanho da casa de Barbara. No quintal, alguns brinquedos sujos enterrados na neve lembraram as cruzes tortas do cemitério onde Mollie foi enterrada, e onde Tracy também seria.

— Sra. Manning?

Bateu na porta e esperou, olhando em volta. Não tinha um plano. Sairia como louca e interrogaria todos que tivessem conhecido Mollie ou os Green, até que seu prazo acabasse.

A porta abriu e Barbara viu uma menina um pouco mais baixa do que ela, magra, com cabelos louros e olhos amendoados. Vestia roupas quentes, confortáveis, e segurava uma barra de chocolate na mão direita.

— Sim?

— Olá, sua mãe está em casa? Sou a detetive Castelo e queria conversar um pouco com ela.

— Ela tá trabalhando.

— Hmm. Entendo. Qual é o seu nome, querida?

— Amber.

— Era a melhor amiga de Mollie Green, não era?

A menina assentiu. O rosto mostrava mais medo do que tristeza, debaixo de uma superfície de seriedade sintética. Era esperta, isso Barbara sacou de cara. Ela também sabia que não podia interrogar uma criança daquela forma, sem a permissão da mãe, longe de sua presença.

Mas podia conversar.

— Sinto muito por sua perda.

— Tô com saudade dela. Mamãe disse que posso ficar de luto em casa por uma semana.

Com um assassino de meninas à solta, deixar a filha de nove anos sozinha em casa parecia uma péssima ideia.

— Posso entrar?

Amber afastou-se da porta num gesto de concordância, embora não convidativo. Barbara entrou, quase ouvindo a fúria de Harris no seu cangote. Fechou a porta, olhou em volta.

Uma espelunca, de fato. Viu uma cozinha aberta para uma microssala de estar onde roupas, cobertores, embalagens de alimentos, lápis de cor, maquiagem e pratos usados forneciam uma cobertura quase orgânica ao mobiliado. Na pia, uma pilha de louças, restos de comida, embalagens abertas. A televisão estava ligada numa novela, e Amber tomou seu lugar no único espaço vazio no sofá, sentou-se e continuou assistindo. Havia pouca iluminação na casa, e Barbara acendeu a luz da sala para conseguir se concentrar.

— Amber, seria muito legal se você pudesse me contar um pouco sobre a última vez que Mollie dormiu aqui. Sobre o que conversaram. Viram um filme? Comeram o quê?

A garota falou sem tirar os olhos da televisão:

— Ela falou sobre alguns meninos da escola que achamos bonitinhos. A gente pegou a maquiagem da minha mãe e se arrumou, essas coisas. E... ah, a gente viu umas revistas.

— Eu adorava dormir na casa da minha amiga Carolina quando eu era da sua idade. Um dia a gente roubou cerveja do pai dela. Mas não sabíamos beber, então colocamos gelo no copo e ficou horrível, aguada, sabe?

Amber mexeu os olhos de uma forma que fez Barbara ficar alerta. Sim, estava escondendo algo que haviam feito no passado, algo considerado "errado" para meninas daquela idade.

— Ela conhecia algum homem adulto, Amber? Comentou algo com você? Talvez um cara que tenha dito algo de adulto para ela...

O rosto de Amber fechou-se completamente, de forma quase imperceptível se não fosse um leve retesar de músculos e olhos mais agitados. Barbara sentiu o peito mais quente, ficou consciente das camadas de roupa que usava, sentiu-se desconfortável.

— Ninguém vai brigar com você.

Ela balançou a cabeça.

— Não.

— Alguém já machucou Mollie? Pode me contar.

— Não.

Barbara quase viu a verdade inquieta dentro da garota, como um enxame de abelhas dentro de uma colmeia. Por que não se abria? Alguém poderia tê-la ameaçado. Ela soube que suas próximas palavras eram desesperadas, mas o tempo estava passando rápido demais, e ela já conseguia enxergar as consequências do seu fracasso. Deu um passo e ajoelhou-se de frente para a garota, que a fitava com apreensão.

— Querida, um homem muito bom, um detetive como eu, pode ir para a prisão se você não me contar. Entende isso? Ele tem uma filha menor que você que vai ficar sozinha no mundo se eu não encontrar quem machucou Mollie. Preciso de você, meu anjo.

Os olhos verde-acinzentados de Amber brilharam e ela os desviou rapidamente, fixando-os numa poltrona no canto da sala. Disse:

— Não sei de nada, moça. Desculpa.

Barbara olhou para a poltrona. Ele sentara ali? Era alguém que frequentava a casa? O coração dela disparou.

— Onde está seu pai?

A menina relaxou e voltou os olhos para a novela, onde um casal maquiado trocava palavras melosas debaixo de lençóis de cetim.

— Não mora em Barrow, mora em Arkansas, eles são separados, como os pais de Mollie.

Precisava dar a Amber tempo para pensar. Era criança demais para ser daquela forma, mas a negligência da mãe era evidente, e meninas sem amor tendem a crescer depressa. Barbara sabia bem.

Entregou um cartão para a garota.

— Se quiser me contar alguma coisa e ajudar a colocar uma pessoa ruim na prisão e salvar outra pessoa, por favor, me telefone, a qualquer hora, mesmo se for tarde.

Amber enfiou o cartão no bolso do casaco e assentiu.

Os nomes na lista embaralharam, se fundiram, dançaram. Bruce percebeu que quase não havia comido ou dormido mais de três horas nos últimos dois dias, e que sua mente não estava tão afiada como de costume. Forçou-se a se concentrar na folha enviada por seu colega na delegacia, o detetive de narcóticos Miles Lespy, que continha os nomes de quem havia anunciado carros em classificados nos últimos seis meses. Dezesseis nomes ao todo. Um era o de Barbara. Três eram conhecidos de Bruce, e foi para eles que telefonou primeiro. Os três haviam vendido para pessoas de confiança e com empregos na cidade.

Saiu do SUV, o vento cortando a pele sensível do pescoço não barbeado, e olhou em volta. Decidira começar sua busca pelos endereços de Hollow Trees, quatro no total. A primeira casa pertencia a alguém com mais dinheiro do que ele; telhado triangular, duas janelas quadradas no andar superior, decoração de Natal com luzes amareladas e um Papai Noel tamanho real convidando-o a entrar. Bruce tocou a campainha, estudando a porta. Madeira avermelhada, um vitrô oval de vidro jateado, um enfeite de visco logo acima.

Não houve resposta. Ele contornou a casa, devagar, estudando suas janelas fechadas, sujas demais de neve para que alguém estivesse morando ali. Mas fora decorada para o Natal. Ele voltou até a porta e, daquela vez, bateu com mais força:

— Sr. Cavannaugh! Polícia!

Contou até quatro antes de ver uma sombra por trás do vitrô. A porta abriu e ele viu uma mulher jovem, bonita e sorridente. A pele denunciava seus vinte e poucos anos.

Bruce notou que ela usava apenas uma camada de roupa; calças *legging*, meia de lã e uma blusa de algodão de manga comprida.

O ar gelado contraiu seus capilares, e ele percebeu que ela não usava sutiã.

— Olá, policial.

Ele abriu o distintivo para ela.

— Detetive Darnell, NBPD. O Sr. Cavannaugh está?

Ela enrubesceu.

— Não, o *doutor* Cavannaugh ainda não veio passar as férias. Ele geralmente chega na primeira semana de dezembro com as crianças.

— E quem está aí dentro com você?

Ela fez cara de confusa, mas Bruce permaneceu imóvel.

Os ombros da garota caíram um pouco. Começou a tremer de frio.

— Meu amigo.

— Tá, então vamos lá: você cuida da casa e traz o namorado aqui para se divertir um pouco. Preciso do telefone celular do seu chefe, ou do escritório, porque preciso falar com ele na próxima hora.

— Não tenho permis...

— Não tem permissão para muita coisa, mas faz o que quer, não é?

— Um minuto, senhor.

Joyce parecia furiosa por ter sido tirada do trabalho sob a supervisão desconfiada do gerente. Do lado de fora do supermercado, enfiou um cigarro entre os lábios pintados de rosa-escuro e soprou um jato de fumaça para cima.

Barbara estudou a figura jovem e magra, maquiada em excesso e usando unhas postiças. A mulher chutou um pouco de neve com as botas e começou a falar.

— O que eu tenho a ver com o assassinato daquela menina?

Barbara focou no rosto dela, procurando registrar as unidades de ação faciais que denunciariam seus verdadeiros sentimentos.

Chamar a melhor amiga da filha, uma menina que frequentava sua casa e dormia lá com regularidade, de "aquela menina" era um sinal de distanciamento.

— Você era próxima de Mollie e ela estava na sua casa alguns dias antes de desaparecer.

— Nada de mais aconteceu, eu deixo as meninas livres para ver filmes e conversar.

— Sim, mas elas devem ter conversado perto de você. Mollie não mencionou ninguém que possa ter falado com ela, nenhum homem adulto? Nenhum estranho que falou algo para ela na rua?

Joyce fumava com impaciência, e Barbara detectou que ela olhava de um jeito intenso, forçado, como quem aprendeu a mentir sem remorso.

— Não. Eu não sei de nada.

— Tem algum namorado?

O rosto mudou. Lá estava; parte interna da sobrancelha erguida, pálpebra superior subindo, lábios esticados. Medo.

— Você tem permissão para perguntar isso?

— Posso perguntar o que eu quiser.

— Preciso trabalhar, detetive. Seria muito bom se você fizesse o mesmo. Vá caçar o monstro que mata menininhas em vez de ficar correndo atrás de fofoca!

— Ficou tensa demais, Joyce.

— Vá se foder.

Ela se apressou, correndo até o supermercado e tacando o cigarro com força num monte de neve. Barbara engoliu o xingamento e olhou em volta. Carros estacionados na frente do mercado, cobertos de gelo. Alguns postes iluminando o céu azul-escuro e sem estrelas. Sentiu-se de fato no topo do mundo, num lugar esquecido pela civilização. Tirou o telefone do bolso e discou para Bruce.

Ele atendeu no segundo toque:

— *Barb?*

— Como estão as coisas?

Ela chutou um pouco de neve da bota, percebendo o medo em suas entranhas, uma falta de esperança tomando forma.

— *Indo. Conseguiu alguma coisa?*

— Acho que sim. O *kit* forense ainda está no seu porta-malas?

— *Sim, está.*

— Tenho pouco tempo até Harris me tirar desse caso. Me encontra na minha casa?

— *Calma. Espere. Me fale o que é.*

— Não por telefone.

— *Estou a caminho.*

Hollow Trees parecia a Bruce uma cidade de covardes que fogem do estilo de vida trabalhador e tradicional de Barrow, ou qualquer outra cidade americana, para isolar-se do mundo num lugar que parecia um pôster natalino. Hollow Trees era feita de neve macia, pinheiros e outras árvores majestosas e casinhas iluminadas que davam a impressão de abrigos de duendes. Era, como seu pai descreveria, uma cidade para "maricas", embora soubesse que sua parceira não se encaixava nessa categoria.

Por fora, a casa de Barbara lhe pareceu modesta, discreta até, com um ar convidativo. Um lugar onde poderia imaginar-se tomando um chocolate quente e comendo biscoitos de gengibre. Morgan adoraria aquilo. Uma realidade alternativa abriu-se para ele, onde poderia morar com Tracy e a filha numa casa assim. Cortinas imaginárias se fecharam, bloqueando a visão com a realidade: não tinha mais família. A saudade de Morgan apertou seu coração e ele precisou respirar fundo algumas vezes para fugir dela. Esfregou as botas no capacho que não tinha nenhuma palavra de boas-vindas e bateu na porta.

Castelo abriu com o rosto sério, então deu um passo para trás.

— Está tudo um pouco fora do lugar, eu não recebo visitas, então… ignore, por favor.

Bruce fez uma inspeção rápida da sala enquanto ela fechava a porta. Todas as luzes estavam acesas, a tela de um *notebook* estava aberta na internet, com duas garrafas de vinho ao lado. Virou o corpo para olhar a parceira.

— É bonita.

Ela deu de ombros.

— Eu gosto. Sente-se.

Enquanto ele se acomodava, ela caminhou até a bancada da cozinha.

— Chegou rápido, onde estava?

Ele já decidira evitar a conversa que teria que ter com ela. Não diria que passara o dia inteiro atrás do assassino que chamavam de O Executor. Não diria a ela que o mataria, se livraria do corpo, cobriria seus passos e conviveria com aquilo pelo resto da vida.

— Estava na Stevenson, onde o corpo de Mollie foi encontrado. Precisava pensar um pouco.

Barbara voltou com uma garrafa de vinho numa mão e dois copos noutra.

— Porque sabe que não é policial por enquanto. Que não tem permissão para se envolver nesse caso. — Ela se inclinou para servi--lo, e lançou um olhar desconfiado na sua direção.

Bruce sorriu.

— Sei disso, Barb. E, como um civil, tenho o direito de ir e vir. E como enlutado, não preciso explicar minhas ações nem mesmo para minha parceira.

Ela fez uma cara, contornou a mesa e sentou-se ao lado dele, apoiando os pés na mesa de centro. Por um tempo ficaram ali, quietos. Spark pulou na mesa sem produzir um ruído e rebolou para chamar atenção de Bruce, que bebeu seu vinho e estudou a casa com curiosidade distante.

Ela falou com a voz rouca, cansada.

— Eu não tenho certeza, não quero te dar esperanças.

— Fala de uma vez, não tem mais o que fazer, Barb. Já estou nessa. Aconteceu, não tenho mais para onde fugir.

— Conversei com Amber Manning. O que sabe sobre Joyce?

Ele franziu a testa.

— Ela namorou meu melhor amigo quando se separou, uns quatro ou cinco anos atrás. É meio vagabunda. — Ele pareceu arrependido daquelas palavras assim que saíram. Disse um: — Desculpa, sei lá, não deveria ter falado assim dela.

— Mas por que falou?

— Sei que não gosta, mas homens falam assim.

— Mas o que quis dizer? Que é promíscua?

— É... isso. Na verdade, ela só saiu com um cara que eu conheço, mas não sei o suficiente para falar assim dela.

— Amber mentiu para mim. Perguntei sobre algum homem perto de Mollie e ela disse que não, mas olhou para uma cadeira na sala. Joyce ficou revoltada quando perguntei se tinha algum namorado. Quero entrar lá e pegar algumas digitais, só para jogar no sistema. É a única pista que temos.

— Como vai fazer isso sem um mandado?

Ela suspirou. Precisou silenciar a voz de Shaw dizendo que um policial de verdade não age daquela forma.

— Muitos homens colocam a mão na parede quando urinam, certo? É o lugar mais garantido para levantar digitais de possíveis amantes de Joyce. Vai levar cinco minutinhos. Eu entro, pego as

183

impressões no banheiro e saio. Só preciso esperar Joyce ir trabalhar amanhã de manhã.

— E mesmo se encontrar algo, não vai poder usar num tribunal.

— Não estou pensando a longo prazo. Minha prioridade é tirar você dessa merda e colocar minhas mãos nesse cara. Sei que vou ter que explicar como o encontrei, mas até lá eu dou um jeito.

Caiu um silêncio que fez as palavras de Barbara dançarem no ar, rodopiando como fantasmas de promessas num salão de incertezas. Ela olhou para Spark, contornando copos e algumas folhas de papel na mesa de centro, o rabo parecendo um espanador branco-gelo no ar.

— Está calmo demais — ela falou sem olhar para ele, perdida no vinho da taça.

— Sim, eu sei.

— Vai ser horrível quando bater. Aquele dia que você acorda e percebe o quanto é verdade. Que ela simplesmente não existe mais.

Bruce quis, por um momento, contar a ela; explicar que não conseguia aceitar a dor, que algo dentro dele servia como um mecanismo que a convertia em ódio. Que não nascera para nadar num oceano de depressão, preso numa cama, no escuro, permitindo que aquilo se espalhasse e o consumisse como gangrena. Ele precisava agir. Desde adolescente, temera que o dia chegasse, que o desejo de se vingar fosse maior do que toda sua força de vontade para praticar o bem no mundo. A violência venceu Bruce naquele novembro, e Barbara não pertencia à violência. Sabia usá-la para sobreviver, mas não conseguiria lidar com o câncer na alma de Bruce naquele momento. Ela suspeitava, aquilo era óbvio na forma como o observava, de que ele estava atrás de mais do que justiça, que já se entregara e queria sangue. Mas ela precisava que ele confirmasse. E Bruce não faria aquilo. Não conseguia conceber um final onde O Executor ficaria livre para atacar outra menina.

— O dia vai chegar, Barb. Mas não é hoje, entende? Nem amanhã. Ainda estou anestesiado. Ainda não é real. Caminho por essa neve como se fosse uma cidade num sonho que vai me destruir. Nada disso hoje é real.

Sim, Barbara entendia a sensação. Chegara a contar piadas e rir no funeral da mãe, porque a morte de uma mulher da vitalidade e beleza de Sandra só podia ser uma brincadeira de mau gosto. Ela sentira com uma convicção vigorosa que a mãe voltaria de uma longa viagem e juntas conversariam sobre o enterro. Algo como "Mãe, você tava linda, todo mundo disse que a maquiagem estava ótima… e sabe quem apareceu?". Barbara estava esperando a mãe voltar até hoje, vinte anos depois. Entendia a passividade de Bruce.

— Amanhã vão prendê-lo, e você terá que contratar um advogado, e a parte desse caso que diz respeito à Tracy vai ficar com Harris, e a parte que diz respeito à Mollie ficará comigo, e vamos tentar… vamos tentar nos alinhar.

— Harris me avisou.

— Agora só tenho Joyce Manning. E a esperança de que Louis venha para cá nos ajudar. Depois disso, só me resta bater de porta em porta. São cerca de mil e quatrocentas casas. Se eu conseguir conversar com trinta famílias por dia…

Bruce olhou para ela.

— Vai levar quarenta e sete dias para falar com todas.

Ela assentiu, olhos fixos diante de si, bebendo vinho.

Bruce suspirou.

— Obrigado, Barb.

— Não é por você. Quero pegá-lo.

Ele sorriu com esforço.

— Eu sei que não é por mim. Mas obrigado.

Mas era por ele, também. Apesar de tudo, eram parceiros.

Barbara cutucou Bruce com o cotovelo. Pensou nos dois, trancafiados naquela casa, cercados por gelo e floresta.

— Barb?

— Oi.

— Por que todas as luzes estão acesas?

Ela suspirou.

— Gosto delas assim.

Bruce mexeu-se no sofá e puxou um pacote do bolso dos *jeans*. Barbara lhe deu um sorriso quando viu.

— Ah, não…

— É a última vez que faremos isso.

Ela olhou para a caixinha de cartas, já inchada e arrebentada dos lados. Teve certeza de que ele estava certo: era a última vez que poderiam entregar-se àquele ritual de intimidade forçada e fingir que não gostavam dele. Ela tomou a caixa e tirou todas as cartas de dentro, enquanto Bruce andava até a cozinha para abrir outra garrafa de vinho.

— Está roubando no jogo, não pode escolher a pergunta… — ele murmurou.

— Como você disse, é a última vez que faremos isto. — Ela brincou com as cartas, passando por perguntas como "Fiz alguém sorrir hoje?" e "Que conselhos daria a si mesmo três anos atrás?".

Tirou uma do monte e leu para Bruce, vendo que ele voltava com o vinho, carregando-o de forma preguiçosa.

— "Qual é sua cor preferida?"

Ele serviu vinho para os dois como quem serve cerveja, e voltou a enfiar-se no sofá, também apoiando os pés na mesa de centro.

— Puta merda. Sei lá. Azul.

Barbara bebeu, grata que ele estava fazendo um esforço para não enlouquecer, que estava encontrando forças para sobreviver ao inferno que sua vida se tornara em questão de minutos. Ele olhava para ela, esperando a resposta, como se fosse importante saber.

— Se tudo isso der errado, vai colocar minha cor preferida no meu panegírico? "Minha parceira gostava de roxo"?

A risada de Bruce carregava uma preocupação desolada.

Barbara sentiu o gosto amargo das palavras que profetizavam sua morte.

— Só gosto de uma cor em contraste com outra. O amarelo por si só não brilha, não tem vigor nem personalidade. Mas ao lado do azul ou vermelho, se transforma. Então, eu não consigo ter uma cor preferida.

— Você pensa demais, Barb.

Ela deu uma inclinada na cabeça, concordando. Bebeu mais vinho, deixando a boca deliciosamente azeda. Bruce puxou algumas cartas da mão dela e escolheu uma:

— "Você tem um lema pelo qual vive? Um código pessoal?"

— Fui criada por Steven Shaw, Bruce, o policial californiano do famoso "Tiroteio do Píer 9". O lema lá de casa era "Faça a coisa certa. Sempre." Num surto de rebeldia, eu perguntei como era possível saber qual era a coisa certa.

— Lembro da história do tiroteio, muito tempo atrás... caramba, era seu pai?

— Era. Eu tinha dezesseis anos. Ele recebeu uma medalha de valor do presidente Clinton. Cresci olhando para ela.

Barbara já se acostumara ao olhar que Bruce dava agora. Tornava-se invisível para qualquer homem que soubesse de quem ela era filha.

— Uau! Já tinha ouvido o nome do seu pai, e sabia que tinha uma boa reputação, mas só agora eu me dei conta de quem é. Ele... aquele tiroteio...

— Durou quatro horas, ele matou sete terroristas sozinho e prendeu outros dois.

Ele apagou o sorriso do rosto.

— Por que é um problema para você?

— Não é. Juro que não é. Tenho orgulho dele e de ser filha dele... só que me sinto invisível perto dele.

Bruce pediu desculpas com os olhos.

— O que ele respondeu? Quando você perguntou como se sabe qual é a coisa certa?

— "Sempre a mais difícil."

Bruce franziu a testa, olhou para baixo e pareceu mergulhar em outro mar de pensamentos.

— E você? — Ela tomou mais um gole do vinho e sentiu o sono bater. Aconchegou-se contra o estofado e tentou permanecer alerta.

— Não, nunca pensei nisso. Não fui criado com nenhum tipo de código. Acho que a única coisa que sempre tentei foi ser honesto e protetor. Virei policial por isso, por querer ter os meios de proteger as pessoas. Por mais ingênuo que possa parecer, quando virei policial, eu me senti o protetor da minha comunidade.

— Foi por isso que pirou com Tracy, no dia em que empurrou ela? Por que ela negou sua proteção?

Assim que perguntou, percebeu que os olhos fechados e a sonolência haviam permitido que ela falasse sem pensar, como se tivesse pensando em voz alta. Percebeu pelo rosto de Bruce que a pergunta ultrapassara alguma barreira. Ele finalmente balançou a cabeça.

— Não sei, Barb. Não consigo avaliar tão bem assim.

— Desculpa. Não sei de onde saiu essa pergunta. Foi na hora errada.

— Não tem problema. As perguntas são invasivas mesmo, até aquela sobre cor preferida. Esse é o propósito do jogo, não é?

Ela se inclinou e tirou outra carta do bolo.

— "Qual é a coisa mais estranha em que você acreditava quando era criança?"

— Que minha mãe conseguia ler meus pensamentos se eu ficasse com a cabeça bem próxima da dela.

Barbara riu.

— Isso é coisa de quem pensava muita merda.

— É, eu sei. Um dia perguntei se Deus via tudo que fazíamos, e ela disse que sim. Aí eu perguntei: "Até debaixo das cobertas?" e ela... — Bruce começou a rir também — ela ficou brava.

— Ah, nenhuma resposta que eu der vai ser melhor do que essa.

— Tem que responder.

Ela se inclinou para a frente e abraçou Spark.

— Ai, deixa eu ver... eu achava que as pessoas morriam no cemitério. Que elas ficavam doentes e quando achavam que a hora chegava, iam ao cemitério e morriam ali.

— Meu Deus...

— É.

— Mais uma?

Ela secou outra taça.

— Tá bom, a última.

Bruce puxou uma carta aleatória:

— "Seu maior arrependimento?"

— Ah, são tantos.

— Só quero o maior.

Ela fechou os olhos, o sono mordendo, a voz mais arredondada.

— Acho que deixei muitas oportunidades passarem, deixei o medo de fracassar tomar muitas decisões. Principalmente nos relacionamentos, em todos os namoros bobos aos quais não me entreguei. Sempre mantive distância do que parecia ser bom demais. É um jeito covarde de viver, acho. Querer controle é covardia. Não acha?

Bruce coçou os olhos. Cruzou os braços, músculos forçando as fibras da blusa de manga comprida.

— Ninguém gosta de sofrer, acho natural se retrair, se preparar para o pior. Mas é claro que exige mais coragem viajar, se apaixonar, mergulhar numa nova carreira, abrir um negócio próprio.

— Qual é o seu maior arrependimento, Bruce?

— Morgan. Se eu pudesse voltar no tempo não teria tido uma filha.

Barbara foi pega de surpresa. Nunca ouviu uma pessoa falar aquilo. Bruce olhou para ela e continuou:

— Amo minha filha mais do que qualquer coisa. Não há nada que não faria por ela, não há um único momento do dia em que ela não venha em primeiro lugar, e adoro ser pai. Gosto mesmo de poder oferecer segurança e amor para uma pessoa, ser o alicerce dela, e poder educá-la para ser alguém de bem, entende? Mas todo dia, Barb, e especialmente nesses últimos dias, só consigo pensar que foi de uma crueldade imensurável colocar uma criança neste mundo, e uma menina, ainda por cima. Eu só consigo ler notícias que me tiram o sono; meninas de seis anos sendo leiloadas pela internet, dois adolescentes que torturam um menino de dois anos por diversão, um homem que prende a própria filha num quarto por quinze anos e faz seis filhos nela, soldados em missões de paz que obrigam crianças a fazer atos sexuais em troca de comida… e eu só consigo pensar que a coloquei aqui. Que vou ter que deixar com que caminhe entre essas pessoas. Tenho quarenta e dois anos, vinte como policial, e ainda não entendo como é possível, Barb, que essas pessoas façam essas coisas.

— Sabe que é assim que ele pensa, não é? O Executor? Ele também vê isso. Não como você e eu, não com tristeza, decepção e desesperança, mas com frieza, com desdém, e até humor. O desprezo dele é justamente o que o transformou num homem capaz de fazer o que faz, sem remorso.

— Não me compare com ele.

— Não estou. Só quero dizer que todos nós sabemos que falhamos como espécie, e sabemos que há tanta escuridão neste planeta que realmente desejamos, em alguns dias, que isso acabe. A diferença entre nós e ele é que ainda lutamos para que isso mude, Bruce.

— Como sabe que não desisti?

— Justamente porque tem Morgan. Entendo seu arrependimento. Mas está feito, já colocou aquela menina linda e inteligente no mundo e agora vai ter que ser homem e arcar com as consequências disso. Vai ter que continuar colocando a escória na prisão, continuar coletando digitais e fios de cabelo, batendo nas portas de vizinhos, digitando relatórios, porque essa é *sua* forma de melhorar o mundo para ela. E um dia Morgan vai olhar para você e sentir um orgulho enorme de ser sua filha.

Ele não respondeu. Perdeu o olhar na mesa de centro, parecendo distanciar-se. Ela queria conversar mais sobre a noite anterior, ajudá-lo a encontrar uma prova de que estivera em sua própria casa quando Tracy foi atacada na dela, conseguir informações suficientes para provar para a Corregedoria que a investigação em cima do parceiro era uma perda de tempo. Ele inclinou-se sobre a mesa de centro e guardou as cartas. Olhou para ela por um minuto, como se fosse sentir saudades. Então levantou-se.

— Melhor eu ir antes que a patrulha chegue.

Barbara só se lembrou dos policiais quando ele os mencionou. E sentiu algo novo o viu caminhar, com passos arrastados e ombros caídos, até a porta. Ela não queria que ele fosse embora.

— Fica, Bruce.

Ele se virou. Olharam-se. Ela sabia que o vinho a afetara, cortando seus pensamentos pela metade, deixando-a com sono e ao mesmo tempo com sentimentos mais próximos da superfície.

Bruce lhe pareceu tão fragmentado que ela teve a sensação de que o que estava prestes a dizer era injusto com ele, como se o estivesse usando.

— Consegue separar as coisas? Se eu te disser que nunca

conseguiríamos sentir nada um pelo outro fora lealdade, mas que hoje eu quero muito transar... conseguiria separar as coisas?

O homem entendeu. Mas sua falta de reação serviu como um golpe de sobriedade em Barbara, que se perguntou se estava sendo completa e absurdamente insensível com um homem que acabou de perder a esposa. Então, ele deu dois passos em direção a ela.

Barbara aproximou-se com uma coragem maligna. Estivera sozinha por tempo demais. Colocou as mãos nele, num tórax feito de aço, e ele não conseguiu reprimir uma expressão dolorida de surpresa.

— Só o corpo, entende? Isso não muda nada. Só precisamos... só *preciso*...

Ele entendeu. Nunca foi burro. Teimoso, cabeça dura, antiquado, talvez, mas nunca obtuso. Ainda pensava na mulher e não sabia disfarçar. Envolveu as duas mãos dela com as dele e agiu, interrompendo o monólogo incandescente e bizarro dela, entendendo melhor do que ela o que estava acontecendo. Ela precisava trepar; estava à beira de um abismo emocional, de uma avalanche de sentimentos que reprimira há tempo demais. Homens aceitam a válvula de escape mais natural de todas como algo a que têm direito, algo que lhes pertence. Mulheres querem indícios, provas, motivos, justificativas para o sexo. O coração dele ainda sangrava por Tracy, pelo medo de ser condenado à prisão, pela possibilidade grotesca de perder a filha. Mas o corpo dava boas-vindas à libertação e ao consolo do prazer físico.

Foi um beijo cauteloso. Testava a compatibilidade dos dois corpos. Dissipava entre eles o entendimento de que, sim, conseguiriam fazer aquilo, e que seria uma descarga de energia que ambos desejavam, e que, claro, era um erro. O beijo passou no teste quando os pensamentos de ambos não eram mais nas consequências do ato, e sim na antecipação dos gemidos, da nudez. Com o roçar das línguas e o chiado de respirações entrecortadas, o acordo do sexo sem amarras e sem sentimentalismo ficou estabelecido, rápido demais. Na ação animalesca e em meio ao julgamento turvo, ela sussurrou de olhos fechados.

— Preciso do beijo. Gosto de beijar. Incomoda você?

Bruce não estava mais a fim de raciocinar. Um corpo feminino, novo, estranho e cheio de segredos estava contra ele, então apenas murmurou um som de concordância. Um pensamento rápido cruzou sua mente antes de arrancar a blusa de Barbara. Que queria poder sentir o cheiro de Tracy.

Sentou no sofá, ela sentou em cima e perderam-se no beijo.

Ela puxou a blusa preta sobre a cabeça e largou-a em algum lugar no chão. Não teve pudores para abrir o fecho do sutiã e removê-lo também. Bruce foi direto para os seios, mas mesmo que a vontade por aquele corpo fosse sólida, não foi suficiente para que seus músculos obedecessem. Foi de maneira súbita e definitiva que ele perdeu a ereção, justamente quando ela começou a enfiar as mãos para dentro de seus *jeans*. Bruce a afastou com certa educação e soltou um suspiro que não traduzia a intensidade de sua raiva.

Ela percebeu, sem saber como reagir.

Bruce umedeceu os lábios.

— Acho que… sei lá, acho que…

— Desculpa. — Ela saiu de cima dele, as mãos tapando os seios, procurando a blusa.

Bruce olhou para baixo, com ódio de si mesmo, mas ela não abriu espaço para que ele se desculpasse. Foi falando, rápido, envergonhada:

— Forcei a barra, desculpa, você está com mil coisas na cabeça, achei que isso aliviaria, mas foi errado…

— Cale a boca, pelo amor de Deus, Barbara.

Ela ficou quieta e enfiou a blusa no corpo com pressa.

Foi até a cozinha pegar mais vinho. Ele seguiu. Não fugiria daquilo, precisava remediar a situação.

— Barbara, ei, olha pra mim.

Ela bebeu uma taça inteira antes de fazê-lo. Ele viu que estava ruborizada.

— Não é que eu não queira — ele suspirou — é que…

— Eu entendo.

Ela ofereceu a garrafa de vinho, uma trégua, um "não vamos mais falar nisso".

— Ainda tenho dez garrafas para novembro. — Ela sorriu, tímida. — E ainda temos que esperar a noite inteira até Joyce ir ao trabalho.

Ele pegou a garrafa, observando-a. Quis o sexo naquele momento. Quis poder aplacar todos os sentimentos e pensamentos que estavam atrapalhando. Já havia ido longe demais, desconstruído a base casta do relacionamento entre os dois, se exposto ao lado dela que era feminino, quente e disposto àquilo.

Bebeu um gole exagerado. Ela apoiava as mãos no balcão atrás de si, olhando para os pés, parecendo arrependida.

Como qualquer outro policial, Bruce compreendia o mecanismo instintivo da perpetuação da espécie que aflorava quando a adrenalina baixava. Já lera sobre profissões arriscadas e os efeitos sexuais nos homens e mulheres que as exercem. Num lugar como Barrow, era de se esperar que ela se comportasse com aquela agressividade. Ele só queria poder aproveitá-la, talvez dar à parceira a melhor noite da vida dela, sem se preocupar com o drama que muitas vezes acompanha aquelas entregas. Pensou até em justificar-se com a mentira de que nunca havia broxado antes, mas ela leria a patifaria no rosto dele. Bruce levou a garrafa à boca, engolindo seu orgulho com o vinho.

— Talvez seja melhor assim — ela suspirou.

O gato pulou com uma suavidade sobrenatural no balcão e esfregou-se contra as costas dela, olhando para Bruce de um jeito que ele pôde jurar que estava sendo julgado.

Ele se inclinou e a beijou, de um jeito mais suave. Ela beijou de volta, quase pela metade, sem se entregar.

— É questão de honra agora, entende? — Ele sorriu. — Ainda está com vontade?

Ela molhou os lábios e finalmente moveu os olhos gigantes para encontrar os dele.

— Se você não estiver bem...

Ele a beijou de novo. Precisou se esforçar, concentrar todos os sentidos nela, no cheiro do cabelo, na temperatura da boca molhada contra a dele, e no que sentia quando enfiava as mãos dentro da blusa dela. Da mesma maneira que o corpo de Bruce desistira alguns minutos antes, naquele momento, despertou mais uma vez, com vontade que se igualava à da parceira.

# VIII

# SKOTOS

## ESCURIDÃO

Barbara abriu os olhos e avaliou o ambiente. Em algum momento, Bruce havia apagado a luz do quarto, deixando com que a única fonte de iluminação fosse o abajur do criado-mudo. Distinguia os contornos dos móveis e objetos em tons de azul e amarelo, mas além da porta do dormitório havia apenas escuridão.

Ela fitou aquele abismo retangular e sentiu os pelos do corpo arrepiados. E se fosse até lá acender a luz do quarto? O corpo não mexia, por mais que ela quisesse. Prometeu a si mesma que havia luz o suficiente, que ela ficaria bem, que não entraria em pânico.

O braço, no entanto, esticou-se sem que ela comandasse e tocou as costas nuas de Bruce, sentindo o calor da pele dele.

— Acorda.

Ele despertou depressa. Sentou-se, deixando o lençol escorregar pelo abdome até parar entre as pernas, exibindo apenas uma sombra de pelos.

— Tá tudo bem?

— Pode acender a luz? Do quarto?

Bruce fitou-a por alguns segundos, depois coçou o rosto e levantou-se. Ela nunca entendeu o conforto que os homens têm em andarem nus num contexto nada sexual, sem nenhum resquício de vergonha. Ela aproveitou a caminhada dele para tatear o chão em busca de suas roupas. Encontrou a camiseta e a vestiu. Um choque de amarelo, derramando-se e preenchendo o cubo que era o quarto, causou um alívio imediato e quase físico no corpo dela.

— E fez-se a luz — Bruce abriu os braços ao dizer aquilo, olhando para ela, analisando seu comportamento. Voltou para a cama, e ela evitou olhar para ele, afundando debaixo do cobertor quente.

— Valeu.

Virando de lado, a cabeça apoiada na mão, ele perguntou numa voz firme.

— Qual é a história, Barb?

— Não preciso te contar porque dormimos juntos.

— Tá arrependida?

— Não. Fui eu que forcei. Só me arrependo de ter escolhido um momento horrível para isso — ela respondeu, olhando para o rosto dele, tão próximo ao dela. — Se serve de consolo, eu não sou assim. Tenho assistido a vídeos no YouTube que mostram o nascer do sol, todas as manhãs, para não pirar.

— Tudo o que um homem quer ouvir; eu normalmente não sentiria a mínima vontade de fazer sexo com você, mas, como estou enlouquecendo, até que faz sentido.

Ela virou o corpo, descansou as costas contra o colchão e fitou o teto irregular.

— Não falei isso. Só não queria deixar acontecer de novo.

— Ainda sou seu parceiro e ainda sou seu amigo. Deslizamos. Acontece. Não precisa ser grande coisa, a menos que um de nós transforme numa grande coisa, entende?

Ela sentiu alívio ao ouvir aquilo. Tinha a impressão de que o sexo da noite anterior fora quase como um serviço que fizeram um ao outro, um alívio necessário para não enlouquecerem.

— Mas não altere o foco da conversa, Barb. Preciso saber qual é o seu problema com a luz.

Ela sentiu que acabaria contando, como se não tivesse mais forças ou motivos para esconder aquilo dele. As palavras saíram tranquilas de sua boca, com uma entrega que surpreendeu Barbara.

— Tenho nictofobia, sabe o que é?

— Medo do escuro?

— É.

Esperou a risada dele, mas Bruce permaneceu quieto, usando sua tática de investigador contra ela, dando-lhe espaço para preencher com confissões. Ela abraçou a oportunidade.

— Eu tinha quatro anos e morávamos em São Francisco, num prédio que tinha uma lavanderia no subsolo.

— Pensei que tivesse passado a infância no Brasil.

— Sim, pouco depois desse incidente. Minha mãe veio para os Estados Unidos ainda bem jovem, sempre foi meio cigana e aventureira, e passou boa parte da juventude viajando pelo mundo e sustentando-se com trabalhos em restaurantes, empresas de limpeza, essas coisas. Sempre falou daqueles dias com muito carinho, então não acho que foi um fardo, acho que ela amava ser livre. Enfim, com meu pai foi amor à primeira vista, eles se casaram muito depressa, e aí eu nasci. Ela sempre me falou daqueles dias, tenho muitas fotos que ela tirou, éramos felizes. Um dia, quando eu tinha quatro anos, eles estavam dando uma festa em casa. Uns amigos iam lá e eles bebiam cerveja, escutavam música, conversavam e riam alto, e eu sempre ficava por lá sendo mimada com doces e presentes. Eu saí do apartamento quando não estavam prestando atenção e fiquei andando pelos corredores do prédio, indo parar na lavanderia que já havia frequentado com minha mãe. Estava aberta, então entrei e fiquei andando entre as máquinas, talvez procurando alguma coisa que pudessem ter deixado para trás, coisa de criança, sabe?

Ele a observava sem fazer nenhum gesto ou expressão, mergulhado na narrativa. Ela lambeu os lábios e continuou, sabendo que seriam palavras pronunciadas com dor, mas que precisavam sair.

— Aí as luzes... sumiram. Bum. Todas se apagaram na mesma hora e eu ouvi a porta sendo trancada. Talvez se eu tivesse gritado, mas sei lá, fiquei paralisada de medo. Até hoje, se eu fico... no escuro, não consigo me mexer. E não entrava luz, estávamos no subsolo e não havia janelas, só umas grades, mas à noite não serviam de nada e eu...

Ela não sabia como continuar. A lembrança voltou com tudo, daquelas horas intermináveis no inferno daquela escuridão.

— Eu passei a noite inteira ali e, para uma criança de quatro anos, foi uma eternidade. Eu abria meus olhos com os dedos para enxergar, mas nada aparecia e pensei que tivesse ficado cega. Chorei, mas ninguém ouviu e passei dez horas ali. Nada nunca me pareceu muito tempo depois daquilo. Não dormi de tanto medo. Fiquei apavorada. Lembro-me do cheiro de sabão em pó e é um cheiro que até hoje me dá aversão.

Bruce tinha uma ruga na testa quando ela finalmente olhou para ele.

— Seus pais devem ter ficado loucos atrás de você.

— Quando eu era mais velha, minha mãe contou que quando perceberam que eu não estava em casa, eles foram atrás de mim. Meu pai e o parceiro dele entraram em todas as casas para me procurar, usando o distintivo, foi caótico. Minha mãe surtou de medo. Foi tão traumático para eles quanto para mim.

— Mas eles te encontraram, certo?

— Não... *ele* me encontrou. Tobin Markswell.

Bruce sentou-se, cruzando as pernas em estilo índio e curvando a coluna para ficar inclinado em direção a ela. Barbara olhou nos olhos dele e falou pela primeira vez sobre o assunto.

— O zelador do prédio foi abrir a porta pela manhã, acendeu as luzes e me achou. Lembro-me pouco dele, tenho umas imagens fragmentadas de um cara meio velho, quer dizer, para mim, na época, era velho, mas talvez tivesse apenas uns cinquenta, sessenta anos. Eu lembro que ele ficou espantado ao me ver ali, chorando, e que a única coisa que senti ao vê-lo foi alívio. Não duvidei que ele me levaria para meus pais e tudo ficaria bem. Mas não foi isso o que aconteceu. A primeira coisa estranha que senti foi quando ele me perguntou minha idade. Eu contei, e ele abriu um sorriso enorme, Bruce. E eu soube, eu *soube* que havia algo errado naquele sorriso, mas esperei. E ele se sentou num banco que tinha lá, perguntou meu nome. Ele falou: "Barbara, venha aqui com o vovô, vamos conversar, agora você está bem"... e eu fui. E ele me levantou, e me lembro de ter pensado que não era familiar, não era *certo* ele tocar em mim. Não tinha convívio com idosos, o toque dele foi estranho. Lembro-me vagamente que ele me sentou no colo dele e me abraçou. Sei que tem mais, que outras coisas aconteceram, mas só lembro mesmo de um abraço longo, do qual eu não conseguia me soltar, mas estava tão aliviada por ter sido encontrada que não chorei e não senti medo de verdade. O que me lembro com certeza é do rosto da minha mãe. Isso sim, até a roupa que ela usava, o cabelo um pouco bagunçado, e que estava com um brinco só. Costumava usar argolas grandes nas orelhas, e lembro que só usava uma, que a outra havia caído ou algo do tipo, ou talvez tivesse feito diversas ligações em relação ao meu desaparecimento e tirou o brinco para que o telefone não a machucasse. Eu ouvi um soluço forte, intenso, olhei para cima e ela estava lá. Eu sabia que estava feliz em me ver, mas os olhos dela...

Barbara parou o relato para respirar fundo. As palavras que acompanhavam a lembrança pareciam pular da sua garganta. O corpo vomitava a narrativa como se ela estivera pronta há décadas.

Bruce esperava.

— Ela estava apavorada. Sei disso agora, sei disso quando fecho os olhos e me lembro da expressão dela. Eu pulei para os braços dela e senti o cheiro amadeirado, doce e pesado da minha mãe e me senti segura. Ouvi o homem balbuciar algo sobre ter me encontrado naquele exato minuto, e lembro que minha mãe não respondeu. Alguns segundos depois, Shaw apareceu e me levaram embora dali. Minha mãe me deu um banho, conversou comigo numa voz calma enquanto chorava, me pediu perdão por não ter me encontrado antes... mas eu estava bem com eles, estava salva. Só soube que algo estranho havia acontecido porque, quando acordei no final da tarde, minha mãe estava aos berros com Shaw.

— Por que às vezes não chama seu pai de pai?

Ela percebeu. Engoliu a resposta. "Porque não posso ter certeza de que Shaw é meu pai". Deu de ombros.

— Sei lá, questão de costume, coisa de adolescente. Sei que ela berrava. Ele nunca gritou com ela, nunca alterou a voz. Minha mãe estava histérica. Só lembro de algumas frases. Ela berrou "Não vai fazer nada?!", e ele respondia baixo demais.

Ouviram um zumbido. Barbara percebeu que seu telefone celular estava no carpete do quarto, ao lado da cama, vibrando. Não reconheceu o número na tela, mas era de Barrow.

— Castelo.

— *Oi, é Amber Manning.*

Barbara sentiu o corpo pular e sentou-se, ereta e rígida.

— Oi, querida. Tá tudo bem?

— *Você pediu para* mim *ligar. É sobre o que aconteceu com a Mollie. Você promete que não conta pra minha mãe se eu te contar?*

Bruce inclinou-se para Barbara, e ela fez um gesto para que ele esperasse.

— Sim, querida, eu prometo.

— *Minha mãe conhece um cara. Ele é meio estranho, mas é legal com a gente. E ele conversou com a Mollie quando ela veio aqui no fim de semana passado.*

Barbara forçou-se a se concentrar nas palavras, para não falar demais e pôr tudo a perder. Sentiu o sangue fugir da pele, como se quisesse abrigar-se em algum lugar mais seguro.

202

— Eu preciso muito saber o nome dele, Amber.

— *Era estranho, terminava com nix, ou vex, ou algo assim.*

A boca de Barbara encheu de saliva e ela sentiu a mão deslizar contra o plástico do aparelho celular.

— Como ele era, Amber, como o encontro?

— *Ele é todo tatuado. Ele...*

— Ele já fez alguma coisa com você? Tocou em você ou em Mollie?

O silêncio do outro lado fez Barbara flexionar a mão esquerda. Bruce colocou uma mão gentil no joelho dela, implorando para que ficasse calma. Ela apertou a mão dele.

— *Ele mostrou o corpo para a gente uma vez. Mostrou as tatuagens. A gente queria ver. Ele deixou a gente tocar na pele dele. Minha mãe tava dormindo. Ele não fez nada de mal. Mas a gente seguiu ele, era só de brincadeira.* — Então Amber começou a chorar. A voz mudou por completo, antes controlada e quase autoritária, e agora dissolvendo-se num choro infantil. — *Era só brincadeira, eu juro...*

— Você não fez nada errado. O que ele fez, Amber?

— *A gente seguiu ele e era só de brincadeira, e ele percebeu e fez xixi na nossa frente, mas foi só isso, eu juro, eu juro...*

Barbara olhou para Bruce e viu sua própria angústia refletida no olhar dele, da mesma forma como um bocejo é contagioso.

— O que ele faz, querida? Onde trabalha?

— *Não sei. Ele é o cara que faz chá para minha mãe.*

— Faz chá? Onde está sua mãe agora, Amber?

— *Com ele. Foi tomar chá. Ela sempre vai.*

— Amber... fique onde está, fique em casa, tudo bem? Nada de ruim vai acontecer com você. Se eu for até aí... você me deixa entrar?

— *Sim.*

Barbara sentiu os olhos queimarem.

— Você é muito corajosa. Obrigada por ter ligado. Nada disso é culpa sua, tudo bem?

— *Tudo bem.*

Assim que desligou, Bruce estava se vestindo.

— O que foi?

— Amber Manning. Está apavorada. Joyce saiu com um cara e acho que é ele, Bruce. Ele frequenta a casa e se exibiu para as meninas. Estava lá no fim de semana anterior ao assassinato. Tomar chá… o que pode ser isso? Tomar chá?

— Eu não ficaria surpreso se Joyce se drogasse.

— Mas por que diria isso? Amber disse que ela toma chá com ele o tempo todo. Ela não está em casa. Precisa ser agora.

Bruce encheu o peito de ar. Pareceu crescer um metro. Decidiu-se com um gesto da cabeça:

— Tá. Vamos lá.

No carro, naquela hora da madrugada, com a neve caindo com uma leveza que parecia zombar da gravidade, sentiam que eram as únicas pessoas no mundo.

— Fiz algo que não gostou?

Ela sentiu o rosto aquecer. O sexo foi razoável, um pouco travado e tímido, mas bom. Não haviam conversado nem trocado pedidos ou orientações fora um ocasional "assim" ou "isso", respirações profundas e gemidos altos. Ela não chegou ao orgasmo, mas não esperara chegar com ele, naquelas circunstâncias, daquele jeito. Ele fez o melhor que pôde, dentro dos limites que ela impôs com gestos. Não houve exploração de bocas ou olhos, mas as mãos foram o suficiente. O beijo, que sempre fora o aspecto mais erótico do sexo para Barbara, excedeu as expectativas dela. O resto despertou nela a sensação da qual sentira tanta falta. Deixou saudades ao mesmo tempo em que as matou, como se tivesse implantado nela um vício outrora superado.

— Não. Dei essa impressão?

Ouviam o som confortável do carro no asfalto, enquanto ela dirigia.

— Não. Não sei, nem sempre homens percebem essas coisas. Está tudo bem entre a gente?

— Claro.

Ele ficou quieto. Ela se perguntou o que estava pensando, se aquilo aliviara de alguma forma a saudade de Tracy ou a dor da perda. Ele se mostrara flexível durante o sexo, ela tinha certeza de que teria topado qualquer sugestão, mas não ousara mais do que o básico. Bruce provavelmente achava que era frígida.

O único problema tinha sido encarar os olhares nos policiais de vigia quando os dois saíram da casa dela naquele horário. Ela os dispensou, tentou dar a impressão de que os dois haviam trabalhado a madrugada inteira, mas sabia que não convencera.

Pegou Bruce encarando, mas ele sorriu.

Barbara inclinou o corpo para o lado e abriu o porta-luvas. Esticou o braço e tateou em busca do saco de pirulitos até conseguir pegar um, fechar o compartimento e enfiar o doce na boca, fazendo uma bolinha com a embalagem e jogando-a no banco traseiro.

— Seu carro tá um lixo, Barb.

— Eu sei.


Amber abriu a porta com cara de sono. Barbara entrou sem cerimônias, acendendo as luzes da sala e finalmente ajoelhando-se, para um contato mais pessoal com a menina.

— Vim ver como você está. E para dizer que tudo vai ficar bem.

A garota coçou o olho. Não parecia mais a menina fria e esperta da visita anterior. Dava a impressão de que começara a entender que não veria mais a melhor amiga.

— Minha mãe vai ficar brava comigo.

— Ela não vai saber. Ela demora quando vai tomar chá?

— Sim, o chá demora oito horas, ela diz. Ela me deixa dormindo aqui e volta de manhã. Mas quando volta, faz café da manhã e é muito legal comigo. Ela volta bem. O chá faz ela ficar legal de novo. Ela diz que cura a dor interior. E que quando eu crescer, vou poder tomar também.

— Preciso usar seu banheiro. Posso?

Amber apenas apontou para um corredor escuro. Barbara apertou a mandíbula e andou até lá, desviando da bagunça de roupas e embalagens de comida no chão. Acendeu a luz do corredor e evitou olhar para os retângulos negros que eram os dois quartos. Acendeu a luz do banheiro e entrou, segurando a porta com as luvas de couro.

Sozinha lá dentro, com a porta fechada, ela apressou-se, arrancando as luvas com os dentes e vestindo as de látex. Tirou do bolso o *kit* de levantar impressões: pó, pincel e fitas adesivas.

Os azulejos de Joyce eram brancos, então Barbara escolheu o pó escuro das duas únicas opções que o departamento disponibilizava. Contendo a respiração, pincelou em movimentos circulares e com o máximo de cuidado que conseguiu o espaço onde um homem talvez um pouco mais alto do que ela colocaria a mão. Encontrou diversas impressões e levantou uma por uma. Fez o mesmo na alavanca metálica da descarga. Não tinha muito tempo antes que Amber ficasse curiosa. Precisava ficar um passo à frente de Joyce para não a assustar.

Com as amostras no bolso, abriu os armários. O banheiro não estava sujo, mas estava bagunçado. Arriscou prender a respiração e olhar o cesto, mas não encontrou embalagens de preservativos. Abriu o armário de remédios e viu algumas pílulas de farmácia, nada que precisasse de receita. Enfiou as luvas nos bolsos e saiu, encontrando Amber na porta, prestes a entrar.

A menina sabia que Barbara estava bisbilhotando, mas não protestou. Dava, no entanto, para ver a ansiedade no olhar dela.

Barbara sentia-se atraída pelo quarto de Joyce e o que poderia encontrar ali, mas sabia que a menina era uma bomba-relógio; precisava da mãe. Por puro instinto de sobrevivência, senão por amor, mais cedo ou mais tarde, ficaria ao lado dela.


Na delegacia, os olhos fixaram na dupla que entrou.

Harris desligou o telefone no meio de uma ligação quando os viu. Bruce tirou o casaco e sentou-se, como se aquele fosse um dia de trabalho como qualquer outro. Barbara passou direto pelo escritório do sargento e entrou na área do laboratório.

— O que é isso?

Bruce ligou o computador sem olhar para Harris.

— Ela tem evidência nova. Está seguindo uma pista.

Harris não escondeu a surpresa.

— Sabe que a corregedoria está chegando daqui a uma hora, não sabe? Que terá que fazer um depoimento?

— Sim. Vão me deixar ver Morgan?

— Não tenho como saber.

— E se não gostarem do que eu disser?

— Então você ficará em custódia até decidirem se têm um caso e se irá a julgamento.

Bruce fechou os olhos. *Morgan, Morgan, Morgan. Não posso deixá-la sem mim, sem pais, sozinha.* Fez seu melhor para não demonstrar pânico e ficou em silêncio enquanto Harris afastava-se.

Barbara encarou Lidia Davis quando a técnica aproximou-se, usando um jaleco de um branco impecável por cima de um suéter velho. A mulher era magra e com olhar abatido, mas de uma doçura quase desconcertante quando falava. Tinha olhos bondosos.

— Então me explica o que você quer e eu tento ajudar.

Barbara pedira para falar com ela em particular, sabendo que o que pediria era ilegal.

— Você me mandou impressões digitais para o sistema, do caso Green e Darnell.

— Sim. E preciso disso o mais rápido possível para salvar meu parceiro. Acho que posso ter a impressão do assassino entre as que levantei.

— Gosto de Darnell. Vou fazer o melhor que posso para acelerar isso. Mas conhece o banco de dados e sabe que digitais podem levar muito tempo. Isso se der a sorte do seu suspeito ter uma ficha criminal.

— Sim, eu sei.

— Que favor precisa?

— Uma amostra de sangue, minha. Compará-la ao banco de dados de DNA.

Lidia enrugou a testa.

— Só farei isso com uma boa explicação.

Barbara sentiu o peito pesado. Segurou a agonia e falou numa voz baixa.

— Existe a possibilidade de que meu pai... não seja quem penso que é. O outro homem possível está no sistema. Está preso.

*Por minha causa.*

— Posso perder meu emprego.

— Por favor. Só temos verba para DNA por alguns dias. Ninguém vai perceber, isso daqui é uma bagunça. É só colocar qualquer coisa na descrição. Eu preciso saber. Preciso saber quem sou.

*Filha do herói ou do assassino?*

Lidia deixou os ombros caírem num gesto de desistência. Apontou para uma cadeira, e Barbara sentou-se. A mulher voltou com um bastonete flexível de algodão e uma agulha descartável finíssima. O furo doeu mais do que deveria, e então o vazamento tímido de sangue foi coletado no algodão, que Lidia inseriu num tubinho de plástico e lacrou. Na etiqueta, escreveu um número qualquer, que Barbara pressupôs que fazia sentido para ela.

— Me dê três dias. Tudo bem?

— Não dá para ser mais rápido?

— Se você me falar o nome do prisioneiro. Aí eu sei onde procurar e só comparo sua amostra com a dele. E te digo no fim do dia.

Não podia correr um risco daqueles. Aquilo afetaria a carreira de Shaw, que já era alvo de fofocas sobre o incidente com Tavora. Ela não podia fazer isso com ele. Balançou a cabeça.

Não confiava que aquela informação não sairia daquele laboratório. Lidia deu de ombros e mostrou três dedos, depois deu as costas e saiu.

Louis olhou em volta, perguntando-se como alguém conseguia viver num lugar daqueles. Estava acostumado com o inverno cruel de Nova Iorque e viera muito bem agasalhado, mas sentia, quando o vento ártico batia no nariz e bochechas, que aquela cidade não queria ser habitada.

Parecia noite, mesmo sendo dez da manhã.

Saindo do prédio baixo da Alaska Airlines, ele acendeu um cigarro e tirou o celular do bolso. Constatar que havia sinal ali foi um alívio. Precisava entrar em contato com a detetive Castelo e analisar a situação com O Executor.

Não receberia crédito algum pela captura do assassino que estivera procurando há mais de uma década, o que era uma grande injustiça. Mas compreendeu que a caça adquirira um sabor de clandestinidade, uma vez que duvidava que a detetive tivesse consultado seus superiores na decisão de pedir ajuda a Louis. Ele não havia deixado a esposa e a doce monotonia da aposentadoria para observar outra policial prender seu maior inimigo. Desembarcou naquela maldita cidade para ver O Executor agonizar com uma bala no estômago. Estava ali para ver a luz da vida apagar-se em seus olhos. Só precisava lidar com a detetive Castelo do jeito certo.

— McAllister?

Ele se virou para ver uma mulher de estatura média, magra e de pele tostada olhando para ele com olhos amendoados, enormes. Bem agasalhada e com uma expressão de urgência, Barbara Castelo não parecia uma ameaça aos seus planos. De fato, era quase um ultraje que uma mulher de aparência tão frágil tivesse sido considerada apta para o trabalho de investigadora num caso daqueles. A modernidade não estava trazendo progresso para o mundo, disso Louis tinha certeza. A onda *hippie* de querer igualar mulheres e homens só estava permitindo que certas incompetências fossem perdoadas. Era óbvio que ele, como pai de uma mulher e marido de outra, não era machista. Ele conhecia o verdadeiro machismo, de natureza prática e tangível, que fazia vítimas de abuso doméstico e estupros brutais a cada esquina de Nova Iorque, cidade onde mulheres celebravam sua suposta independência financeira e liberdade sexual nos *pubs* depois de seus expedientes em escritórios de contabilidade, advocacia e *marketing*. O que elas não entendiam era que essa liberdade tinha um preço alto, e suas colegas estavam morrendo em becos e atrás de latas de lixo como consequência de um grito por igualdade que era irracional. Louis, no entanto, reconhecia a força necessária da hierarquia e cadeia de comando, e por isso nunca ousara rebelar-se contra as poucas superiores que tivera no NYPD.

— Detetive Castelo.

Ele estendeu a mão. Ela apertou com a firmeza típica de mulheres que precisam provar que não são frágeis. Então ela falou com a voz bonita, aerada:

— Meu parceiro está sendo interrogado pela Corregedoria. Não temos muito tempo.

Louis leu o rosto dela: preocupação.

— O interrogatório vai começar em meia hora, Castelo, o pessoal da Corregedoria estava no mesmo avião que eu. Deveria ter me contado, para que eu não passasse o voo inteiro tentando não ser reconhecido. Não que eu me importe, estou aposentado, mas minha presença aqui levantaria algumas perguntas que a colocariam numa péssima posição com seu sargento.

— Não deduza que me importo com meu emprego mais do que me importo com a vida do meu parceiro e das mulheres e crianças desta cidade, Louis. Não deduza que, por estar num mundo que para você é lugar de homem, penso como um.

— Se pensasse como um, talvez já tivesse encontrado o desgraçado.

— Se você não conseguiu em uma década, não espere que eu consiga em uma semana.

Sem respostas, Louis apenas deu um sorriso de desprezo, que ela entendeu.

— Você pediu minha ajuda.

— Sim. Sabe que estamos lidando com uma exceção, e em casos assim a experiência conta mais do que as estatísticas e as pesquisas. Você o conhece melhor do que eu.

— Precisamos de um lugar para conversar. E de tudo o que tem sobre o caso, as vítimas, a região, tudo.

— Já está pronto, mas não temos mais do que uma ou duas horas. Preciso estar na delegacia antes do almoço. Tem um quarto de hotel?

Ele apontou o queixo para o King Inn.

— Bem ali.

— Vou pegar minhas coisas no carro e te encontro no seu quarto.

O quarto do King Inn era aconchegante, simples e bem aquecido. No ar gravitava um odor que Barbara tentou decifrar, em vão. A melhor definição que ela conseguiu foi chulé com aromatizante de eucalipto.

Ela esperou Louis ler o arquivo do caso. Girava um pirulito dentro da boca e observava o homem sentado na cama, curvado sobre relatórios e fotos. Checou o relógio de pulso, pensou em Bruce.

Louis olhou para cima.

— Entende o que ele é?

— Um desequilibrado hiperssexualizado que acredita em satanismo acósmico, na extinção do mundo e tudo o que há nele?

Louis coçou a barba malfeita.

— Sim, e altamente inteligente. Conhece o pandemônio, Barbara?

— Os nomes deles.

— São treze no total. Ele os invoca um a um, às vezes mais de uma vez quando sente que falhou em sua missão. Para invocá-los, derrama o próprio sangue num pedaço específico de papel e entra numa meditação profunda, na qual passa por diversos estágios, e então recebe uma missão, que envolve assassinato. Já fez doze selos e doze sacrifícios. O décimo terceiro é Lúcifer, que só pode ser invocado depois de todos os outros. Para isso, ele vai precisar dos doze selos e de vítimas. Muitas. Um verdadeiro banho de sangue. E pela frequência dos últimos assassinatos, ele está escalando, está chegando perto.

— Quando diz "banho de sangue"...

— Quero dizer que estará pronto para ser preso, ou cometerá suicídio por policial, então seu último show será algo tão grotesco que apenas alguns outros crimes na história da humanidade estarão no mesmo nível. Quero dizer que será público e horrendo, algo que só posso descrever como uma catástrofe.

Ela engoliu a sensação de mal-estar e fitou Louis no quarto mal-iluminado. Os olhos dele mostravam que sentia o mesmo medo que ela.

— Acho que colocaria fogo na cidade inteira se pudesse. Tornaria este lugar sua própria versão do inferno.

— Como vamos encontrá-lo?

— Me fala sobre o local.

— Ele joga os corpos numa planície entre as cidades, mas acho que mora em Hollow Trees e que leva as vítimas para lá. Acho que pode ser um homem envolvido com uma mulher local, Joyce Manning, cuja filha era amiga da primeira vítima. Consegui uma impressão digital na casa dela, mas ainda estou esperando o resultado do laboratório.

*E o resultado do meu exame de sangue.*

— E como Tracy Darnell se encaixa nisso?

Ela suspirou.

— Acho que foi pessoal, uma forma de atacar a polícia. Mas também há a possibilidade de Morgan Darnell ter sido o alvo.

Louis levantou-se com um gemer das molas da cama e passeou pelo quarto.

— Se ele souber que estou aqui, vai reagir. Vai querer contato, vai querer me provocar, e aí cometerá um erro. Você disse que ele a seguiu?

— Sim.

— Só que não queremos que a Corregedoria saiba que estou na cidade.

— É, tem isso também.

— Vamos dificultar as coisas para ele então, Barbara. Peça

para seu sargento mandar um aviso para as escolas e todos os pais da cidade para ficarem atentos e colocarem um toque de recolher. Alerte todos os adolescentes para que andem em bandos e cuidem uns dos outros. Com *smartphones,* isso não deve ser difícil.

— Harris é discreto. Não quer atenção para o caso.

— Mas é tarde demais para isso. Vamos deixar O Executor nervoso, desesperado, para que faça algo idiota e venha até nós.

Ela pensou naquilo, achando fácil concordar com ele.

— Vou para lá agora. Me encontre aqui às seis da tarde — ela falou, pegando os arquivos e ajeitando-os nos braços. — Vou querer a história toda, Louis, sua e dele. Tem uma cópia do livro do caso? Não teria vindo até aqui sem ela.

Louis deu um sorriso.

— Sim, senhora — murmurou, abrindo sua mala.


Quando ela chegou ao segundo andar do prédio do Departamento de Polícia de North Borough, viu um grupo de quatro pessoas bem vestidas saindo da sala de interrogatório. Prendeu a respiração e parou de andar, estudando os rostos sérios conversando em vozes inaudíveis.

Bruce saiu da sala e virou de costas. Um policial uniformizado algemou-o.

Harris falou algo para ele e colocou uma mão em seu ombro.

Barbara caminhou até eles, sem saber o que pensar, e quando Bruce se virou, seus olhos se encontraram. Os outros também a observaram. Harris falou:

— Castelo, podemos conversar no meu escritório?

Mas ela sentiu as palavras saindo antes que pudesse refrear o calor no seu tórax:

214

— Isso é uma puta babaquice e você sabe disso, sargento!

O policial deu um passo à frente e os homens de terno, um passo para trás. Harris ficou vermelho.

— Sugiro que se controle, detetive.

— Vai levar meu parceiro?! Com uma porra de um sádico pedófilo lá fora, na *sua* cidade, vai levar um policial...

— Coloque-se no seu lugar, detetive! — ele berrou.

O policial aproximou-se. Outros dois correram em direção a ela, e dois detetives, Spencer e Lespy, aproximaram-se também. Ela soltou uma respiração tremida, sentindo o rosto quente e o coração acelerado. Para sua surpresa, Lespy apontou um dedo para o policial mais próximo.

— Afaste-se.

Spencer colocou uma mão no ombro dela.

— Castelo, calma.

O policial não se afastou. Parecia pronto para agredi-la.

Ela se recusou a se mexer.

— Tem noção do tamanho da merda que está fazendo? — disse entredentes. — O Executor está pronto para fazer novas vítimas e isso, tudo isso, vai parecer o pior erro que um departamento de polícia já cometeu, Harris.

Bruce sacudiu a cabeça para que ela parasse e deixasse as coisas como estavam. A mão de Spencer no ombro dela fez pressão, como se temesse que ela partisse para cima do policial.

— Não sabemos se *O Executor* existe, Barbara. — Harris estava tentando se controlar. — Está emocional, mas não vou deixar passar mais um insulto desses. Vá se acalmar e conversamos depois.

— Venha. — A voz apaziguadora de Spencer. Ela sentiu que ele estava do lado dela, e lembrou-se de que aqueles homens eram amigos de Bruce também.

Sob os olhares austeros dos homens da Corregedoria e de Harris, ela virou-se. Lespy praticamente a forçou a sentar-se. Quando ela olhou para cima, viu que o policial conduzia Bruce até as celas. Harris e os engravatados trancaram-se no escritório e baixaram as persianas.

Spencer ofereceu-lhe um copo com água, que ela aceitou.

— Isso é ridículo — ele falou, sem esconder sua indignação.

— Há algo que podemos fazer, Castelo? Em relação ao caso? Queremos ajudar Bruce.

— Não sei mais onde procurá-lo, essa é a verdade.

Como lhe pareceu estranha aquela troca. Nunca havia conversado com aqueles homens direito, sempre desconfiara deles, como se fizessem parte de algum núcleo antagônico que a ameaçava. E jamais tinha pensado em admitir, tão facilmente, que a situação era demais para ela, de que poderia precisar da ajuda deles. Pensou no elo que o trabalho cria entre policiais e sentiu saudades do pai.

Estava quase calma e resignada quando os outros dois policiais uniformizados passaram pela mesa dos detetives. Um deles a encarou com olhos maliciosos, quase libidinosos. Falou numa voz alta o suficiente para que ela ouvisse:

— Deve estar na TPM.

— Ou apaixonadinha — respondeu o parceiro com uma risada.

Ela fechou os punhos e os olhos, fazendo um esforço energético para não reagir. Pensou que fosse conseguir não se deixar provocar, mas então ouviu o resto da conversa enquanto eles se distanciavam. E aquela palavra bastou.

— ... *vagabunda*.

O empurrão que deu nas costas do policial que falou foi de uma estupidez robusta, fazendo com que ele caísse no carpete de joelhos, amparado por uma das mãos e o cotovelo. De uma vez só, todos os funcionários se levantaram e correram até eles. Sem hesitação, como se tivesse ansiado por aquilo, o parceiro dele avançou em direção a ela, mas estava a uma distância que permitiu à Barbara antecipar seus movimentos. Quando ele cerrou os dentes e os primeiros berros de revolta começaram a sair das bocas das testemunhas, ela se abaixou e foi de encontro ao peito dele. Os dois caíram no chão, Barbara em cima do homem uniformizado, deferindo apenas um bom e curto soco nas costelas dele antes que fosse puxada pelo que pareceu uma centena de braços.

Os comandos eram exaltados: "Parem!", "Timothy!", "Castelo!", "Porra!", "Parem!"

Ela sentiu os pés tocarem o chão e os braços fortes que a seguravam. Os dois policiais também estavam sendo segurados pelos colegas, berrando os esperados "Vadia! Desgraçada! Vagabunda!"

Uma segunda guerra quase explodiu quando Spencer ouviu os primeiros palavrões, mas seu parceiro segurou-o. Os policiais pararam de berrar quando viram Harris caminhando em direção à confusão, os homens da Corregedoria atrás dele.

# IX
# ANOIA
## INSANIDADE

Barbara olhou para cima quando ouviu o ranger da fechadura de ferro. Harris entrou, mais calmo, e esperou que o guarda fosse embora e estivessem sozinhos.

— Está cada vez mais parecida com Bruce.

Ela não respondeu. Perguntou-se se Bruce estava cada vez mais parecido com ela também.

— Sua primeira vez num *drunk tank*? — ele perguntou, com tom leve.

O *drunk tank* era a cela reservada para bêbados que são presos por uma noite, para não causarem problemas.

— Segunda. A primeira foi na Academia, senhor. Meu instrutor achou que seria educativo passar pela experiência.

— É engraçado como me chama de "senhor" agora, mas, uma hora atrás, me desrespeitou na frente dos meus superiores.

O cheiro de urina e vômito fez o estômago dela revirar.

— Sinto muito. Perdi o controle.

— O que está acontecendo com você?

— Tem noção do que é saber que um homem vai torturar e assassinar uma criança nos próximos dias e não poder impedi-lo?

Harris gesticulou para a porta aberta.

— Saia daqui, Barbara. Impeça-o, então.

No chuveiro, ela encostou a cabeça nos azulejos e fechou os olhos, a água quente massageando suas costas. *Vou enlouquecer. Preciso do sol, da luz do dia. Preciso que essa noite acabe.* Já não tinha mais ideia da passagem do tempo. Olhava para o calendário do celular a cada quatro ou cinco horas para situar-se. Sentia sono o tempo todo, agora que seu corpo começara a produzir mais melatonina do que o normal.

Num instante de desespero, pensou em comprar uma passagem para o Brasil, para Santos, a cidade onde cresceu, onde o sol deveria estar castigando os banhistas naquela praia que foi o palco de seus momentos mais felizes. Pensou no apartamento quente da avó, Regina, e na rotina movimentada daquele lar. Acordava com os beijos doces da mãe, que a abraçava e implorava para que se levantasse para ir à escola. Na cozinha, Regina já bebia café e fumava, a mesa posta para o café da manhã que Barbara apenas beliscava. A mãe já estava vestida e maquiada e com pressa, reunindo chaves, carteira e pastas com as provas de seus alunos. Barbara passava as manhãs na escola, e à tarde uma van a deixava no prédio da avó no Canal 2. As tardes eram uma delícia. A avó a levava à praia e Barbara corria para o mar, juntava conchas e deitava na areia, onde o sol secava as gotículas de água salpicadas no corpo.

Toda lembrança boa logo puxa as dolorosas. Lembrou-se de uma briga entre a avó e a mãe, na qual Sandra chorava e dizia que sentia saudades do ex-marido. "Não quero mais isso, mãe, não quero mais ficar longe dele." A voz da avó, geralmente amorosa, tornou-se amarga com a filha: "Mas ele não te quer mais. Ele foi desleal quando escolheu o trabalho dele em vez da família. Lembre-se disso, Sandra, e deixe de ser idiota! Não suporto te ver chorando por um homem que te colocou num avião com sua filha!", e Sandra soluçara ao ouvir aquilo.

Barbara lembrava-se de ter suado dentro de suas roupas de moleque.

"Não sei viver sem ele.", a mãe concluíra, limpando as lágrimas do rosto. "Eu era tão feliz, mãe…"

Regina não se emocionou. "Enxuga esse rosto e deixa de ser trouxa. Amor de homem se esquece nos braços dos filhos."

"Mas você nunca amou meu pai."

"E acha que seu pai foi o único homem na minha vida? Acha que puxou a quem?"

E aquilo encerrara a questão. A mãe parou de soluçar e mergulhou num devaneio triste, e a avó retomou a costura.

Ah, que saudades das duas mulheres. Daquela casa animada e barulhenta e sempre cheia de visitas. De sentir-se amada e sempre amparada, mesmo quando seus problemas eram tão triviais. De ter se tornado uma mulher num lar onde mulheres e suas particularidades e intimidades eram tão bem-vindas. Onde toda sexta-feira era dia de manicure e caipirinha, onde sempre um estoque monstruoso de absorventes aguardava no armário do banheiro, e onde filmes eram devorados com guaraná e pipoca até às duas da manhã. Sandra jogada no sofá, de camisola, às cinco da tarde num domingo, bronzeada da praia, lendo romances de Isabel Allende. Regina costurando, fazendo bolo de café e contando histórias de espíritos e assombrações de sua infância.

Sandra se arrumava todos os sábados e saía com as amigas para dançar. Voltava tarde, embriagada, e se enfiava na cama para dormir com Barbara. Sandra gargalhava com as amigas e contava piadas cheias de palavrões. Sandra que, quando uma amiga perguntou sobre os homens americanos e disse que sua única experiência fora uma decepção, respondeu, em um inglês pesado: "You fucked the wrong gringo, amiga" e riu. Sandra que descobriu um câncer no seio esquerdo quando era tarde demais.

Quando Sandra morreu, Regina não aguentou a dor. Em dois meses, a mulher de sessenta e quatro anos, antes exuberante com sua pele escura e cabelos cacheados, definhou e tomou a forma de uma velha. O irmão de Sandra, Evandro, instalou-a num lar para idosos e telefonou para Shaw.

Barbara começou a chorar, naquele momento em Barrow, debaixo do chuveiro. As costas tremiam e ela permitiu-se o som do choro, a respiração cortada. Pensou no aeroporto, em ver o pai e não se sentir filha dele. E nos anos seguintes, uma casa silenciosa, colegas de escola que não compreendia, mais ordem, organização e solidão num país que parecia melhor em quase tudo, mas cuja cultura não oferecia conforto. Um país que não conseguia chamar de lar. A aceitação transformou-se em passividade, e quando a hora chegou, estava na Academia de Polícia, enquanto os colegas de escola escolhiam o que estudar na faculdade.

Barbara desligou o chuveiro e esfregou o rosto. Forçou-se a voltar para o agora: Bruce, Louis e O Executor. Nada mais importava.

O telefone vibrou na pia e ela enxugou a mão para pegá-lo, preparando a voz para sair firme.

— Castelo.

— É Lidia.

Ela sentou na tampa do vaso sanitário.

— Tenho a digital, mas não seu exame de DNA.

Aliviada, ela suspirou.

— OK. Manda.

— Phoenix Barton. Cumpriu penas leves por roubo e invasão de domicílio nos anos noventa. Cumpriu pena em 2003 por tentativa de estupro. Adivinha? Só dezesseis meses. Nova Iorque. A ficha completa está na sua mesa.

— Obrigada, Lidia.

— Pegue esse cara, Castelo. Por todas nós.

Ela desligou, as palavras rodopiando em sua mente, em brasa, como papel queimado.

Antes de sair de casa, grudou um bilhete na porta da frente com um pedaço de fita adesiva.

Louis estava sentado perto da janela no salão do Icy Pizza. Ela tomou um lugar de frente para ele e tirou o casaco, o gorro e as luvas.

— Phoenix Barton.

O homem enrugou a testa.

— Como chegou a esse nome?

— Ele deixou impressões digitais no banheiro de Joyce Manning. Ele se exibiu para Mollie Green e Amber Manning alguns dias antes de Mollie desaparecer. Cumpriu pena por pequenos delitos e, em 2003, por tentativa de estupro, em Nova Iorque. Perdemos ele de vista em 2014. As fotos mostram tatuagens pelo corpo inteiro, exatamente como Amber descreveu.

Louis absorveu as palavras, sem sorrir. Houvera uma pausa nos crimes d'O Executor em 2003. Ele só voltou a matar no final de 2004. As informações batiam.

— E então aumentei as fotos e vi isso.

Ela colocou papel impresso em cima da mesa e viu a reação que esperava. Louis franziu a testa e abriu os lábios.

Barbara circulara diversas formas tatuadas nos braços e pescoço de Barton.

— Os demônios. Ele os tatuou. Meu Deus.

As figuras contorciam-se em tons de cinza na pele clara de Barton; as únicas tatuagens negras, entrelaçadas às coloridas, que cobriam toda a superfície da pele, com exceção do rosto e das mãos. Nyx, representado por um crânio com dentes afiados do tamanho de dedos, o interior da boca todo negro. Lilith nua, cabelos de tentáculos, oferecendo um seio com a mão. Em outra foto, Phoenix aparecia de costas e sem camisa, Lúcifer em sua representação comum, como um homem musculoso, cabeça de bode, um pentagrama na testa e chifres.

Louis ficou imóvel ao olhar para as imagens.

— É ele. Se testarmos a amostra de sêmen tirada de Mollie com o DNA dele no banco de dados nacional, eu sei que vai dar positivo. — Ela soltou a respiração. — É ele.

Depois de mais de dez anos de investigação, O Executor tinha um nome, um rosto. Não era mais o fantasma que atormentava as noites de Louis, que zombava dele com mensagens de torturas nos corpos de suas vítimas. Phoenix Barton. A detetive jovem e inexperiente tornara o assassino em série real para Louis, *acessível* depois de tanto tempo. E ele soube que sempre a odiaria por isso.

— Então só precisamos pressionar Manning e conseguir um endereço.

Barbara assentiu.

— Sim. Pressionar bem.

Phoenix não confiava em Barbara. Esperou bastante antes de sair do seu carro, pegar o bilhete na porta e voltar. Seu medo não era ser pego pelos policiais do North Borough, e sim falhar em sua única missão. Estava pensando no último momento, em sua batalha final, há pelo menos doze anos. Não deixaria que uma detetive jovem e inexperiente o trancafiasse numa cela.

Só abriu a carta quando já estava a uma distância segura da residência da novata, próximo à floresta densa e de árvores altíssimas, cobertas de neve, que cercava e isolava Hollow Trees.

Desligou a caminhonete de Joyce e, no silêncio e na escuridão daquele pedaço de terra, desdobrou o bilhete escrito num pedaço simples e macio de papel branco. Sorriu ao ler a primeira frase, que confirmava que a carta era para ele. Continuou lendo, sentindo uma mistura de ansiedade e raiva:

O Executor, Nyx, Lethe, Lilith...
acho mais honesto te chamar pelo
seu nome de nascença, Phoenix Barton.

Quero que me faça um favor. Da
próxima vez que se olhar no espelho
para admirar suas tatuagens ou seu
corpo musculoso e bonito, pense em mim.
pense que assassinou duas mulheres na
minha jurisdição, e pense que não é nada
além de mais um mimado insignificante
com ilusões de grandeza, que tenta se
convencer diariamente de que é especial.
Se Deus existe, ele não te acharia grande
coisa, então inventou outra teoria, a de
um senhor do mal, um mestre supremo
que te favorece. Quantos homens como
você estão neste exato momento fabricando
bombas para amarrar em mulheres e
crianças? Quantos de vocês não estão no
corredor da morte esperando aquela
última refeição e aquela agulha na veia?
Quantos babacas prepotentes como você
não estão se masturbando assistindo pornô
na internet e se mordendo de raiva
daquela colega de classe bonita que
preferiu um cara mais afastado?
milhares? milhões? você não é único.
você não é especial. E garanto que
está vivendo seus últimos dias, talvez
horas, em liberdade. não tenho medo
de você.

Barbara Shaw Castelo

Ele soltou ar de uma forma barulhenta e encostou a cabeça contra o apoio do assento. Ela havia descoberto sua identidade.

Não duvidava que ela fosse capaz de encontrar seu esconderijo temporário, e até mesmo seu acampamento. Concluiu que subestimara a senhorita Castelo.

Acendeu um cigarro e baixou o vidro do carro, enfrentando o frio que entrou. Sua voz saiu como um sussurro trêmulo, contaminando o ar com vapor esbranquiçado dos próprios pulmões.

— Ainda estou sendo testado? Ela é uma adversária digna, alguma espécie de prova final? — Soltou um sorriso. — Sim, faz sentido e agradeço por isso. Sinto sua presença, sua interferência no *status quo*, como se fosse essa minha respiração, mudando a natureza do ar ao meu redor. O que devo fazer com ela? Há propósito em destruir algo digno, forte, algo que se destaca dessa lama que tão urgentemente precisa ser aniquilada? Me mostre o caminho certo e farei sua vontade.

Ele abriu os olhos. Perdeu-se por poucos instantes na imobilidade secular daquelas árvores, nos segredos murmurados no espaço sem cor entre os troncos. A resposta viria, ele não duvidava. Decidiu que Barbara teria que testemunhar o evento definitivo.

— Abra, Joyce!

Barbara sentiu o peso da Glock na mão direita. Bateu mais uma vez na porta, rezando para que Manning abrisse e se deixasse ser levada à delegacia para dar seu depoimento. Pedira reforço pelo rádio, e um SUV da NBPD já se aproximava pela estrada de terra suja de neve.

Ouviu um som do lado de dentro, que enviou outra descarga de adrenalina pela sua corrente sanguínea. Teve um pensamento volátil, lembrando-se de que esta era a terceira vez em toda a sua carreira de detetive que precisava sacar sua arma de serviço.

A porta abriu e ela deu um passo para trás.

Viu Amber, assustada. Barbara fechou a mão gelada em torno no frágil pulso da menina e puxou-a para fora da casa. Notou que estava agasalhada, porém com os cabelos engordurados, e o cheiro de suor infantil indicava que não tomava banho há alguns dias.

— Onde está sua mãe?

— Não sei.

Barbara viu a viatura parar e dois policiais saírem: Begoy e Andy Zorella. Ele ficou em pé atrás da porta aberta, uma mão no cinto, próxima à arma. Andy também tinha uma mão próxima à arma dela enquanto caminhava até a casa.

— Amber, qual foi a última vez que viu sua mãe?

— Ontem de manhã. — A menina não chorava, mas os olhos arregalados e a pele pálida não escondiam seu medo. — Ela disse que ia trabalhar e voltaria mais tarde com o jantar, mas não telefonou e não voltou para casa. Então eu dormi.

Andy aproximou-se, ainda evitando os olhos de Barbara.

— Está tudo bem?

— Zorella, por favor, leve Amber até a delegacia e coloque um alerta APB para Joyce Manning, desaparecida desde ontem, possível cúmplice de Phoenix Barton, suspeito de assassinar Mollie Green e Tracy Darnell.

Amber reagiu a essas palavras, balançando a cabeça como se não acreditasse naquilo. Abriu a boca para protestar, os olhos já molhados, mas Barbara ajoelhou-se para encará-la:

— Acompanhe a policial Zorella, Amber.

Falou com tanta firmeza que a menina aceitou a mão de Andy, que a guiou até o carro. Barbara chamou Begoy com a mão. Andy prendia o cinto de segurança de Amber e passava as instruções do APB pelo rádio.

Barbara olhou para a casa bagunçada e depois para Begoy.

— Vamos revirar esse lugar. Vá na frente e deixe todas as luzes acesas.

Harris flexionou os dedos e gemeu de dor. Sentiu a idade em cada junta do corpo alto e desejou a maciez de seu colchão como nunca desejara algo. Um olhar ao relógio mostrou que já trabalhara além do horário e podia ir para casa sem culpa. Colocara os oficiais da corregedoria num avião da Alaska Airlines, sentindo que ainda receberia muitos telefonemas nos dias seguintes. Quando estava vestindo o casaco, Barbara Castelo entrou no escritório.

— Explica o APB para Manning — ele suspirou.

— Está desaparecida desde ontem à noite. Ela tem contato com Phoenix Barton, O Executor.

Harris questionou-a com o olhar.

Barbara jogou um arquivo na mesa dele. Apontou.

— Encontrei nosso cara e não tenho a mínima dúvida de que é ele. A única pessoa que pode resolver essa merda de uma vez por todas é Manning, só ela sabe onde encontrá-lo. Desapareceu e largou a filha.

— Como sabe disso?

— Ela está lá fora. Estava só, não faz ideia do que aconteceu com a mãe, que está envolvida com nosso suspeito. Do que mais precisa para colocar um alerta de busca e me dar um mandado de prisão contra Barton, senhor?

# X

## NOSOS

### DOENÇA

Bruce despertou com um ranger de ferro. Sentou-se no leito da cela que fora seu lar durante as últimas dez horas para ver o colega Spencer entrando.

— Gostei da decoração.

Bruce esboçou um sorriso exausto.

— Trouxe cigarros? Baralho? Uma navalha?

— Está livre, Darnell.

Bruce aproximou-se dele.

— Tá brincando comigo?

Mas o alívio no rosto de Spencer era legítimo.

— As velas na cena de Tracy são do mesmo tipo das da cena da Mollie. A amostra de sêmen da garganta de Green deu positivo para a amostra de sangue dele no banco de dados do sistema carcerário. O nome é Phoenix Barton. Agradeça à Barbara.

Ele não conseguiu conter o sorriso.

— Morgan?

— Ainda está com os serviços de proteção à criança. Estão cuidando bem dela. Já mandei avisar que você vai vê-la e que ela vai para casa.

Ele e Morgan em casa mais uma vez. Para solidificar o amor que sentiam um pelo outro, para vivenciar o luto por Tracy, que havia sido o coração, os lábios e os braços naquele lar por tantos anos. Ambos teriam um futuro juntos. Morgan se lembraria do pai e de sua infância como uma época boa, apesar da ausência da mãe. Essa viagem imaginária a um futuro tão bonito em sua simplicidade fez com que as lágrimas pulassem de seus olhos. Spencer ofereceu um abraço forte, real, que Bruce aceitou. O amigo afastou-se, olhando-o com atenção, mãos nos ombros dele.

— Agora precisamos de você, cara. Nossa caçada começou.

Phoenix abriu uma lata de refrigerante, sentindo no rosto um leve e delicioso *spray* da bebida ácida. Tomou um gole, a garganta queimando, e estudou a mulher no chão da casa, com os olhos fechados. Joyce tornara-se algo amarelado, sem cor nos lábios, sem cor nas unhas. Ele colocou um cigarro na boca e ficou sentado, nu, no chão, ao lado de Joyce, olhando para o rosto dela, excessivamente maquiado e já enrijecido pela morte.

Soprou a fumaça no ar e observou enquanto ela se contorcia com a morosidade típica, dissolvendo, unindo-se ao oxigênio.

— A loucura, como o Diabo, tem muitos nomes, Joyce.

Ela havia vomitado antes de morrer, ainda viajando com o chá, e no instante em que Phoenix apertou seu pescoço para dizer adeus, ela perdeu o controle dos músculos e evacuou no piso encerado de madeira da casa que conseguira manter desocupada, apenas para que ele pudesse esconder-se por mais alguns dias. Phoenix continuou apertando o pescoço fino mesmo quando ela parara de se debater e tentar puxar o ar. Viu os olhos arregalados e as veias saltadas, viu Joyce deixando a pele do pescoço em carne viva na tentativa de arrancar as mãos dele enquanto elas contraíam a garganta. Observou por fim o estado de torpor, o cessar de movimentos, e a fechada delicada das pálpebras. O cheiro não o incomodou.

Deu duas batidas leves no rosto dela, e um beijo de despedida nos lábios gelados.

— Você ajudou bastante, minha porca. Agora descanse — sussurrara bem ao seu ouvido.

Com um sorriso, ele deixou o monólogo fluir sem qualquer tipo de planejamento, a boca servindo apenas de ponte entre a mente dele e a realidade da palavra falada:

— Acho simbólica a mania do homem de querer fincar uma bandeira em todos os conceitos abstratos da humanidade, tornando *seus* os pensamentos aleatórios, as manias naturais, os desejos sublimes e as desordens psíquicas que são intrínsecas à alma. Uma aversão torna-se uma *fobia*, um trauma uma *síndrome*, um vômito mental uma *filosofia*, e assim por diante. Não acha?

Uma mosca cruzou o ar e Phoenix pensou na bagunça que havia deixado na cozinha. Pensou que levaria dias, ou semanas, até que descobrissem a casa, e imaginou o estado avançado de decomposição no qual Joyce estaria. Mas aquilo só aconteceria se algo desse errado, e Phoenix sabia que não daria. Tinha fé absoluta no fim de tudo. Só tinha mais um dia de vida, e a sensação era libertadora. Sentia-se quase eufórico. Continuou falando com Joyce, organizando os pensamentos e usando a entonação para que ela compreendesse, mesmo sabendo que já não estava ali:

— Nesse espírito conquistador, disfarçado de altruísmo, criaram uma lista de distúrbios psicológicos que está na sua quinta edição, o DSM-5, o Manual Diagnóstico e Estatístico de Transtornos Mentais. Um grupo seleto de pessoas dentro de uma cultura específica tem a pretensão de definir o que é normalidade, para que possa identificar padrões que fogem a ela. Não é segredo para ninguém: loucura é loucura, não importa qual nome você queira dar a ela. A loucura descansa nas regiões inóspitas do cérebro, dorme, hiberna até, por anos. Na infância, é livre e explora, mas ainda é tímida. Para as crianças que pegam gosto e flertam com a adrenalina descarregada no sangue durante as situações ousadas que a loucura atrai, os homens conseguiram também colocar um rótulo: são as que "sofrem" de Transtorno de *Déficit* de Atenção com Hiperatividade. *Sim, mãe, nós temos a solução, um remedinho da mesma família da cocaína, e veja bem, hoje está com desconto na farmácia do meu colega!* E no desespero para ter um filho "normal", ela abre a carteira. As síndromes, distúrbios e condições estão aí para isso, afinal, nosso sistema é capitalista. A loucura se afasta quando lutamos para nos encaixar aos moldes e padrões da escola, da adolescência e da vida adulta. Mas, como o próprio indivíduo, a loucura pode ser fraca ou forte. Em alguns, ela luta para dominar, e vence. Desça o dedinho indicador pela lista do DSM-5 e, se quiser enxergar a verdade, verá loucura, loucura, loucura, loucura, loucura... E não há cura para a loucura, senhoras e senhores. Eu digo: solte o comprimido no vaso sanitário e dê a descarga. Dance com seu distúrbio, seu fetiche, sua neurose no belíssimo salão da insanidade.

Ele riu.

Virou o rosto para o canto escuro da sala, onde as luzes das velas não alcançavam, não expunham os contornos. Pensou ter visto algo revirar-se ali. Seria Nyx? Estava faminto, inquieto, precisando comunicar-se?

Com confiança, bebeu outro gole do refrigerante e fumou. Sentiu o início de uma ereção, apenas um enrijecer leve dos músculos penianos. Fechou os olhos. Pensou em beber o chá.

O chá arremessava-o num pesadelo sem fim, num mundo além de seu controle, nos horrores das revelações. Mas, quando passava no teste de coragem, o chá revelava uma mensagem no final da jornada, naquele estado de onde ele ia e vinha da liquidez espessa do outro mundo, às vezes por horas. O que o menos avisado chamaria de "dissolução do efeito do alucinógeno em seu sistema", Phoenix sabia ser um estado alternativo de consciência no qual as mensagens são facilitadas.

Foi até a cozinha, descendo os degraus da escada da luxuosa casa, e olhou para a panela onde o chá descansava, espesso e escuro, com um cheiro que lembrava plantas e solo fértil. Moscas e algumas baratas mexiam-se de forma espasmódica pelos restos de comida que cobriam os refinados balcões.

*Sentiu um medo delicioso na barriga. Deleitou-se com sua própria coragem. Você é o homem que enfrentou o inferno, Phoenix. Teve a bravura para olhar os demônios, os verdadeiros mestres do caos, na cara, um por um. De invocá-los, de ousar ouvi-los. Quem pode dizer que já fez o mesmo?*

Riu.

Mergulhou um copo na mistura de ervas e bebeu rápido, evitando sentir o cheiro, torcendo o rosto quando sentiu o gosto amargo e grosso na língua. Salivou para ajudar a bebida a descer, e então fez seu caminho de volta para o andar de cima e para o dormitório que transformara em sua toca na última semana.

Deitou-se ao lado de Joyce, pegando a mão um pouco inflexível e frígida dela. Com os olhos fechados, não se importando com o cheiro que emanava do cadáver, preparou-se para receber as próximas instruções de Nyx.

Bruce estava descendo os degraus da casa de Thayla Wilson quando o telefone tocou. Não reconheceu o número, mas atendeu no segundo toque.

— Darnell.

— *Detetive Darnell, aqui é o Dr. Cavannaugh. Soube que procurou por mim na minha casa de férias.*

Bruce entrou no carro e bateu a porta, apreciando o abrigo contra o frio.

— Dr. Cavannaugh, estou falando com todos os moradores

de Hollow Trees e Barrow sobre anúncios que fizeram para a venda de carros. O senhor colocou um anúncio na internet cinco meses atrás, um Kia Sportage?

— *Sim, comprei para a minha filha, mas ela se casou e não quer mais saber de passar o Natal com a gente aí em cima. Vendi bem abaixo do preço da tabela, não fazia sentido ficar com o carro parado.*

— Para quem vendeu, se lembra do nome da pessoa?

— *Sim, vendi para uma mulher, uma... um momento.*

Bruce olhou para a lista, sentindo o desespero crescer.

Pensou em desligar na cara do velho rico. Riscou o nome de Thayla Wilson, a proprietária da última casa da lista, e pensou em ampliar a lista para os anúncios dos últimos dois anos. Então, o doutor Cavannaugh voltou à linha:

— *Aqui está, na minha pasta de contabilidade. Ela pagou em dinheiro. Joyce Manning.*

Bruce ficou paralisado por um instante. Fechou os olhos.

— Muito, muito obrigado, doutor. Pode me passar a placa do veículo?

O celular de Bruce chamava, mas ele não atendia. O sangue de Barbara subiu, e ela não sabia se era de raiva por ser ignorada ou receio de que Bruce estivesse fazendo algo pelas suas costas. Enfiou o aparelho no bolso e voltou para a cópia do livro do caso d'O Executor. Na tela do computador, a ficha de Barton. O capitão John Forster marcou uma reunião com todos os detetives e policiais do departamento e pediu a ela que "se tornasse uma *expert* em Phoenix Barton em cinco horas". Suando dentro de seu agasalho, ela forçou-se a esquecer do parceiro e começou a montar seu dossiê.

A fita amarela dizia CENA DE CRIME NÃO ULTRAPASSE, e pela primeira vez as palavras fisgaram o coração de Bruce Darnell. Pedaços da fita estavam cruzados na porta de sua casa.

Pensou em quantas vezes ficara de vigia no carro, desejando nada mais do que entrar naquela casa modesta, mas aconchegante.

Recebera permissão oficial para reocupar o espaço e uma notificação de que Morgan estaria voltando para casa na manhã seguinte. Decidiu que entraria, limparia tudo, e daria à filha um lar cheio de amor para o qual voltar. Ao mesmo tempo, não sabia se conseguiria entrar no lugar onde Tracy foi atacada, onde sangrou. Pensou em Barbara, que cresceu com um pai policial, sem a presença da mãe, e imaginou Morgan transformando-se numa mulher daquele tipo. Pareceu-lhe uma coisa boa.

*Mas você não é mais um policial. Sua carreira não vai sobreviver a este caso, e sabe disso. A menos que algo verdadeiramente extraordinário aconteça e você possa ser perdoado.* Mesmo com a pontada de esperança a cutucar suas entranhas, Bruce sabia que aquilo não aconteceria. Estava resoluto em encontrar Phoenix antes da polícia. Já fizera as pazes com seu assassinato antes mesmo de ele acontecer, pois não tinha dúvidas de que o mataria.

O celular vibrou e ele atendeu.

— Darnell.

— *Oi, é o patrulheiro Marks.*

— Oi, Marks. Conseguiu alguma coisa?

— *O carro que o senhor está procurando está estacionado numa estradinha aqui em Hollow Trees, na Floresta Nikasp. Não há ninguém no veículo, e está coberto com bastante neve, parece abandonado há pelo menos uma semana.*

O coração de Bruce deu um salto.

— Ótimo trabalho, Marks, me mande as coordenadas, já estou indo praí.

— *Não quer que eu chame apoio, detetive Darnell?*

— Não precisa, eu cuido disso.

Marks parecia estar sorrindo do outro lado da linha.

— *Feliz em poder ajudar, senhor.*

Bruce desligou o celular. Olhou para a madeira escura da porta, o número 25 em letras acobreadas sujas de neve, e murmurou:

— Depois.

Virou-se e voltou para seu carro, sentindo o peso da arma no coldre debaixo do braço, coberto pela jaqueta.

Barbara fez seu melhor para não pensar na quantidade de pessoas que haviam se reunido no escritório principal do departamento. Não tinham uma sala grande o suficiente para tantos policiais, de modo que haviam mexido em algumas escrivaninhas para que pudessem unir todos. Sentindo uma vibração leve no estômago, olhou em volta e contou cerca de quarenta homens, de braços cruzados ou enfiados nos bolsos, esperando que ela dissesse algo.

Foi o chefe Bo Danielson que começou:

— Boa noite a todos, e obrigado por terem saído de suas casas e patrulhas para esse *briefing*. Sabemos que muitos de vocês têm trabalho a fazer, então prometo que isso será breve e objetivo. Como sabem, dois assassinatos hediondos foram cometidos na nossa pequena comunidade nesta semana. Uma menina de nove anos, Mollie Green, desapareceu no dia dezoito de novembro. Achamos que foi atraída para fora de sua casa enquanto a mãe dormia, por um homem chamado Phoenix Barton, que mantinha uma relação afetiva com a mãe da melhor amiga e colega de escola de Mollie, Amber. A mulher em questão se chama Joyce Manning e seu *status* atual é *procurada*, uma vez que não voltou para casa após um encontro com esse homem, e suspeitamos que tenha sido cúmplice dele neste crime. No dia vinte e um de novembro, o corpo de Tracy Darnell, esposa de um dos nossos, Bruce Darnell, foi encontrado na mesma área do corpo de Mollie, a cerca de cinco quilômetros de distância da primeira cena, entre Barrow e Hollow Trees. Temos o mesmo *modus operandi*: Darnell foi tirada de sua casa, onde houve um conflito com uma faca de cozinha. Foi estrangulada em sua casa ou num veículo, assim como Green, e queimada na área onde seu corpo foi encontrado, posado como uma estrela no meio de cinco velas pretas parcialmente queimadas. A maior diferença entre os dois crimes é que Green foi abusada sexualmente, e Darnell não. Achamos que o objetivo de Barton era Morgan Darnell, de seis anos, mas a mãe a defendeu e ele a aproveitou como uma vítima de oportunidade.

Barbara notou que alguns deles conversavam entre si e olhavam em volta, procurando Bruce. Da forma mais discreta que pôde, tirou o celular do bolso e olhou a tela. Não havia mensagem dele.

— A detetive Castelo chegou à identidade de Barton. Temos evidência que liga Barton à Mollie Green e à cena de crime de Darnell. Barbara descobriu que ele já matou antes e vai nos dar um *briefing*. Quero que prestem atenção.

Ele olhou para ela, que engoliu em seco, procurando a melhor forma de começar.

— Phoenix se encaixa perfeitamente no conceito de um *serial killer missionário*. Missionários matam pela necessidade de livrar o mundo de algum mal, alguma coisa que consideram ser uma doença ou praga. Só que Barton não é como os outros, que na maioria das vezes são religiosos e focam em grupos específicos para exterminar, como prostitutas e homossexuais. Barton, em algum momento de sua vida, envolveu-se com a filosofia do Satanismo Acósmico, que prega a aniquilação de tudo: todas as formas de vida, Deus e o universo. Sei que parece fantasioso, mas é real para ele, e nessa religião, é um fanático. — Ela limpou a garganta, notando que os policiais entreolhavam-se. — Phoenix Barton nasceu em Ohio, em 1974, tem quarenta e dois anos, um físico forte, e tudo indica que é saudável. Não tem treinamento militar, mas cumpriu pena e deve ter aprendido alguns truques, então, todo cuidado é pouco ao abordá-lo. Ele é um predador sexual, assassino, torturador e sádico que já fez aproximadamente doze vítimas nos últimos quinze anos, incluindo crianças. É organizado, inteligente, socialmente competente. Estamos lidando com alguém que acredita ter uma missão, e o sacrifício de crianças faz parte desse plano.

Ela distribuiu folhas para os oficiais na primeira fileira, que passaram os maços adiante, separando uma cópia para si.

— Esse cara é real. Ele dedicou dezenas, talvez centenas de horas de sua vida a essas tatuagens, que mostram treze demônios do Satanismo Acósmico.

Ela tirou um pequeno controle remoto do bolso e apontou-o para um aparelho antigo de *Datashow*. No *notebook* em cima da mesa, uma imagem grotesca apareceu iluminada no quadro branco.

— O pandemônio: Lethe, o oblívio. Sob esse pseudônimo e acreditando estar sob seu comando, Barton assassinou sua primeira vítima em 2002, quando tinha vinte e quatro anos: uma adolescente de dezesseis, que foi drogada e estuprada, depois estrangulada por ele. Lypei. — Ao pronunciar o nome do segundo demônio, ela mudou a imagem. Um anjo com expressão triste e pele dilacerada olhava para o alto com um gesto de súplica. — A tristeza. A segunda vítima, uma menina de...

Barbara enfatizou cada sílaba, não para chocá-los, e sim para conseguir continuar sem engasgar em lágrimas. Manteve a voz firme e o rosto impassível com todo o esforço que conseguiu.

— Três anos. Ela foi afogada na banheira de sua casa. Os pais estavam drogados e dormindo.

Notou a troca de olhares entre os oficiais. Continuou:

— Skotos, a escuridão. Uma vítima de vinte anos em 2005, que teve os olhos arrancados e foi torturada por dois dias. Causa da morte: afogamento. Este é Anoia, o demônio da insanidade. Vítima de treze anos, uma garota em situação de risco, pobre, que foi estuprada e morta por estrangulamento em 2006. Estão vendo o padrão?

Ela passou para a próxima imagem, apoiando-se no silêncio momentâneo para acalmar-se. Então prosseguiu:

— Thanatos; morte. Vítima de vinte e dois, torturada por quatro dias, causa da morte: estrangulamento. Essa foi a primeira vez que Barton incinerou o corpo. Nosos: doença. Vítima de trinta anos, com leucemia, abduzida no estacionamento de um hospital, estrangulada. Apolemi: aniquilação. Vítima de onze anos em maio de 2007. Carbonizada numa área arborizada. Em 2008, ele escalou e fez duas vítimas, uma em nome de Echthra, ódio, e outra em nome de Lilith. A primeira foi espancada até morrer, tinha dezessete anos. A segunda foi a primeira vítima do sexo masculino que conhecemos, um garoto de programa de dezenove, sodomizado e sufocado com roupas de baixo. Houve uma chance de pegar Barton aqui, porque foi a primeira vítima encontrada com sêmen, mas a amostra levou a resultados inconclusivos, possivelmente por erro humano na coleta de evidências. Minha opinião é a de que Lilith, por ser um demônio associado ao sexo e depravação, exigiu de Barton essas peculiaridades. Em 2009, ele fez sua décima primeira vítima sob o pseudônimo Mnemeion, a cova, a tumba. Enterrou uma adolescente viva. Nesse ano, temos uma quebra de padrão.

Barton fez duas vítimas em nome de Nyx, a noite. Estranguladas e queimadas. O detetive que cuidava do caso, Louis McAllister, já recebia cartas do assassino nomeado "O Executor" pela mídia, que sempre assinava com o nome do demônio que estava fingindo ser, ou acreditando representar. As cartas ficaram mais frequentes com a assinatura Nyx. Minha opinião é a de que Barton tem uma preferência por esse demônio, o que explica por que fugiu para cá, Barrow, em algum momento entre 2014 e 2016. Não temos nenhum caso que segue os diversos *modus operandi* de Barton nesse período de dois anos, o que é incomum, mas já aconteceu com assassinos em série. Não sabemos se sua motivação foi relacionada às suas crenças, ou se conseguiu se controlar para não ser encontrado. É seguro dizer que pode ter feito outras vítimas usando outros métodos, e por isso não conseguimos atribuir os crimes a ele. O nome do décimo segundo demônio, Basanismos, aparece pintado na parede do quarto da vítima que Barton fez em 2010, antes de desaparecer.

Ela respirou fundo e voltou a projetar a imagem de Barton.

Os policiais e detetives olhavam para ela, e Barbara identificou choque e a comum excitação acesa pela sede de ação. Concluiu da melhor forma que pôde:

— Só falta um demônio, o décimo terceiro, pelo que pudemos concluir. Com a noite polar, Barton voltou a incorporar Nyx, matando Mollie Green e Tracy Darnell... É de extrema importância que vasculhem as áreas abertas da cidade, as florestas de Hollow Trees e os lagos. Nossa prioridade é encontrar Phoenix Barton. A segunda prioridade é achar Joyce Manning. Vou coordenar as buscas junto ao sargento Harris. Qualquer atividade deve ser comunicada por rádio. Com essa escalação, Barton não tem mais medo de ser pego. Deve saber que crimes dessa natureza em uma cidade com menos de cinco mil habitantes chamariam atenção. O último demônio é Lúcifer, então seu próximo crime terá proporções maiores. Escolheu a cidade por causa da escuridão. O Satanismo Acósmico prega a aniquilação de tudo. Biocídio: a destruição de todas as formas de vida; Deicídio: a aniquilação de todas as divindades e deuses. E Cosmocídio: a destruição do universo. Para Barton, a escuridão simboliza isso.

Bo Danielson voltou a falar:

— O trabalho de vocês será com a população de Barrow, que já está assustada. Portanto, é importante que façam apenas perguntas diretas sobre o paradeiro de Joyce, começando pelo círculo de amigos, vizinhos e colegas de trabalho dela, e expandindo a busca para basicamente qualquer cidadão. Não revelem detalhes do caso para ninguém, e não mencionem nada além da aparência física de Barton e que ele é, nesse momento, apenas um suspeito. Trabalharão em duplas, em locais determinados pelo sargento Harris, e comunicarão qualquer progresso através do rádio.

Eles pareciam prontos.

Harris dedicou um momento a olhar para o rosto de cada um dos homens na sala. Por fim, falou num tom comedido e baixo:

— Boa caçada.

Enquanto a força-tarefa trabalhava nas ruas de Barrow, seguindo um questionário básico em interações com os cidadãos, comunicando-se entre si e riscando no mapa as áreas que eram procuradas, equipes específicas, com equipamento e cães treinados, procuravam nas áreas dominadas pela natureza.

Dentro da delegacia deserta, Barbara lia a documentação do número de segurança social de Joyce Manning, dados sobre seu divórcio, dívidas pequenas e declaração de imposto de renda.

Onde estaria escondida?

Parou o trabalho para levantar-se e esticar o corpo. Caminhou até a máquina de café e encheu um copo, percebendo que, ao olhar pela janela suja de neve, não fazia a mínima ideia do horário. O relógio dizia seis da noite.

Caminhando devagar para não chamar a atenção de Harris, foi até o computador e deu uma ordem de impressão nos documentos abertos de Manning. Enquanto a máquina cuspia os relatórios, agasalhou-se. Pegou o calhamaço de papéis, amassando as bordas deles sem intenção, e saiu da delegacia.

Bruce deveria estar na casa dos Darnell, arrumando tudo por lá, e ela precisava saber o que ele tinha em mente.

243

Bruce checou a bateria do celular. O ícone já estava vermelho, indicando que tinha talvez meia hora sobrando. A Floresta Nikasp era extensa e densa, e não era um lugar onde qualquer ser humano gostaria de estar numa noite polar. Pegou no porta-luvas um par de algemas, caso precisasse delas, zipou a jaqueta, enfiou luvas e um gorro que cobria o rosto inteiro, exceto olhos, narinas e lábios, e, fechando a porta do próprio carro, passou pelo Kia de Joyce e entrou na floresta.

A projeção esbranquiçada da lanterna guiava-o por uma mata morta pela neve, sem vento, e com espaços de dois metros entre as árvores altíssimas. Não havia som ali, fora os passos de Bruce nas folhas secas e na terra sob seus pés. Para não se perder, ele parava e dobrava um *glowstick*. O tubo plástico iluminava-se de verde, e ele o jogava no chão. Encontrara apenas seis deles no *kit* forense, e Bruce rezou para que fosse o suficiente. Não pensava enquanto caminhava, deixava a cabeça alerta para sons que pudesse captar.

Sentindo o corpo esquentar com a caminhada e a respiração mais profunda, Bruce parou para dar uma boa olhada em volta. Já deixara três bastões para trás e, olhando pelo ombro, conseguia ainda ver um deles a vinte metros. Pensamentos desconfiados e pessimistas ameaçaram vir. Ele os aplacou com sua raiva e continuou andando.

Algo mudou sob seus pés. Como resposta instintiva, deu dois passos para trás e iluminou o solo, descobrindo que pisara em algo de cor clara, endurecido por água, sujeira e neve. Olhou em volta com a lanterna, vendo apenas os troncos craquelados das árvores e escuridão entre elas. Agachou-se e correu o feixe de luz no pano. Pinçou um canto com os dedos, apreensivo, e puxou o tecido para a superfície, desgrudando-o das folhas e galhos. A luz brilhou num objeto redondo e pequeno de metal. Um botão. Quando Bruce descobriu o que via, recuou.

Apoiou a mão num tronco e puxou ar para os pulmões. Fechou os olhos e tentou acalmar-se. Era um par de *jeans* que caberia perfeitamente numa menina de nove anos. *Não, não.* Apertou os lábios. *Mollie. Eram de Mollie. Mollie esteve aqui.* Não queria continuar. A floresta parecia estar observando-o agora, desafiando-o a encarar o que acontecera ali apenas oito dias atrás.

Bruce recompôs-se, mudou suas feições e acendeu outro *glowstick.* Colocou-o ao lado do par de calças de denim que uma vez Anna Green comprara para a filha. Continuou andando, mais devagar, mais ciente de onde pisava.

*Filho da puta.*

Barbara tirou o celular do bolso, impaciente, olhando para as fitas cruzadas na porta da frente da casa de Bruce. Clicou no número do parceiro (*ex-parceiro, Barb?*) e esperou tocar. No terceiro toque, ele atendeu, mas não disse nada.

— Bruce?

— *Barb...* — *Ofegava.* — *Meu Deus, Barb...*

Ela ouviu a respiração chiar, e depois um soluço.

— Onde está?

— *Ai, meu Deus...*

— Bruce! — Ela colocou uma mão sobre a barriga, tentando controlar-se. — Por favor, você está bem? Bruce, onde está?

Ele chorava. Soluçava. Ela correu até seu carro, a imagem do veículo tremendo à sua frente, os pés incertos no gelo. Passou o celular para a mão esquerda enquanto puxava as chaves do bolso da jaqueta, mas a luva de camurça era macia demais e o celular caiu na neve. Barbara agachou, arrancou a luva com os dentes e pegou o aparelho.

— Bruce!

— *Estou na Floresta Nikasp. Encontrei, Barb. Não sei o que fazer.*

— Encontrou o quê?

Ele não respondeu. Ela olhou o visor, e a ligação encerrara. Discou mais uma vez e foi direcionada à caixa postal.

— Merda! — Entrou no carro e ligou o GPS do celular. Nikasp era em Hollow Trees e ficava a uma hora de distância. Pensou em pedir auxílio de uma patrulha, mas temia que Bruce tivesse feito o pior. Desafiando o bordão de *faça a coisa certa, sempre, filha*, ligou o carro, acelerou e decidiu não chamar a central.

O carro de Bruce estava no acostamento atrás de outro carro, que parecia estar lá há muito mais tempo. Ela pegou o rádio.

— Central, é Barbara Castelo, 979, preciso de um 10-28 para um Kia Sportage, placa local EUS 677. Câmbio.

Esperou, atenta aos espelhos retrovisores, odiando que o lugar era completamente escuro. Acendeu as luzes do interior do carro, no mesmo momento em que a central respondia:

— *O veículo está com a documentação em dia, sem multas de trânsito, registrado a Joyce Manning. Precisa de assistência, 979?*

— Não… Obrigada.

Encontrou sua lanterna no porta-luvas e saiu do carro. Olhou para a floresta diante de si, a fila perfeita de pinheiros paralela à estrada de terra. *Lembre-se, é escuro, mas é aberto.* Você vai ficar bem, não estará fechada num espaço sem luz. *Ficará bem.* Ela suspirou e abriu a jaqueta. Tirou a Glock do coldre. Checou a temperatura no celular: −3°C. Seguro para passar algumas horas num ambiente como aquele. Alarmante se algo acontecesse e ela precisasse passar dez horas naquela floresta com uma perna quebrada ou algo do tipo.

Acendeu a lanterna e deu uma olhada ao redor. *Só posso estar louca para entrar aí.* Mesmo enquanto pensava aquilo, já dava os primeiros passos.

Aos poucos, avançou, apertando a lanterna com mais força do que necessário para segurá-la, alternando entre iluminar o solo e todo o ambiente ao seu redor. Foi devagar, xingando a escuridão e o clima, a arma na mão direita. Pensou ter visto algo iluminado, e ao desviar a luz daquela direção, percebeu que era um *glowstick*. Bruce fora preparado, o que a assustava. Ela apertou o passo até chegar à luz e continuou caminhando. A qualidade premeditada daquilo solidificava a certeza das intenções de Bruce de assassinar Barton.

Encontrou mais dois *glowsticks* no caminho. Usou o celular para tentar chamar Bruce durante o percurso, sem sucesso. Depois usou o *app* de bússola para se localizar. Quando se deparou com as calças *jeans* de Mollie Green, levou alguns minutos para identificá--las. Bruce deixou um bastão de luz ali, também viu e decidiu marcar a localização da evidência. Ela respirou fundo, negando-se a pensar em como Mollie devia ter se sentido naquele lugar, e continuou caminhando. Então, já com as pernas cansadas, Barbara chegou a uma clareira.

Os olhos reconheceram Bruce, mesmo que a lanterna dele estivesse desligada. O parceiro estava sentado no chão, braços apoiados nos joelhos flexionados, olhando para o nada. Ele simplesmente não se mexeu quando ela se aproximou.

Barbara correu a luz pelo acampamento: duas tendas de alto padrão, para abrigar pessoas em temperaturas baixíssimas. O resto era lixo: roupas espalhadas, restos de uma fogueira, embalagens de alimentos, alguns volumes encadernados, equipamento de sobrevivência, uma mochila de expedição. Barton morara ali. Ela calculou quanto tempo alguém conseguiria viver naquelas condições. A −3°C ele não teria aguentado mais de dez dias antes de morrer de hipotermia. Mas reconheceu que não sabia nada sobre o equipamento e deduziu que, com o isolamento térmico correto e uma boa fogueira, era possível que Phoenix estivesse ali por um bom tempo. Devia ser nômade, mudando-se constantemente para evitar ser encontrado e chamar atenção. Em Barrow, forasteiros eram comuns, pessoas que conseguiam contratos de alguns meses para trabalhos pesados. Geralmente eram homens jovens sem ensino superior, com uma forte tendência ao alcoolismo, e que moravam em grupos pequenos para conseguir pagar o aluguel alto da cidade. Ela prendera um desses homens três semanas antes, pelo estupro de uma garçonete.

Um homem com as características físicas de Barton chamaria atenção, mas num clima como aquele, andar com o corpo coberto era praticamente uma obrigação.

— Bruce, está bem? — Ela caminhou com cautela, evitando colocar a luz no rosto dele. Olhava em volta, pensando naquelas condições de vida, na profundidade da obsessão de alguém para aceitar aquelas condições.

Bruce apenas apontou para um canto do acampamento.

Barbara virou a lanterna e aproximou-se de algo escuro no solo. Reconheceu luvas, um suéter cor-de-rosa, meias e um par de calcinhas infantis, amarelas e com desenhos de flores.

Soltou um jato de ar branco na atmosfera negra daquela floresta. Sentiu a onda familiar de revolta crescer, depois desinflar, deixando resíduos. Virou-se para Bruce.

— Vai ficar doente. Vamos chamar o apoio, Bruce. Sabe que nem deveria estar aqui, sabe que nem deveria ter tocado em nada disso.

Bruce não esboçou qualquer reação. Parecia uma estátua, o gorro levantado para cima, formando um chapéu amassado. Então Barbara percebeu que ele tinha algo na mão esquerda. Congelou, pensando imediatamente ser algo que havia pertencido à Tracy, mas, quando se aproximou, percebeu que era algo rígido e retangular, de cor acinzentada. Bruce ofereceu o objeto a ela, os olhos caídos, a mandíbula apertada. Era uma filmadora portátil, comum.

— Essas pessoas, Barb... não são humanas.

O corpo dela reagiu de forma contrária aos seus instintos. Inclinou-se e pegou a filmadora. Teve dificuldades para manejá-la com as luvas, mas conseguiu. Abriu a pequena tela lateral e apertou o ícone da imagem.

No filme, Joyce Manning estava na sala de sua casa bagunçada, deitada no sofá, nua. Sorria para a câmera, jogava beijos, abria as pernas. Barbara sentiu um calafrio, sabendo que algo pior aconteceria. O ambiente estava escuro, iluminado indiretamente pela luz de uma televisão e a pequena luz da filmadora. O filme parou. Ela olhou para a tela preta por alguns segundos, e então o filme começou mais uma vez. E Barbara fechou os olhos quando reconheceu Amber Manning, adormecida, no mesmo sofá. Joyce não sorria mais, mas tirava as roupas da menina de forma objetiva e maternal. Olhava para a câmera ocasionalmente e forçava sorrisos para quem filmava, que Barbara sabia ser Barton. Ouviu a voz dele, melódica e grave: "Ela não vai acordar, não precisa se preocupar, porquinha. Foi uma dose forte."

Barbara desviou o olhar para as árvores. O sangue correu quente, rápido, e ela pensou que fosse berrar. Ao olhar mais uma vez para o filme, viu que Joyce, ajoelhada no chão, com movimentos antinaturais, forçados, tocava o corpo liso da menina, passava a mão na região infantil entre as coxas dela e, depois de resistir muito, e sob o comando de Phoenix, começou a lamber a pequena vulva da menina, forçando gemidos. Embora a filmadora tremesse um pouco em suas mãos, Barbara forçou-se a ver tudo. Em determinado momento, a voz de Barton cortou a cena com um "suficiente, pode parar", e o alívio no rosto de Joyce era gritante. Ela cobriu a menina com um cobertor infantil e começou a fazer sexo oral em Barton, que logo desligou a câmera. Não havia mais nada gravado. Ela desligou o aparelho e lembrou-se do som dos soluços de Bruce pelo celular. Agora compreendia a reação dele.

Deu passos pelo acampamento, sem conseguir impedir que aquelas imagens se repetissem em sua mente. Deixou-se chorar em silêncio por alguns segundos, a lanterna marcando o acampamento com apenas um círculo pequeno e forte de luz no solo branco.

Ela se forçou a falar:

— Como encontrou esse lugar?

— O carro na estrada é dela.

Barbara notou o receio dele em usar o nome de Joyce, de raiva dela.

— Por que veio sozinho? Quer morrer e deixar Morgan órfã?

— Não fale o nome da minha filha nesse lixo de lugar.

Ela umedeceu os lábios gelados.

— Eu entendo sua revolta. Mas...

Bruce levantou-se.

— Você não entende porra nenhuma! — berrou. — Ele fez isso! Ele fez isso com Mollie e a matou aqui, bem aqui! Como uma coisa pior do que um animal, e depois matou minha mulher! Ele acabou com a minha família, Barbara, com a minha carreira, com tudo o que eu tinha além da Morgan! Acha que quero prendê-lo? Acha que esse... — ele mostrou os dentes como um bicho — acha que ele merece um julgamento?

Ela levantou as mãos na altura do peito.

— Por favor, controle-se. Se você enlouquecer, eu também vou. Tem razão, não entendo como está se sentindo, mas também acabei de assistir a esse show de horrores e também quero que aquele filho da puta morra! Mas não posso matá-lo! Porra, você sabe disso! Não somos executores!

— Vá à merda, Barbara. Ligue para a central, encha esse lugar de policiais, junte todo esse lixo e espere que Barton assassine mais uma menina. Não sou mais um de vocês. Não preciso seguir as regras.

Ele virou de costas e começou o caminho de volta para a estrada.

Ela arrancou o celular do bolso. Não lembrava de quando havia enfiado a Glock na calça, mas sentiu conforto com o metal preso ao seu corpo. Agradeceu a alguma força invisível que o celular ainda tinha sinal e chamou apoio pelo rádio.

Passos leves despertaram Barbara de um cochilo exausto. Num choque de adrenalina, apertando a lanterna e a Glock com as mãos, ela despertou com medo de ver Barton voltando para o acampamento. Cruzou os punhos para apontar ambos os objetos para a frente, enfiando o dedo no guarda-mato, e focou a luz para a direção de onde as folhas eram esmagadas.

Viu Bruce, mãos para cima, caminhando até ela. Baixou a arma e tirou a luz do rosto dele.

— Quase te mato, sabia? — murmurou, voltando a sentar-se no chão.

— Eles estão a caminho?

— Sim, consegui as coordenadas pelo *app* no celular e mandei para eles. O patrulheiro mais próximo está a dois quilômetros. Com a força tarefa inteira nas ruas, vai ficar mais fácil chegarem até aqui com todos os equipamentos e tudo o que precisamos. Por que voltou, Bruce?

— Porque acho que nossa parceria acabou. Queria me despedir de você de um jeito honesto.

Ela se surpreendeu com o impacto das palavras nela. A frieza nos olhos dele não permitia a interpretação de que era temporário ou superficial.

— Entendo.

— Boa sorte com o caso, Barbara. — Ele ofereceu a mão.

Ela sentiu raiva dele, mas apertou.

Triste, mas resoluto, Bruce disse:

— Um dia vai passar tudo isso. E aí podemos tomar um refrigerante no Ice & Glory… e quem sabe você termina de me contar a história entre Shaw e Tavora.

Ele se virou, e Barbara percebeu que, como na noite em que dormiram juntos, ela ainda não estava pronta para despedir-se dele.

— Conto agora, se quiser.

Ele parou de andar.

— Por quê?

— Vai entender quando eu terminar.

Sem hesitação, ela deixou fluir a história que não ousara contar para qualquer pessoa.

— Quando minha mãe morreu, fui para os Estados Unidos e não me encaixei direito na minha vida nova. As coisas aqui são iguais, mas diferentes, e nunca soube explicar como. É como se aqui as relações fossem mais solícitas e empáticas, e ao mesmo tempo mais frias. Não sei. Uma professora uma vez me perguntou o que é ser brasileira, e eu não soube responder. Não sei o que definiria minha nacionalidade. Eu me sinto tão deslocada lá quanto aqui. Sinto falta do calor do lar onde cresci, dos sons brasileiros, da risada sincera das pessoas lá, do otimismo inocente e da malandragem natural. Enfim... fiquei com as coisas da minha mãe quando ela se foi e encontrei um tema em comum na maior parte das fotos da minha infância, da época antes dos meus quatro anos, de quando morava com ambos os meus pais. Havia sempre um terceiro homem. Sempre. Minha avó não disse muito a respeito, estava de luto e recusou-se a olhar as fotos. Só disse que era meu padrinho, Rex Tavora.

Ela tomou fôlego, a garganta ardendo de frio, e forçou-se a continuar, a organizar aquela narrativa que a assombrava há quase meio ano:

— Mais velha, doutrinada pelo fodão Steven Shaw, fiquei curiosa. Já mostrava sinais de que seria detetive e encontrei o que queria numa consulta ao computador. Tavora havia sido o parceiro do meu pai naquela época. E estava na prisão. Eu sabia que o que encontraria não seria agradável e deixei minha busca de lado. Ela só voltou a aflorar quatro meses atrás, quando recebi a notícia de que minha avó morreu. Aí foi como se uma depressão pesada me agarrasse. E acho que fui atrás dessa história para me punir. Agora tinha acesso ao sistema. Localizei Tavora e usei meu distintivo para visitá-lo em San Quentin.

Ela se lembrou de como Tavora a examinara. Um homem de pele morena, forte, másculo, que lembrou Barbara dos namorados que a mãe tivera ao longo dos anos. Olhos intensos analisaram o rosto dela antes que ele pegasse o telefone preto e dissesse: "Barbara Shaw Castelo. Finalmente uma mulher. Finalmente aqui para visitar seu padrinho." Ele dissera a última palavra com desdém. "Como anda seu pai?"

Barbara umedeceu os lábios e continuou:

— E ele me contou a história deles, e da lavanderia, e do que aconteceu depois.

"Eu acho que você deve se lembrar de pouca coisa daquela época. Era bem pequena. Mas você era um barato, Barbs. Bem moleca, tagarela, adorava animais. E eu curti muito ser seu padrinho... meus namoros eram instáveis, frios, chatos, e não me via como pai num futuro próximo, então curti a companhia e o carinho de uma criança como você. E você me adorava, sabia? Corria para mim, me mostrava seus projetos recentes, me contava histórias escatológicas e nojentas e gargalhava... e odiava quando eu não fazia a barba... é, lembro disso... dizia que meu rosto estava áspero e se recusava a me dar beijos. Éramos uma bela família. Até aquela merda na lavanderia, claro. Quando sua mãe a encontrou, você estava nos braços daquele bosta, ele a abraçava, tinha a mão dentro dos seus *shorts*. E na hora ela não quis que você percebesse aquilo, e engoliu o choque, e a levou para casa e deu um banho. Mas quando você dormiu, Barbs... ela pirou. Fumava, chorava e cerrava os dentes. Sabíamos que algo tinha que ser feito, mas eu e o Shaw... não tínhamos provas, tudo era subjetivo demais. O cara não ia cumprir um dia de pena. Explicamos isso, mas ela estava... putíssima. Shaw ficou abalado. Eu também fiquei furioso, também chorei. No dia seguinte, sua mãe me telefonou. Era a primeira vez que tinha aquele tom de segredo. Eu ainda andava com seu pai na viatura, éramos inseparáveis. Inventei uma desculpa para sumir quando acabamos a patrulha. Ele ficou digitando relatórios, eu fui para o apartamento. Era a primeira vez que ficava a sós com sua mãe daquele jeito. Ela estava diferente, sabe... tensa. Intensa. Com aquela pele morena, os cabelos, os brincos. Nem conversou. Usava um vestido de algodão, vermelho, com umas flores laranjas, pequenas... lembro como se fosse ontem... do jeito que ela sentou na mesa e levantou o vestido... sei lá. Não era minha primeira vez com sua mãe. Mas era como se fosse.

"Sua mãe era... intoxicante, Barbara. Ela colocava música e fechava os olhos, dava um sorriso cheio de malícia e começava a dançar. Aí olhava pra mim enquanto rebolava. E eu sabia que seria uma daquelas noites..."

— Eu perguntei a ele quando meu pai havia descoberto aquela traição horrível, tão baixa, tão desleal. Para mim, o mistério estava resolvido, sabe? Pensei: *simples, esposa e o parceiro*. Mas eu estava errada, Bruce, não era nada daquilo.

"Ah, garota, você não sabe de nada, mesmo... seu pai sempre soube. Seu pai fazia parte daquilo. Olha só sua cara... é, suponho que seja impróprio falar dessas coisas com você. Shaw certamente vai me odiar quando ficar sabendo. Não que eu me importe com aquele desgraçado. Mas tudo começou antes mesmo de se casarem. Começou da forma como essas coisas acontecem... uma noite de bebedeiras, de música caribenha. Sua mãe suava, rodopiando pela sala de estar, e eu me sentia um merda por desejar tanto aquela mulher... porque eu adorava seu pai. Éramos mais do que parceiros, ele era um irmão pra mim. E lá estava ela, a namorada brasileira do meu colega, olhando para mim daquele jeito. Ela chamou seu pai com um gesto de dedo. Eu bebia minha cerveja, sentado numa cadeira de praia na sacada, ouvindo as piadas dos outros caras e mulheres e olhando para aquele monumento de mulher que Sandra sempre foi. Ela conversava com seu pai. E ele pediu que eu ficasse para ajudar a arrumar as coisas depois da festa. E quando todos se foram, fiquei. Sua mãe não tinha frescura, me pegou de um jeito agressivo, como se tivesse direito a mim, e aquilo mexeu comigo. Ele ficou lá, olhando aquilo, calmo, curioso. Sua mãe me atacou enquanto eu ainda tentava entender aquilo. E depois da primeira noite de compartilhar aquela mulher com outro homem, depois mais nada tinha graça. Eles seguiram o relacionamento, deixavam bem claro que eram um casal, que eram felizes, e eu só era bem-vindo na cama, e quando convidado. Eu não achei ruim... com Sandra as coisas sempre foram *my way or the highway*... eu ensinei essa expressão para ela. Ela adorava, usava sempre, com aquele sotaque pesado.

E o tempo passou. Eu e seu pai escapamos de umas boas enrascadas no trabalho, ladrões, traficantes, essas coisas. Éramos como irmãos... já disse isso. Aí ela engravidou. Eles se casaram, e mesmo assim, eu sempre estava lá, atacando sua mãe enquanto ela me atacava, enquanto ela desviava a atenção para o seu pai, depois de volta para mim. Você nasceu e eu a amei. E tudo era perfeito entre nós três, que seguíamos regras que nunca haviam sido ditas, que conhecíamos tão bem um ao outro. Até aquela merda na lavanderia. Bem... naquele encontro clandestino, eu finalmente tinha sua mãe só para mim. Foi diferente. Teve sabor de deslealdade, de traição. Eu ainda usava o uniforme de policial, ela me arranhava, enlouquecida, berrava, gemia... depois acendeu um cigarro enquanto eu tentava recuperar o fôlego. E aí ela pediu, Barbs.

Como? Bem, ela foi direta. Os olhos cheios de lágrimas. Falou: *"não foi ela, mas em breve vai ser alguma outra criança. Não foi até o final com ela, mas com certeza já feriu outra menininha, e eu não consigo, Rex, não consigo permitir que isso aconteça. É sua afilhada. É minha filha! Quero aquele merda morto. Morto. Um homem daqueles não vale nada."*

Por um tempo, até tentei argumentar, mas eu sentia a mesma coisa que ela. Estava fervendo em ódio por aquele filho da puta. Eu o segui. Alguém o encontrou e chamou a ambulância, mas ele morreu a caminho do hospital, todo arrebentado. E não me arrependo por um segundo. Ninguém teria descoberto, mas seu pai... seu maldito pai... ele soube e enlouqueceu. Pressionou Sandra e ela contou. Ela também nunca se arrependeu. E aí Shaw fez o que nenhum de nós chegou a cogitar que faria. A coisa *certa*. Ele me dedurou. E colocou sua mãe num avião depois do julgamento, o julgamento no qual insisti que ela nunca havia me instigado àquilo, que não sabia de nada, que a iniciativa fora minha. E assim eu e Shaw perdemos sua mãe, você e um ao outro. Mas ele virou detetive uns anos depois, e então sargento, e hoje é capitão. E eu apodreço nesse inferno. Faz ideia de como é ser policial na prisão, Barbs? É claro que não."

Barbara ouviu sirenes à distância. Contou a história da melhor forma que pôde, tentando preservar as palavras de Tavora, ocultando alguns detalhes sexuais que ele insistira em dar, apenas para estudar a reação dela. Eram irrelevantes, de qualquer forma, e só serviram para que Barbara passasse semanas remoendo aquela narrativa que ela sabia ser verdadeira. Olhava todas as fotos e vira nos rostos dos pais e do padrinho: aquele amor que tinha ares de desafio juvenil.

Enfim ela encarou Bruce, que a observava da mesma forma que Tavora, como se quisesse visualizar as lembranças como ela.

— Ele assassinou um homem. Por minha causa. Por amor a ela. — Ela balançou a cabeça. — Era um bom policial, Bruce, um bom homem.

— Matou um estuprador, é tão herói quanto Shaw.

Ela sabia que, num nível emocional, concordava com ele. Mas não conseguia achar o sentimento natural, certo, moral.

Bruce enxergou o que ela estava tentando fazer.

— Não somos Shaw e Tavora, sabia disso? Está tentando me impedir que fazer o que Tavora fez?

— Não quero ter que visitar você na prisão.

— Fez os mesmos treinamentos de interrogatório que eu. A forma como a memória é altamente inconfiável, desde o processo de memorização, depois o de armazenamento e depois o de recuperação de uma lembrança específica? Sabe que não podemos confiar em muito do que as testemunhas juram ter visto, que todos nós manipulamos nossas memórias, confundimos espaços de tempo, preenchemos os espaços em branco das lembranças com coisas que nunca estiveram lá... lembra de tudo isso?

— Tavora não estava confuso. A história bate.

— Não é disso que estou falando. Estou falando de observar o emissor da mensagem; além de captar quando está mentindo, devemos saber dizer quando está omitindo algo. E entendo que toda essa confissão deve ser traumática para você e agradeço a franqueza com a qual me contou tudo isso. Mas o que não está contando?

Ela se perdeu nos anéis azuis dos olhos de Bruce, como se pudesse solidificar a intimidade que os dois tanto haviam forçado nos últimos dias, se olhasse o bastante. Não soube o que viu ali.

— A última parte da conversa. O que Tavora me perguntou e me deixou sem respostas.

"Dez anos nesse lugar e o bonito vem me visitar um dia. Que ódio. Estava emocional, aquela cara de menininho bonzinho, filho da puta... filho da puta. Veio falar que Sandra havia morrido. Assim, no seco, com a coragem de falar na minha cara sobre a mulher... enfim... disse que foi câncer. Disse que você estava vindo para cá morar com ele. Eu devo ter provocado Shaw, mas acho que, comparado com o que ele fez comigo, ninguém pode me culpar, né? É. Provoquei um pouco. Ele não reagiu, só ficou desse outro lado do vidro, olhando para mim. Então pediu meu perdão e levantou-se quando me recusei a dar.

Como cresceu, Barb. Move-se como uma policial. Comporta-se como uma policial. Sabe que sua mãe não queria esse tipo de vida para você? Nunca teria aprovado, mas Shaw está pouco se fodendo, ele tinha que tornar você *ele*. Precisava moldá-la à personalidade *dele*. Por que acha que faria isso?"

— Ele sorriu. A incerteza me atingiu, me infectando, contaminando cada célula com a dúvida.

"É filha do herói ou do assassino? Sua mãe me calou quando perguntei. Pediu para que não fizesse aquilo. Garantiu que as datas não batiam, que não havia forma de você ser minha filha... acha mesmo? Tem a mesma certeza, depois de tudo que ouviu hoje?"

— E ainda não sei.

— Importa tanto assim?

Ela balançou a cabeça.

— Precisamos conhecer nossas origens.— E se for mesmo filha do Tavora, Barb? Quer dizer, como isso pode afetar sua índole? Como pode mudar a pessoa boa que você é, que seu pai se esforçou tanto para que se tornasse? Você pode não ter gostado de ser arrancada da sua cidade querida, do seu contexto de segurança, e ter sido levada até os Estados Unidos para viver com um homem frio, distanciado e rígido, mas precisa admitir que foi Shaw que a tornou quem você é. Não tem orgulho disso, Barb? De todos os estupradores imundos que colocou atrás das grades? De cada distribuidor de drogas para adolescentes, de cada membro de gangue, cada vagabundo cruel que você foi responsável por colocar num tribunal para que fosse condenado? Cada briga que interrompeu, cada espancador de mulher...

Ele parou. Recuou, como um inseto para dentro de uma fenda na parede.

Os dois ouviram as vozes e os passos aproximando-se.

Precisaram cobrir os olhos quando um grupo de policiais chegou à clareira, carregando lanternas potentes e material para isolar a área.

— Identifiquem-se! — disse um deles.

Barbara estava prestes a falar, mas Bruce levantou as mãos e berrou:

— Darnell e Castelo, Gibbs, abaixa essa porra!

Ele obedeceu, os policiais contornaram a cena, treinados para não interferir nela, e um deles abordou os detetives.

— O sargento e uma técnica estão a caminho, pediram para

selarmos a área e abrirmos caminho para facilitar para a equipe que está chegando. Também pediu que não deixasse ninguém sair daqui.

— Não tenho tempo para isso, estou no meio da busca e estou coordenando a força-tarefa. — Barbara deu um passo até ele. — O detetive Bruce vai ficar aqui e dar apoio a vocês.

Bruce mostrou sua irritação, mas não protestou.

Barbara guardou a arma no coldre.

— Mantenha contato pelo celular.

Longe o suficiente das outras viaturas, Barbara parou o carro num declive e acendeu a luz. Colocou o maço de documentos de Joyce Manning sobre as coxas. Percorreu o olhar nos cabeçalhos enquanto colocava cada documento de lado. Encontrou uma folha com o logotipo de uma firma de advocacia, um testamento em nome de Walter Sonnenfeld Manning, que faleceu em 2013 e deixou duas propriedades para a única filha, Joyce. A primeira era a casa que Barbara visitara dois dias atrás em busca das impressões. Quando leu o endereço da outra, endireitou o corpo.

Oak Street, número 31, Hollow Trees, AK.

Estava tão perto.

Apagou a luz e pensou nos riscos de ir sozinha. Havia sido treinada para não deixar que a coragem e a euforia a levassem a comportar-se de forma impulsiva, colocando sua vida em risco.

Ela receava que estivesse colocando a vida de Joyce Manning em risco também, apesar do ódio que sentia por ela. Não, não seria uma policial burra. Precisava de apoio. Estendeu o braço e chegou a tocar o rádio, mas então o celular vibrou em seu bolso.

Antecipando a bronca de Harris, atendeu sem olhar a tela.

— Castelo.

— *É Louis. Combinamos de nos encontrarmos em sua casa, esqueceu?*
Ela fechou os olhos.

— Tem razão, me desculpe. Merda.

— *Peguei um táxi e passamos por muitas viaturas no caminho. O que está acontecendo?*

— Encontramos o acampamento de Barton, seguindo um rastro deixado pela namorada, desaparecida e um carro que ele tem usado que pertence a ela. Usei a mesma lógica para procurar onde ele possa estar, deve ter antecipado que encontraríamos o acampamento quando a investigação começasse. Acho que está escondido numa casa que Manning herdou do pai uns anos atrás. Estou indo para lá agora.

— *Espere, Castelo. Deixe-me ir com você.*

— Chamo apoio, não precisa fazer isso.

— *Barbara, por favor. Preciso estar lá. Olha...*

Ela esperou que ele falasse. A voz saiu embargada:

— *Foram anos olhando para suas vítimas. Anos sem dormir, correndo atrás de cada mínima pista, entrevistando dezenas, talvez centenas de pessoas para poder participar da prisão dele. Não me prive deste momento... me deixe voltar para casa com a sensação de dever cumprido.*

Barbara mordeu o lábio.

— Estou passando aí para te buscar.

— *Já estou na sua porta.*

# XI
# BASANISMOS
## TORTURA

Louis a observava enquanto ela dirigia o mais rápido que a estrada molhada permitia. Sabia que ela o deixara acompanhá-la por cortesia. Barbara não parecia ter qualquer tipo de problema de orgulho ou ego que a impedisse de agradecê-lo por compartilhar tudo o que juntara sobre O Executor na última década. Louis não estava acostumado a lidar com aquele tipo de modéstia dócil. A maior parte dos investigadores com os quais trabalhara só compartilhava informações por algo em troca.

Ela mantinha um olho na estrada e o outro no celular.

Louis falou, na escuridão do carro:

— Conheci seu pai. Fizemos um treinamento juntos em 2008. Você ainda era uniformizada.

Ela se concentrou na estrada, uma faixa cinza iluminada pelos faróis, flanqueada por neve virginal, que desaparecia numa imensidão negra. Checou o painel do carro e viu que eram sete da noite. Ela não se lembrava qual dia era.

— É um homem muito competente. Deve ter orgulho de ser sua filha.

— Prefiro não conversar sobre meu pai, com todo o respeito, Louis.

Ele deu de ombros. Pensou na pistola M&P 40 que ela não sabia que ele carregava num coldre de tornozelo. Perguntou-se se havia um motivo real para que não gostasse de falar sobre o pai, ou se era apenas mais uma mulher que encontrara, em detalhes irrelevantes, motivos egoístas e fúteis para não o amar. Parecia um traço comum àquela geração, como se culpassem os pais por não serem perfeitos, como se aquele passeio negado à Disneylândia fosse o suficiente para desprezar o casal que abdicara de praticamente tudo para dar-lhes uma boa educação. Ouvira falar de um rapaz que processou o pai por abandono emocional. Abandono emocional! Na época de Louis, não espancar os filhos e a esposa já era base para ser considerado o Pai do Ano.

Chegaram a subidas estreitas e íngremes, que Barbara parecia conhecer bem. Trocou as marchas como uma motorista profissional, ganhando tração contra o asfalto liso, e Louis percebeu que havia florestas densas em ambos os lados do veículo.

— Estamos chegando na rua Oak, Louis.

Ficaram em silêncio quando ela fez uma curva suave. Já não se via nada além de árvores altas, como se um maléfico mundo botânico tivesse se fechado ao redor do carro, para impedir que continuasse.

— Um bom lugar para um assassino se esconder.

Barbara assentiu, mostrando a apreensão no rosto jovem.

Passaram a primeira casa, de número 35, iluminada como uma casa em um conto de fadas para atrair crianças incautas. Quando a escuridão tornou a fechar-se ao redor deles, ela comentou:

— Como era o lugar que você encontrou em Nova Iorque? Onde ele morava e onde fez muitas de suas vítimas. Li que foi você quem o encontrou em 2014.

— Sim. Tarde demais.

— Às vezes, nosso melhor precisa ser o suficiente, Louis.

— Bem... nunca digeri aquilo. O lugar era medonho. Paredes pintadas de preto, uma sala para rituais, pinturas grotescas, pornografia infantil. Um policial largou a força, sabia? Depois do que viu naquela casa, ele desistiu. Foi limpar piscinas em hotéis.

— Mas você o conheceu melhor naquele dia.

— Sim, eu o conheci melhor. Ele ficou menor e maior para mim ao mesmo tempo. Menor porque entendi que era apenas um ser humano que habitava aquele apartamento, e comia, e dormia, e usava o banheiro. Maior porque percebi que sua loucura, sua crueldade e seu comprometimento com a destruição de tudo o que as outras pessoas consideram bom e sagrado não têm limites.

Ela diminuiu a velocidade ao entrar num bolsão de luz amarelada. A casa de número 34. O mesmo tipo: um lar feliz para uma família reservada. Decoração natalina.

— Sei que conversou com um *profiler*. O que ele disse sobre o objetivo de Barton?

Louis ficou em silêncio por um tempo, deixando com que o suave raspar da borracha no asfalto o acalmasse.

— Disse que não tem intenção de sair vivo. Se emboscado, vai cometer suicídio por policial. Vai nos obrigar a matá-lo.

— Nunca tive tanta vontade de prender alguém.

Louis permaneceu quieto por uns minutos, antes de perguntar:

— É contra ou a favor da pena de morte, senhorita Castelo?

— Contra.

— Sabe que a maioria dos policiais é a favor.

— Sei. E sei que isso é compreensível, dada a natureza das coisas que testemunhamos no trabalho. Mas enquanto os tribunais funcionarem do jeito que funcionam, não posso ser a favor da execução de inocentes. E você sabe como funciona. Sabe que o júri é facilmente manipulável e que os juízes não são imparciais.

Louis fitou o horizonte de tons de carvão. Perguntou-se se veria olhos gigantescos, absolutamente perversos, na escuridão, se desejasse vê-los o bastante. Era possível que Barton estivesse certo todos aqueles anos? Se houvesse realmente um Deus, não era possível que houvesse uma força oposta? Se no mundo inteiro homens de diversas fés dedicavam suas vidas inteiras para fazer o trabalho de Deus na Terra... por que não haveria homens dispostos a fazer o trabalho de Lúcifer também?

Teve um pensamento que lhe causou vertigens; estava subindo, sendo arrastado por uma força invisível para cima numa velocidade grotesca. Via o carro de Barbara, cada vez menor, subindo a inclinação da montanha. O carro era tão insignificantemente pequeno, e o trajeto que fazia dava a Louis a sensação de inevitabilidade. Via a montanha coberta de neve e as florestas de pinheiros altos que a cercavam. Via Barrow como uma pontinha de luzes e civilização no meio do nada, e via o oceano Ártico estável e imutável lá embaixo, tingido de preto. Sentiu a barriga fisgar e a garganta arranhar. Tossiu, puxando ar para os pulmões já danificados pelo cigarro, a mão procurando apoio no painel do carro.

— Louis? — Havia alarme no tom de Barbara.

Ele estendeu a mão. Tentou dizer que estava tudo bem, mas o corpo produziu mais tosse. Os olhos encheram-se de lágrimas que gelaram rapidamente, e quando encostou a cabeça no banco e fechou os olhos, conseguiu respirar mais uma vez.

— Precisa de algo?

— Não. — ele pigarreou. — Engasguei com a própria saliva, nada sério.

Ela encostou o carro e olhou para o outro lado da rua, onde uma casa sóbria, apagada e sem decoração exterior parecia dormir entre árvores tristes.

— É esta.

Ele abriu a porta do carro, deixando entrar uma lufada de ar congelante. Barbara logo saiu, com jeito de assustada, indo atrás dele enquanto ele caminhava até a construção.

— Louis! — Ele a ouviu chamar, mas continuou andando.

Percebendo que ele não tinha intenção de parar, ela finalmente desistiu e sacou a arma do coldre. Ele sabia que a policial escolheria dar cobertura para um homem de sessenta anos entrando numa casa escura em vez de seguir o protocolo e avisar Harris que haviam chegado. Parecia guiada por um código moral inato.

*Ele precisa estar aqui*, foi a única coisa que Louis pensou enquanto marchava para a porta da frente, sentindo o ar penetrar seus pulmões. *Não vou perdê-lo desta vez.* Ao subir os degraus e aproximar-se da porta, diminuiu a velocidade e agachou. Barbara vinha, com a arma entre as mãos, os olhos arregalados enquanto olhava para a casa diante de si. Louis sacou a arma do coldre de tornozelo e esperou que a detetive subisse os degraus com passos leves.

— Não podemos entrar — ela sussurrou, soltando vapor branco no ar. — Preciso avisar o Harris e esperar o apoio.

Ele a ignorou. Bateu na porta com o punho pesado.

Barbara engoliu em seco e esperou, o peito arfando, a arma apontada para o chão. Não houve som algum dentro ou fora da casa.

— Preciso pegar minha lanterna no carro — ela sibilou. Parecia amedrontada.

Louis a ignorou mais uma vez e bateu na porta.

Fez um sinal para que ela circulasse a casa. Barbara não gostou, mas correu até o carro e remexeu seu interior até voltar com uma lanterna enorme e potente. Com a lanterna acesa, cruzada com a pistola, desapareceu de vista ao contornar a casa.

Louis posicionou-se de frente para a porta. Cerrando os dentes, reuniu toda a sua força na coxa direita e chutou, bem perto da maçaneta. O som cortou a noite. Havia fragmentado boa parte da madeira. *Só mais um.* Ele investiu outro chute contra a porta e ela abriu, fazendo-o cambalear para dentro de um corredor escuro. Apontou a arma para a frente, o coração martelando contra o peito. A casa estava densa com o silêncio.

*Cadê você, Barton?*

Deu passos controlados, comedidos, no corredor, distinguindo na escuridão o batente de uma porta logo à esquerda, e um *hall* à frente. Não conseguia enxergar móveis.

Sentiu um cheiro leve de algo que não conseguiu identificar. Algo doce, viscoso, mineral. Sentindo a parede gelada contra as costas, avançou até encontrar o interruptor. A visão do ambiente o fez suspirar. A casa parecia vazia.

Conferiu a sala à esquerda e não viu nada além de um plástico branco no chão, coberto por uma camada fina de pó. O lugar nem tinha móveis. Uma lâmpada amarelada pendia do teto, iluminando o piso de madeira que parecia estar aguardando a decoração. Um imóvel destinado à venda ou aluguel, sem sombra de dúvidas.

*Mas e o cheiro?*

Louis sentiu a decepção invadir seu peito e o alívio dos músculos ao abaixar a arma. Ouviu o berro controlado de Barbara nos fundos da casa:

— Jardim liberado! *Hall* liberado! Cadê você, Louis?

*Histérica. Medrosa.*

— Cômodo um liberado! — ele falou em voz alta. Caminhou até o *hall*, onde Barbara acendera as luzes e onde havia espaço para alguns móveis e uma escada para o segundo andar.

Ela levantou a arma e seguiu até a direita, e Louis foi atrás.

Entraram numa cozinha e o mesmo cheiro de lixo, misturado ao cheiro caramelado de algo, fez com que os dois começassem a tossir. Barbara parecia desesperada para acender as luzes, e quando conseguiu, ele a ouviu sufocar uma ânsia de vômito.

A cozinha de pedra teria tido o ar de aconchegante e simpática se não fosse pelos restos de comida por toda parte, latas e garrafas jogadas em cima das bancadas e da ilha, guardanapos cobertos por bolor macio, e moscas decolando e pousando em voos curtos. Ela tinha os olhos molhados, consequência da ânsia, e puxou um pedaço do cachecol verde-escuro sobre o rosto. Louis respirou pela boca e correu os olhos pelo lugar imundo. Alguém morara aqui por alguns dias. Alguém que não se dera ao trabalho de comprar ou alugar a casa, já que Barbara não encontrara registros, alguém que nunca colocara móveis ali e não se desfazia da própria sujeira que gerava.

— Ele esteve aqui — ela concluiu, a voz abafada pela lã.

Louis apontou para uma panela cheia de líquido escuro.

— O que é aquilo?

Ela se aproximou. Abaixou o cachecol do rosto e inspirou levemente.

— O cheiro é doce. Nunca vi nada assim, parece algum tipo de ensopado ou caldo. Tem folhas lá dentro.

Barbara virou as costas para a mistura e Louis observou-a com cautela enquanto ela dava passos pela cozinha, olhando tudo com uma expressão de nojo, mas atenta a alguma pista que Barton pudesse ter deixado para trás.

— Vou checar o andar de cima só para ter certeza — ele falou.

Ela assentiu, distraída.

Então ele virou-se e saiu dali, puxando o ar fresco às pressas quando chegou à escada. Subiu sem fazer barulho e chegou a uma plataforma que dava para três cômodos. Acendeu as luzes, uma por uma, apontando a arma para a frente enquanto checava todos os cantos da casa vazia. O banheiro havia sido usado por alguém: o vaso ainda continha urina.

Ao chegar no ultimo cômodo viu a toca d'O Executor.

Paredes pintadas de preto para o ritual de invocação do pandemônio.

Um colchão de casal no chão, onde o corpo despido de uma mulher de uns trinta e cinco anos jazia imóvel. Roupas no chão. Latas de bebida, um prato sujo, uma caixa de pizza vazia, bitucas de cigarro, algumas folhas de papel.

Ele agachou e colocou dois dedos no pescoço da mulher.

Gélida, com a pele ligeiramente amarelada, lábios roxos, vômito grosso no maxilar e pescoço. Sem pulso, sem respiração. Joyce Manning.

Então ouviu a voz de Barbara:

— *Tudo certo aí em cima, Louis?*

Queria tempo ali e não compartilharia aquela cena com Barbara. Berrou:

— Sim! Já estou descendo!

Procurou o local e absorveu e descartou os detalhes repugnantes à medida que os encontrava: um cigarro de maconha em cima de um banco de plástico imundo, folhas encadernadas com espirais em diversos volumes que haviam sido muito folheados e molhados. Um olhar rápido mostrou que todos eram sobre rituais satânicos.

O corpo dele implorava por ar fresco, para ser afastado do odor grosso de vômito e excremento. Mas se concentrou e continuou perscrutando o antro de Barton. Os olhos focaram em Joyce. Corpo esguio e em forma, seios de tamanho médio e ligeiramente flácidos, algumas tatuagens malfeitas de flores, fadas e gatos. Pés ossudos com unhas pintadas de azul-turquesa. Havia uma marca no braço dela, como veias azuis. Respirando pela boca, ele se aproximou, as costas doloridas por estar abaixado. Eram palavras, invertidas como o reflexo num espelho. Meu Deus, o que era aquilo? Parte de um ritual?

Louis se sentiu um idiota quando entendeu a absurda simplicidade do que via. Alguém escrevera algo com caneta esferográfica na mão, e logo em seguida tocara a pele de Manning, deixando uma impressão falha. O coração deu uma acelerada com uma descarga sutil de adrenalina, e Louis franziu a testa, como se aquilo fosse ajudá-lo a ler melhor. "Salas 15". Ou 16. Logo abaixo, um borrão, mas pareciam ser outros números.

Ele endireitou as costas, sentindo o alívio muscular. O que tinha tantas salas a ponto de chegar ao número 16? Um escritório comercial, um hospital...

Uma escola.

— *Louis?*

Sentiu pelo alarme e volume na voz de Barbara que ela estava no pé da escada e com intenções de subir. Ele saiu do quarto, apagando a luz, e desceu os degraus.

— Nada lá em cima, mas queria verificar os armários do banheiro, essas coisas.

— Preciso de sua ajuda na cozinha, olhando os lugares onde ele pediu comida, essas coisas. Precisamos falar urgentemente com pessoas que viram e interagiram com Barton. Tenho luvas no carro, pega para mim? Vou ligar para o Harris.

Quando Barbara enfiou a mão no bolso do casaco para pegar o celular, Louis agiu da única forma que poderia. Apontou a pistola para ela e desarmou a trava de segurança.

Ela parou de se mexer por completo, olhos arregalados.

— Muito devagar, passa o celular para mim. Se estiver ligando para alguém, eu atiro na sua cabeça, entende isso?

Com a testa enrugada de confusão, ela obedeceu. A mão saiu do bolso lentamente e ofereceu o celular. Observando os olhos dela por algum sinal de que tinha intenção de desarmá-lo, Louis tomou o aparelho e deu dois passos para trás.

— A Glock.

Barbara tirou a arma de trás da calça e entregou-a em movimentos estudados, calmos, apreensivos. Louis guardou a arma nas costas.

— Vamos para a cozinha, Barbara.

— O que está fazendo?

— Shh! Cozinha. Vire-se e caminhe até lá.

Ela obedeceu. Louis esperou que estivesse a uma distância segura dela e deu alguns passos para trás, até estarem naquele espaço repugnante. Então ela se virou para encará-lo, mãos para cima, rígida de medo.

— Pegue um copo.

O medo cintilou no olhar dela.

— Vamos.

Ela olhou em volta. Viu um copo sujo de algo marrom esverdeado ao lado da panela de líquido escuro.

— Tome metade de um copo disso. Não vai matá-la, é só um chá.

Ela fitou Louis, que viu no rosto dela repulsa e incredulidade.

— É *ayahuasca*, Castelo. Se quiser continuar viva, é só tomar um gole. Garanto que não fará mal.

*Fisicamente, pelo menos.*

— Louis... estamos juntos nessa.

— Não, não estamos. Não vou perder a oportunidade de punir aquele merda porque uma detetivezinha de bosta de uma cidade minúscula deu sorte e encontrou aquele filho da puta. Ele é meu e sempre foi, Barbara. Você nem saberia o que fazer se o encontrasse.

— Não faça isso.

— Beba antes que minha paciência acabe.

Ela se moveu com relutância, o rosto denunciando que procurava alternativas, procurando a saída como um rato de laboratório. Mergulhou o copo na mistura com as pontas dos dedos, prendeu a boca numa nova onda de ânsia e fitou o líquido diante de si.

Ele viu lágrimas nos olhos dela.

— Seus instintos dizem para recuar diante de sujeira, mau cheiro, excrementos. É normal, uma forma que a natureza encontrou de nos distanciar de agentes contaminantes, de nos preservar de doenças. É só um chá. É feito com a mistura de algumas plantas e fervido diversas vezes. É feio, mas é limpo. Sentirá um gosto amargo e nada mais. Beba.

A mão dela tremia quando ela levantou o copo. Num ato que ele reconheceu como de extrema coragem, ela fechou os olhos e bebeu tudo de uma só vez, largando o copo em cima da bancada.

Ele observou as mãos dela se fecharem sobre a boca para engolir o vômito. Angustiada, Barbara abriu a boca e puxou ar.

— Muito bem. Vamos.

Ela andou na frente dele, devagar, e quando olhava por cima do ombro, ele gesticulava com a cabeça para mostrar a direção que deveria tomar. Chegaram ao primeiro cômodo da casa, sem móveis.

— Tira o cachecol e a jaqueta.

Ela os removeu e os colocou no chão.

Louis estudava suas roupas.

— O suéter também, fique só com a camisa por baixo. Está usando ceroulas?

Ela confirmou com a cabeça.

— Então tire os sapatos e as calças *jeans*.

Barbara avaliou as condições térmicas enquanto o fazia. Nenhum sistema de regulação de temperatura estava ligado na casa. Lá fora, a temperatura caíra e oscilava entre quatro e cinco graus negativos.

Louis puxou as roupas até ele pelo pé e distanciou-se dela.

Barbara usava apenas a camisa e as ceroulas pretas, assim como meias de lã.

— Deite-se no chão.

Ela obedeceu.

O homem fez um bolo com as roupas dela e o abraçou. Chutou os sapatos para um canto da sala.

— Vou deixá-la aqui. Se tentar fugir, vai dar apenas alguns passos antes que o chá comece a fazer efeito e vai congelar em pouco tempo. Tomou o triplo que uma pessoa normal toma, então, confie em mim, a melhor forma de sobreviver é esperar o tempo passar onde está mais quente e protegida: aqui dentro.

Ele se afastou e levou a mão ao interruptor, quando escutou:

— Espera, espera! Pelo amor de Deus, pelo amor de Deus, não apague a luz! Eu fico aqui... não vou tentar fugir. Mas não apague a luz, não apague!

Ele assentiu e, deixando a luz acesa, trancou a porta.

Barbara ouviu seu carro partir.

Sentindo o piso frio contra a cabeça, concentrando sua atenção num ponto do teto onde a luz encontrava a tinta branca, ela sentiu a respiração ficar mais lenta.

O que havia lido sobre *ayahuasca*? Sabia o que a maioria das pessoas sabia: era um chá alucinógeno fortíssimo, ainda tomado por muitos grupos religiosos com a finalidade de...

*Oi, Barbara.*

*Mãe?*

... finalidade de atingir estados alterados de consciência para iluminação espiritual e...

*Estou aqui na lavanderia, filha.*

*Mas não quero entrar aí, mãe, não podemos conversar aqui fora?*

*Mas sobre o que quer conversar? Isso não é hora.*

*Tenho saudades.*

Mesmo de olhos fechados e inconsciente do resto do corpo, Barbara sentiu lágrimas correndo pelas laterais do rosto. A mente lutou contra as visões, e ela pensou que deveria levantar-se e correr até a casa mais próxima e ligar para Harris e Bruce e...

*Eu também tenho saudades. A vovó também.*

*Quero morrer. Quero ficar aí com vocês, e não neste lugar horrível onde vocês me abandonaram com homens que matam crianças.*

*Ah, mas você tem tanta coisa para fazer, filha.*

Estavam falando em inglês ou português? Ou em nenhuma das línguas que conhecia nesse mundo, e sim um idioma universal?

Ela estava na praia.

Reconheceu com um sorriso verdadeiro a orla de Santos, o extenso jardim onde pessoas caminhavam, idosos sentavam-se em cadeiras de praia para tagarelar e homens de pele bronzeada ficavam em pé ao lado dos carrinhos coloridos de picolés. Mas a praia não era a mesma. Embora o sol queimasse sua pele de forma leve, deliciosa, maternal, havia barcos de pesca de três ou quatro metros de comprimento *fincados* na areia, como se tivessem sido arremessados na praia por um deus gigantesco, como Zeus, num exagerado ataque de fúria.

E o mar... ah, o mar acinzentado de sua cidade natal agora era vermelho, e a espuma que formava quando as ondas rasas rastejavam contra a areia escura eram de um tom rosado que lhe dava ânsia.

O corpo sólido de Barbara, aquele que não estava na praia, e sim no piso de madeira da casa de Joyce Manning, convulsionou e ela virou de lado e vomitou. O gosto que ficou na boca era o de café queimado, mas logo desprendeu-se daquele corpo e voltou para a praia.

Lá o corpo estava leve e ágil, como se a gravidade não o afetasse mais. Ela caminhou, sem sentir os pés tocarem o chão, procurando a mãe. Sentia sua presença ali, como se farejasse seu perfume doce no ar salgado do oceano. Sua única vontade era aninhar-se no peito da mãe, onde era quente e seguro, e morrer ali, escorregar para um oblívio eterno, onde viveria apenas de lembranças dos horrores e alegrias do mundo.

Mas caminhar não estava levando a lugar algum. Sentia-se como se estivesse andando há dias, e o cenário não mudava.

Passava pelos mesmos barcos e coqueiros, e a cada vez que percebia que não saía do lugar, era tomada por uma onda de pavor.

— Mãe! — berrou a plenos pulmões — Vó!

Jogou-se na areia quando o chão começou a vibrar. Nos ares, borboletas, morcegos, águias e todos os tipos de pássaros e insetos materializaram-se já em movimento, espécies numa dança caótica que escureceu o mundo.

Sentindo a areia gelada nas pernas e mãos, Barbara percebeu-se nua e com frio. O horror, o puro horror de estar no meio daquelas criaturas! Fechou os olhos e o choro fluiu facilmente, como quando era criança. Ouvia em volta de si o som de corvos e outras aves de rapina, seus chiados estridentes, e a vibração das asas cortando o ar acariciava sua pele de um jeito perverso.

*Não, não, não, quero ir embora, não quero mais isso, não quero mais ficar aqui.*

*Ele apontou uma arma para mim. Ele me jogou aqui.*

*Mãe!*

*Socorro, meu Deus, socorro.*

*Pai!*

*Elas vão me bicar, vão arrancar meus olhos, vão me levantar pelos ombros e me jogar no ar com elas. Ai, meu Deus eu não posso estar aqui, eu não quero estar aqui!*

E então o mundo partiu-se em dois, e ela o sentiu antes mesmo de erguer a cabeça e ver uma fenda vaginal partir o céu. Era a escuridão da noite, alargando-se como se estivesse sendo esticada. Engolia o dia, bem acima de Barbara, como um olho maligno a encontrá-la. Ela sentiu-se o menor de todos os seres, insignificante como uma formiga, alvo agora de um menino cruel com uma lupa na mão. Mas não havia sol. O mundo agora, o universo, toda a existência...

*O cosmos, Barbara, o cosmos!*

Tudo era noite...

276

Nyx.

Ele estava ali. Ao redor dela, sendo tudo em volta dela, olhando para ela, esperando uma reação.

Barbara soluçava, abraçava naquele mundo e no mundo real as pernas, deitada e em posição fetal. Só queria ser deixada em paz, queria ser esquecida.

Os pés estavam gelados.

Olhou para eles, o corpo tremendo com o frio e com o medo. Eram noite agora também. Estavam negros. Observou, a boca aberta de horror, enquanto as pernas, joelhos, coxas e quadris começavam a escurecer. A princípio, eram como o negro azulado da noite, a pele salpicada de estrelas, mas tão logo ela identificasse beleza na sua nova coloração, a pele enrugava, destruindo a ilusão e adquirindo o aspecto áspero e seco de pele queimada. Sentindo o fenômeno contaminar seu corpo todo, deixou os berros estridentes, agudos e roucos fugirem pelos seus lábios.

Forçou os olhos a se abrirem. *Me ajude!* Estava na casa de Joyce. Mas a escuridão puxava, as pálpebras pesavam, e tudo o que sua mente queria fazer era desligar-se, descansar, dormir. Sentiu o cheiro repulsivo do próprio vômito e virou-se no assoalho para o lado oposto.

Ainda era noite na praia, mas não estava mais com frio. Estava em pé, ainda sentindo a areia entre os dedos dos pés, ainda nua, só que não estava mais queimada. A luz azulada da noite cintilava no mar e nos poros intactos da pele dela quando se examinava, aliviada, sorrindo apesar das lágrimas, e assegurando-se de que era apenas um sonho.

Olhando em volta, viu a praia deserta, os barcos fincados na areia apenas sombras impotentes agora, o som estático do oceano em sincronia natural com a brisa salgada que penetrava em seus cabelos. *Preciso encontrar roupas, preciso me cobrir.* Ainda se sentia observada, mas a força universal que a tinha no colo agora parecia cochilar.

Começou a correr pela praia, e o vento que levantava seus cabelos era quente. Quando tropeçou, só percebeu quando o corpo estava no ar, como se ela tivesse metade do seu peso, e despencou na areia. Barbara levantou-se e deu um passo para trás quando viu que o objeto no solo que a fizera cair era um caixão.

Cobriu a boca com as mãos, reconhecendo a madeira cor de caramelo, a faixa dourada na lateral, o tradicional hexágono irregular.

— Abra, Barbara.

Ela fechou os olhos, sem coragem de olhar para trás e ver a criatura cuja respiração ela já sentia nos ombros. As costas de Barbara absorviam a temperatura fria do demônio, e quando ele se inclinou para a frente, sobre o ombro esquerdo dela, sua visão periférica captou suas cores escuras.

— Abra, Barbara — o murmúrio era paciente. — Olhe para ela. Para quem *realmente* era.

— Não consigo — ela sussurrou, os olhos na madeira laqueada do caixão da mãe, os dedos esticando-se para tocá-la, acariciando a tampa que quase matara Barbara de tristeza quando foi fechada após o velório.

— Precisa.

Barbara sabia que não tinha coragem suficiente para encarar a fúria de Mnemeion. Esticou as mãos e tocou a tampa. A madeira cedeu como se fosse areia, cascateando com um chiado para dentro do caixão, delineando a forma humana lá dentro. A mãe sentou-se, fazendo Barbara mover-se para trás com o choque e sentir a rigidez do que estava atrás dela; um esqueleto por baixo de panos pretos.

Sandra parecia jovem, a pele morena esticada e com a robustez da saúde dos vinte anos. Cabelos grossos e volumosos caíam cheios de areia sobre seus seios. Ela esticou os braços para a filha. Soluçando, Barbara abraçou-a.

Viu Sandra em imagens que se moviam e dissolviam para dar lugar a outras. Tudo acontecia rápido, a intensificação de réplicas da mãe lavando a louça, dirigindo, dando aula, e depois desapareciam como ar para que outros momentos da vida de Sandra pudessem viver por alguns segundos. Ela viu tudo, ouviu os sons, sentiu até cheiros. A mãe acariciava um cachorro na calçada, bebia cerveja com as amigas numa mesa de boteco, escovava os dentes, dormia, falava mal de uma colega, pintava a unha da mãe, beijava a boca de um homem suado num quarto estranho, explicava para um menino que ele não tinha passado de ano, lavava os cabelos, chorava contra o travesseiro, olhava fotos de seu passado, escolhia frutas para Barbara, discutia com um gerente de banco, lixava os calcanhares, escondia exames médicos debaixo do colchão.

Barbara soluçava de saudades dela. O abraço desmaterializou-se.

Estava mais uma vez no corredor do Cherry Gardens, sozinha, já adulta. A falta dos braços da mãe fez sua alma doer de um jeito que não sentia mais medo. Desceu pelo corredor, já sabendo aonde ir, percebendo a rigidez das vestes que, ao olhar para baixo, reconheceu como sendo seu uniforme de policial do SFPD. Sentia o peso e a inflexibilidade do cinto, com tudo o que ele carregava, desde algemas à lanterna, sua Glock, cassetete e munição extra. Sentiu o vento na nuca avisá-la de que seu cabelo estava preso no quepe. A luz na lavanderia estava acesa e esbranquiçada, pouco convidativa.

Na porta, ela sentiu a vergonha serpentear dentro de si quando flagrou a mesma mulher que acabara de abraçar, daquela vez despida, deitada em cima de uma das máquinas de lavar, contorcendo o corpo enquanto os dois homens a penetravam. Barbara desviou o olhar para não ver o pai e o padrinho, mas não conseguiu evitar a cena por muito tempo. Os homens também usavam seus uniformes, mas ela conseguia ver seus pênis durante o ato. O cheiro de sabão em pó invadiu suas narinas e aquilo embrulhou seu estômago. Queria pedir que parassem porque ela estava lá, porque não podiam fazer aquilo na frente dela. Assim que o pensamento concretizou-se, os três viraram os rostos em sua direção. Não pararam de se mexer. Sandra gemia, mas parecia distraída com a visão da filha. Rex sorria para ela, os lábios entreabertos, a testa brilhando com suor. Shaw tinha o rosto vermelho e uma veia grossa na testa, e também olhava para Barbara com curiosidade, como se não a conhecesse. Ela se perguntou se aquele fora o momento de sua concepção.

Barbara abriu a boca para berrar que parassem com aquilo, mas apenas ar saiu. A frustação era semelhante aos ataques de fúria de crianças pequenas, e ela fechou os punhos e bateu nas coxas, abrindo o maxilar e projetando o queixo para a frente para que eles a ouvissem, e mesmo assim, nenhum som saiu.

Seu corpo estava sendo tocado, envolvido, e mais uma vez ela não ousou virar-se. Já aprendera a sentir quando a presença não era humana. O corpo sabia, sua alma farejava. As mãos eram macias, quentes e maiores do que mãos normais. Havia tantas delas. Penetravam seus cabelos, removendo o quepe, abriam os botões de sua blusa e contornavam seus seios. O medo não cedeu, mas misturou-se com a reação líquida e deliciosa do estímulo. As roupas saíam dela como se evaporassem, e ela sentiu uma contração de vergonha quando notou que os três ainda a observavam. As mãos percorriam toda a superfície de sua pele, mesmo nos lugares mais improváveis, na sola dos pés, enfiando-se entre os dedos, acariciando suas axilas, apertando os mamilos o suficiente para que ela pensasse em gemer de dor, e então recuavam e percorriam seu pescoço.

*Não posso sentir isso aqui*, e mesmo enquanto pensava, o corpo reagia com desobediência, com necessidade primitiva. Algumas das mãos uniram-se para se transformar em uma língua do mesmo tamanho das coxas de Barbara, e foi entre elas que se instalaram. Ela fechou os olhos e sentiu a respiração fugir. O calor e a umidade alcançavam toda a curva do seu sexo, e ela ouviu um sorriso na sua orelha, feminino e cínico. Conseguiu sussurrar:

— Me ponha no chão… por favor… — Mas Lilith penetrou-a devagar, escorregadia, e fez-se presente no colo do útero de Barbara, no seu reto e na sua garganta. Mesmo assim, ela conseguia respirar e compreender que o que a preenchia naquele instante era um orgasmo de três tons distintos; o vermelho vivo dos espasmos vaginais, o vinho da fricção no ânus, o laranja dos raios finos das transmissões clitorianas. Sentiu as unhas agarrarem algo e um grunhido bestial arranhar sua garganta, e depois a drenagem de todo o prazer, de toda a vitalidade. Murchou e encolheu de vergonha, e Lilith largou-a no chão, ofegante e em lágrimas constrangidas.

Na casa de Joyce, Barbara rolou a cabeça no piso, tentando sair do sonho como uma cobra sai da pele velha. Forçou os olhos a se abrirem, mas mãos peludas, fétidas, a puxaram para baixo.

E ela estava se afogando.

Abriu os olhos na água turva, esverdeada, e fez movimentos fortes e desesperados para subir à superfície. O corpo foi impulsionado para cima e, aos poucos, ela enxergou a claridade. Sentia que não teria fôlego até lá, mas continuou batendo as pernas, sentindo os pulmões cada vez mais pesados, como se estivessem escurecendo com a falta de ar. O clarão estava ali, se ela pudesse simplesmente alcançá-lo...

Então algo a puxou para baixo, uma fisgada num dos pés. Ela olhou, a mandíbula cerrada, o nariz fazendo pressão para que a água não entrasse. Uma corrente enorme, sua superfície coberta de algas, moluscos e musgo, descia até onde a água era escura demais para que qualquer coisa fosse vista. Barbara levantou a perna e enfiou as mãos nos grilhões que prendiam a corrente ao seu tornozelo. Conseguiria arrancar o pé do seu aperto? Mas o corpo gritou por oxigênio, e o nariz perdeu a luta. A água entrou e a dor no peito a fez gritar. A água desceu pela garganta, e o corpo começou a debater-se enquanto, horrorizada com sua própria morte, ela ainda berrava dentro de si *ar, ar, ar!*

Harris estava acompanhado do capitão Forster quando chegou.

Bruce esperava, distanciado do acampamento, onde três policiais faziam a coleta sob a supervisão de um quarto oficial. Haviam carregado holofotes até lá, colocado sinais ao lado de cada objeto, fotografado o acampamento de diversos ângulos, e agora empacotavam tudo.

— Não deveria estar aqui, Darnell.

— Eu encontrei esse lugar, sargento.

Harris olhou em volta.

— Vou precisar de um relatório completo do que aconteceu aqui, não só seu, mas de Barbara também. Você é um civil até que eu determine o contrário. Vá para casa, Bruce. Arrume aquele lugar para receber sua filha quando ela voltar.

Ele não respondeu. Havia uma fragilidade no tom de Harris, como se ele estivesse falando aquilo apenas para Forster ouvir. Bruce o conhecia há muito tempo. Harris era capaz de colocar-se em seu lugar, e não agiria de forma diferente.

Sentindo a acidez das palavras, Bruce virou-se para ele:

— Deveria assistir ao conteúdo da câmera de vídeo. Se Joyce Manning estiver viva, vai para a prisão também. Abuso sexual infantil.

Harris e Forster trocaram olhares.

Um policial aproximou-se e chamou a atenção do capitão, pedindo que assinasse a lista de todos com acesso a cena. Quando ele se distraiu, Harris deu um passo até Bruce.

— Cadê sua parceira?

— Não sei, disse que tinha coisas para resolver.

Harris sacou o celular e ligou para Barbara.

— Não atende. O que ela disse, exatamente?

— Apenas que estava coordenando a busca... ela não desligaria o celular. Consegue rastreá-lo?

Harris afastou-se e foi conversar com Forster. Deram um telefonema. Bruce olhou aquilo com apreensão, tentando lembrar se ela dera alguma dica de que tinha qualquer rastro a seguir. Harris voltou depois de alguns minutos.

— O aparelho está desligado. Bruce... ela deve ter falado alguma coisa. Encontrou algo por aqui que deu alguma pista de onde Barton poderia estar? E por que iria sozinha? Nunca foi imprudente a esse ponto.

— Quando a viu pela última vez na delegacia?

— Estava lá algumas horas atrás.

— Tem alguém lá que pode acessar o computador dela? Vamos descobrir o que ela sabe.

Harris colocou o celular contra a orelha e esperou.

Forster parecia preocupado, mas estava olhando a lista de itens coletados da cena e conversando com os policiais. Harris finalmente falou:

— Johnson, está onde? Ótimo, vá até a mesa da Castelo e me fala o que vê na tela do computador. — Esperou de olhos fechados. Bruce sentiu o desgaste físico e emocional do sargento com uma pontada de carinho por ele, e saudade da época em que eram amigos. — Ela mandou imprimir? Quantos arquivos são? Vinte e dois? Vá falando os nomes dos arquivos, olhe um por um, por favor.

Bruce sentiu as mãos em punhos, a musculatura do pescoço e ombros rígida, dolorida. Pensou em Louis McAllister e tentou lembrar se Barbara havia mencionado onde estava.

Então Harris começou a repetir o que Johnson falava do outro lado da linha:

— "Cópia da carteira de motorista", "certidão de nascimento de Amber Manning", "Testamento de Walter Sonnenfeld Manning", "Declaração de Imposto de Renda de 2015"...

— Há algo aí relacionado a qualquer tipo de imóvel que Manning possa ter na cidade, fora a própria casa? Eu vi com meus próprios olhos, ela é totalmente submissa a Barton. Deve estar escondendo o cara em algum lugar.

— Ouviu Bruce, Johnson? Há qualquer coisa aí relacionada a uma casa, ou apartamento, ou galpão? Não? Volte àquele testamento, há algum imóvel aí? — Ele olhou para Bruce com alarme. — Casa na 31 Oak, aqui em Hollow Trees. Tudo bem, dê uma boa lida em todo esse material e me liga se encontrar qualquer coisa relevante. E avise à central que estamos procurando Castelo, e a Danielson que ligue para algum juiz e me consiga um mandado de prisão para Manning. Forster vai mandar as evidências por foto e vídeo. Coloque um alarme para o carro e placa de Castelo também, e tente rastrear o celular dela a cada três minutos.

— Eu vou.

— Vou mandar reforços, mas vá indo. Estou logo atrás de você.

Bruce agradeceu-o com o olhar antes de sair correndo.


Louis parou o carro de Barbara a três quadras da Lyndon B. Johnson Elementary School. Largou o celular dela e o dele ali, desligados. Pegou apenas sua arma e, num caminhar apressado, atravessou as ruas de terra e gelo de Barrow, já vazia na noite, até a escola.

Sentia-se o único habitante daquele lugar enquanto andava, e murmurou uma prece para a esposa e a filha. Viu a escola à distância, um prédio térreo, retangular, com uma rampa que dava para duas portas largas. Uma placa indicava o nome da escola e o ano em que fora inaugurada. Neve acumulava em todas as superfícies.

Vendo-a intacta, Louis circulou a construção, observando as janelas, parando para olhar ao redor e assegurar-se de que ninguém estava olhando. Levantou o rosto para os postes da rua. O poste atrás da escola estava sem luz. No solo, viu cacos de vidro. Um tiro teria chamado atenção da polícia, então, provavelmente fora uma pedra. Sentiu o sangue esquentar e caminhou com mais apreensão até a parte de trás da escola.

Seis janelas no total, uma delas arrebentada. Louis sentiu-se incapaz de acreditar que, depois de quinze anos, a busca chegara ao fim. *Calma, velho, essa é a hora de ter cuidado.* Nenhuma luz no interior estava acesa. Avaliou a possibilidade de um homem de sua estatura e peso entrar pela janela sem se cortar, ou causando o menor dano possível a sua integridade física. Subiu na plataforma que cercava o prédio, de madeira, quase escorregou no gelo, e estabilizou-se com as mãos na parede. Com os dedos gelados e doloridos do frio, apertou a arma, como se para garantir que estava mesmo ali. Olhou para dentro da janela quebrada, mas a escuridão na parte de dentro não permitiu que conseguisse nenhum tipo de informação.

*Não veio aqui para ter medo. Ele está em algum lugar lá dentro. Anda logo, velho, acabe com isso.* Louis enfiou a pistola na calça e apoiou as mãos no batente de madeira. Encolhendo o corpo para desviar dos fragmentos de vidro, conseguiu entrar num ambiente acarpetado. Agachado, ficou imóvel e prestou atenção aos sons do lugar. Não ouviu nada.

Ergueu o corpo e piscou algumas vezes para tentar visualizar seu ambiente. Num canto a seis metros, havia uma luz vermelha. Parecia do tipo que piscava em uma emergência, como um incêndio. Louis esbarrou em cadeiras.

Tateou a parede até conseguir acender uma luz.

Estava numa espécie de teatro. À sua direita, um palco modesto. Duas cortinas pendiam dos lados. No centro, papel colorido recortado soletrava, num semicírculo: Julio Cesar. E abaixo, em letras menores: quarta série.

Fileiras de cadeiras de metal e plástico davam para o palco, e bem à frente de Louis uma porta estava fechada. Era o único ponto de entrada e saída. Ele correu até a porta e usou o interruptor próximo a ela para apagar as luzes mais uma vez. Agora já sabia onde estava. Precisava sair dali. Passou a pistola para a mão esquerda e, com a direita, empurrou o puxador de metal, achando que os dedos já estavam bem próximos de congelarem. A porta correu, pesada, mas sem som.

285

Para além daquele ambiente, a iluminação era incerta e amarelada. Velas.

Louis empurrou o resto da porta. Saiu, encontrando um *hall* amplo que dava para um largo corredor principal. A princípio só enxergou as chamas trêmulas do que calculou serem treze velas pretas. Notou um manto circular no chão, dentro do círculo. Levantou os olhos e ali estava, grotesca: uma cruz de dois metros de altura, pregada à parede que antes servira como um mural alegre para fotos, mapas e trabalhos de alunos. Pichados com tinta *spray* preta, sobre as relíquias dos alunos da Lyndon B. Johnson, os nomes que Louis conhecia bem demais.

Thanatos. Basanismos. Apolemi. Lilith. Nosos. Skotos. Lethe. Lypei. Skotos. Nyx. Anoia. Mnemeion. Lúcifer.

O sangue congelou em suas veias. Uma sombra, anormalmente grande, manchou a parede. Chifres. A sombra cresceu, seus contornos afinando, e quando Louis virou-se, sentiu uma pontada tão forte no coração que por uns instantes pensou ter sido penetrado com uma lâmina. A visão reagiu como num túnel, e ele só conseguiu ver abismos negros, sem fim, onde olhos deveriam estar. Diante de si havia um crânio bovino com chifres retorcidos que pareciam tocar o teto. Apenas vagamente ciente das velas atrás de si, ele hesitou em dar um passo para trás e pegar fogo, e aquele momento foi o suficiente para que sentisse o golpe que na hora soube ser fatal. A barriga irradiava uma dor mais intensa do que qualquer outra que já sentira, a máscara diante dele parecendo subir à medida que ele caía no chão.

Levantou a mão na altura dos olhos e reconheceu seu próprio sangue brilhando nos dedos, refletindo as chamas das velas. Fechou os olhos, ciente de que sua mão foi chutada com força, e sua arma não estava mais ao alcance. Os dedos só não doeram porque já estavam dormentes.

*Este ferimento me matou*, pensou, desejando poder voltar apenas alguns segundos e ter reagido mais rápido, e não ter se deixado assustar pela visão macabra. Com lágrimas de dor nos olhos, a visão ficou mais nítida e ele entendeu o que via. Olhando para ele, um homem num manto negro puxava o crânio bestial da cabeça com a mão esquerda. Sorria, um rosto bonito, de nariz e maxilar delicados, olhos pintados de preto, a cabeça raspada.

— Você — disse numa voz divertida, quase incrédula. — Realmente cumpriu suas promessas, Louis. Está aqui para morrer em meus braços. É um dia perfeito para isso.

Louis tossiu, uma onda de sangue quente acariciando suas mãos. *Não*, pensou, sentindo-se chorar, *preciso matar você. Você não me atacou, não é possível que Deus permitiu que fosse mais rápido. Calma, vou reagir, a dor vai passar, aproxime-se, só um golpe bem dado e você é meu*. Mas a dor dizia que estava sendo otimista demais. Teve sua chance e ela passou.

— Nada disso era para você. Tenho imaginado a jovem detetive Castelo nua e crucificada na parede, mas Louis, nada acontece sem a interferência do Iluminado. Você, sim, é um prêmio maior que ela. Você, sim, é meu Antagonista e me faz querer ter o poder de sentir com mais humildade, com mais paixão esse momento. Queria poder prantear sua presença aqui, mas não consigo chorar, Louis. É angustiante, quase uma tortura. Você vai presidir esse ritual de passagem, essa abertura da fenda que ofenderá a humanidade de uma forma que todas as barreiras se partirão. Você vai ver as treze crianças perecerem nesse círculo. Vai ser o Cristo delas, e não se engane, é uma verdadeira honra.

Louis quis fazer pressão contra o rasgo profundo da ferida. Os braços pareciam ter perdido a força muscular. Olhou para cima e viu a lâmina cerimonial na mão de Phoenix, pingando sangue.

— Não assim… — murmurou, pensando na esposa, na filha, no neto.

— Tudo é como deve ser. Seu desejo se realizará, meu grande irmão. Também vou morrer hoje. Tudo morrerá. Não chore pela família, não chore por um mundo podre que o pariu para esse tipo patético de sofrimento. Tudo apodrece, Louis, e estamos podres há milênios. Chega de conversa, vai me dar um trabalho dos infernos pregar você nessa cruz. Estava contando com os sessenta e cinco quilos da detetive.

Louis sentiu uma puxada nos tornozelos e o corpo raspar contra o carpete. Olhou em volta, a dor recuando e intensificando a cada segundo. Viu garrafas de plástico, de diversos tamanhos, cheias de líquido, presas em grupos de três com fita isolante. Fios saíam do aglomerado, grudados a baterias. Bombas. Explosivos caseiros.

— O que vai fazer, Barton? — forçou-se a perguntar, de repente desejando que morresse do ferimento antes que pudesse sentir dores piores.

— Acabar com toda essa merda, Louis.


A ausência de dor foi a primeira coisa que ela percebeu. Nenhuma outra espécie de saciedade era mais deliciosa do que o fim da dor. Barbara lembrou-se com nitidez sobrenatural das sensações físicas de comer quando estava salivando de fome, beber água gelada ao chegar da praia, dormir por metade de um dia depois de um turno duplo. Nada daquilo chegava perto da sensação de ter a dor arrancada de cada célula de você. Compreendendo que não conseguira escapar da água, que a ausência de dor só podia significar sua morte, abriu os olhos, conformando-se com aquilo, esperando que fosse confortada de alguma forma.

Na superfície, no piso da casa onde estava deitada, a temperatura do corpo de Barbara caía para 35º C. Ela parara de respirar durante a luta debaixo d'água, o que fez com que parasse de respirar no corpo físico também. O coração ainda batia. O cérebro ainda funcionava, mas, sem oxigênio, era apenas uma questão de minutos até a morte definitiva.

Barbara estava numa sala com azulejos na parede, pias, mesas de autópsia e tanatopraxia. À sua frente, gavetas metálicas. Ela recuou alguns passos, olhando em volta, procurando uma saída. A sala, no entanto, fora construída sem portas ou janelas.

Uma gaveta abriu, saltando do conjunto com tamanha força e velocidade que o corpo foi projetado para a frente e escorregou, caindo no chão, aos pés de Barbara. Com o susto, ela se encolheu, mas olhava para o homem gordo de corpo amarelado, coberto com manchas roxas, os lábios da cor do resto. Ela sentiu vômito amargo na boca. Então, ouviu o raspar de metal contra metal, e outra gaveta pulou, arremessando outro cadáver contra Barbara.

Desta vez, berrou quando o braço da mulher esquelética, idosa, bateu em sua perna. O corpo caiu torto e assimétrico contra os pés de uma mesa. Outras gavetas golpeavam o ar e corpos iam ao chão, como bonecos de borracha, todos com os olhos abertos, pousando uns em cima dos outros, criando a visão de uma orgia de defuntos, o cheiro de produtos químicos subindo ao ar. Ela tampou a boca com ambas as mãos para parar de gritar.

Alguns dos corpos começaram uma movimentação estranha, afastando-se de uma mesma fonte. Mãos e pernas escorregaram de uma pilha e entre eles um cadáver parecia estar levantando o tronco. Era um senhor magro e flácido, de cabelos totalmente brancos e tufos de pelos brancos nos mamilos arroxeados. *Ele não pode se mexer, ele não deveria...* ela pensou na força sobrenatural que estaria comandando os ossos e músculos daquele pedaço de carne gelada. O braço dele se ergueu, o dedo fino projetou-se, apontando. Uma fenda preta apareceu entre os lábios sem cor. Ele abriu a mandíbula para falar, sem dentes, formando um sorriso.

— Você deve beber — disse, numa voz bem-humorada. Ela virou o rosto para onde ele apontava. Um béquer descansava na bancada de granito, preenchido até a metade por um líquido incolor.

Barbara o levantou e cheirou. Parecia água.

Sentiu frio e percebeu que não era ali. Sentia frio no seu corpo real, lá em cima em algum lugar. Barrow. Era em Barrow que ela morava agora. Algo exigia sua atenção ali, sabia disso e reconhecia a urgência dentro de si. Mas não se lembrava exatamente o que era. Tinha a sensação...

— De que está aqui embaixo há anos, não é? — O velhinho sorriu com as gengivas roxas. Gargalhou. — Eu também. Estou esperando a Sara. Ela não veio me visitar nem uma vez. É ocupada a Sara, ela mora em Luxemburgo. Casou-se com um homem com o dobro da sua idade, veja só...

Barbara ignorou-o. Lambeu os lábios e levou o béquer até eles. Inclinou-o para que o líquido tocasse a língua. Não tinha gosto. Ela bebeu tudo, em quatro goles grossos, e colocou o béquer de volta na pedra.

E foi quando ela soube que estava infectada.

Aconteceu com uma perda de força de toda a sua estrutura física. Pareceu-lhe que os intestinos haviam virado gelatina, e a dor era secreta, habitava algum lugar no seu útero. Ela olhou para baixo, percebendo que usava uma camisola branca. Começou a correr, porque a dor estava chegando numa onda que a abraçava dos rins até a bexiga. Quando olhou para cima, viu-se no corredor de um hospital. Sentiu o sangue escorrer entre suas pernas, e depois algo explodir entre elas, como uma bexiga cheia de água quente. Recepcionistas, enfermeiras, médicos e pacientes passavam por ela sem lhe dar atenção, conversando, rindo.

Passou por um quarto onde Tracy Darnell estava nua, sentada na cama, a costura em Y no peito dela, entre os mamilos roxos. Chamava Barbara com as mãos, mas os lábios estavam costurados com fio preto. Barbara parou e olhou para ela, notando que um homem estava sentado na cama, a mão entre suas pernas dela. Quando ele virou o rosto por cima do ombro e encarou Barbara, ela reconheceu Tobin Markswell. Ele acenou.

A dor a compeliu a passar por eles.

Ela reconheceu o mesmo senhor que acabara de ver no necrotério, ainda vivo, caminhando pelo corredor com a mesma camisola que ela usava e empurrando um suporte para soro. Ele tagarelava com uma enfermeira:

— Sara vem me ver hoje, ela mora em Luxemburgo...

Barbara sentiu outra pontada de dor abdominal. Esticou a mão e agarrou uma médica pela manga do jaleco.

— Por favor me ajude... dói demais, faz passar.

— Você só levou um tiro na coxa. — Ela sorriu com naturalidade. — Calma, a dor passa. Acho importante fazer pressão aí, não tem nenhum tecido que possa rasgar?

— Não... — A próxima onda foi tão intensa que os olhos lacrimejaram. — Não é minha coxa, acho que estou tendo um bebê!

A médica jogou a cabeça para trás e gargalhou.

— Isso não é um bebê. É seu câncer. O importante é só fazer força quando o corpo pedir. Você saberá o que fazer. Toda mulher sabe parir.

A dor não permitia mais que Barbara tentasse compreender as palavras. Virou refém do próprio corpo, e ele comandava que se abaixasse e fizesse força. Encostada numa parede, ela deixou-se escorregar para o piso. A vontade que tomou conta dela foi parecida com a de precisar evacuar. Fez força, revoltada que todos passaram por ela sem notá-la, sem oferecer ajuda. Então sentiu uma queimação intensa e algo deslizar para fora do seu canal vaginal.

— Ele é lindo, parabéns!

Ela olhou para cima, aliviada com a dor que dissipava, e viu um homem jovem olhando para ela. Perdeu-se na beleza dele. Tinha o rosto bem barbeado, quadrado, sobrancelhas claras, curtas e espessas. Olhos pequenos, de uma cor azul-esverdeada, lábios rosados e cheios. Suas vestes eram em tons pastel.

Entre suas coxas ensanguentadas, viu as calças *jeans* de Mollie Green, molhadas com sangue e vérnix. Então, Barbara lembrou. Precisava voltar para a superfície. Precisava encontrar...

— Phoenix Barton?

O homem continuava ali. Sorria para ela.

Ela soube naquele exato momento que era Lúcifer.

Ele se abaixou e olhou bem para ela.

— Respire.

Barbara percebeu que não respirava. Puxou ar com força, sentindo os pulmões inflarem, doloridos. Foi demais para ela. Tossiu, sentiu a boca salivar e os olhos encherem de lágrimas, mas continuou inspirando e soltando o ar.

— Assim é melhor. — Ele sorriu. — Não queremos que morra antes do fim.

— Só quero pegá-lo. Você o criou, precisa me ajudar.

Ele sorriu mais uma vez, os dentes perfeitamente alinhados, brancos, como se nunca tivessem sido usados.

— Você é uma detetive, Barbara. Como costumam dizer, o Diabo está nos detalhes.


Os olhos pesavam quase tanto quanto a cabeça e as mãos queriam deslizar do volante para seu colo. Bruce tinha a impressão de que apenas o bombear constante e descontrolado no seu peito o mantinha acordado.

O carro deslizando contra o asfalto de Hollow Trees, a vista focando e desfocando nos feixes amarelados que iluminavam a faixa de estrada à sua frente, ele tinha a impressão de que caíra num pote de nanquim. Não conseguia mais diferenciar o céu da terra, não conseguia nem distinguir as curvas das montanhas da região. Dirigia numa piscina de escuridão.

Abriu o porta-luvas e tirou a arma. Com os olhos na estrada, colocou o coldre entre as coxas e o abriu. Fechou a mão no cabo de polímero e puxou a pistola do envelope de couro, colocando-o no banco de passageiros. Mantinha-a carregada, uma vez que Morgan nunca andava no banco da frente e nunca mexia no porta-luvas. Lembrou-se com pesar e tristeza que a arma fora um dos milhares de desentendimentos entre ele e Tracy.

*Puta que pariu*, pensou, arregalando os olhos como se o gesto pudesse mantê-lo acordado por mais tempo. *Ela sumiu. Foi atrás dele sozinha e está longe do celular.*

O coração disparou quando viu luzes à distância. Passara a última casa antes do número 31 havia cinco minutos. Pisou com força demais no freio e sentiu uma onda torrencial de adrenalina despertá-lo. Saiu do carro e encostou a porta sem que som algum fosse feito, e puxou para os pulmões uma lufada de ar congelante ao olhar para a casa.

Uma construção de pedra e madeira em estilo *country*, de proporções modestas, porém confiantes. Dois andares, telhado triangular num tom de cinza escuro, apenas uma luz acesa num dos cômodos com janelas para a frente.

Arrancou o cachecol do pescoço, sentindo a lã agarrar a barba não feita. Tirou também o casaco *The North Face* que fora um presente da esposa e colocou as duas peças de roupa no teto do carro. Checou com um deslize curto do ferrolho da Glock 19 e viu a bala cintilar dentro da câmara.

Com passos ágeis e joelhos ligeiramente dobrados, Bruce caminhou até a casa. Aproximando-se da porta, notou a ausência de lâmpadas no alpendre e um pouco de neve na madeira do piso. Duas pessoas haviam flanqueado a porta da frente. Barbara e Louis.

Avaliou a janela do lado direito, a que dava para a parte escura do térreo. Grande o suficiente para que ele pudesse entrar se conseguisse abri-la. Enfiou a arma na parte de trás da calça e forçou a madeira para cima, controlando sua força aos poucos, testando o peso. Subiu com pouco barulho, cedendo facilmente depois de um pouco de resistência inicial criada pelo verniz grudado. Desejando ter trazido uma lanterna e sentindo frio no pescoço e torso sem o devido agasalho, Bruce lançou a perna direita para dentro do cômodo e, encontrando o chão com o pé, firmou-se e passou o resto do corpo para dentro da casa.

Lá dentro havia apenas silêncio e escuridão, tornando a casa tão hostil quanto a noite lá fora. Bruce ouviu a própria respiração saindo trêmula e rasa, e pôs-se a movimentar-se, espremendo e abrindo os olhos para conseguir enxergar com o pouco de luz natural que atravessava os vidros. Distinguiu o fino contorno amarelado de um retângulo a poucos metros. A porta de um cômodo oposto.

Tateou e encontrou um interruptor. Estava num espaço vazio, com uma lareira virgem no canto direito, projetado para ser uma aconchegante sala de visitas. Com a mão suando no cabo da arma, viu um corredor dando para uma escada de corrimão de madeira polida. Percorreu aquele corredor, os passos suaves e calculados no piso, e apontou a arma para os cantos quando adentrou o átrio.

Nada.

A mão tocou o interruptor, e com o *click* fez-se a luz. Ignorando o frio, voltou pelo corredor, em direção ao quarto aceso. Girou a maçaneta de bronze e forçou, mas a porta estava trancada.

Bruce agiu por instinto. Com um cerrar angustiado de dentes, pegou impulso com um dobrar de joelhos e um flexionar de músculos, chutou a porta com uma força odiosa, ouvindo o estalo seco do impacto. O ato fez a porta abrir num arco de cento e oitenta graus e bater contra a parede, algumas pequenas lascas de madeira sendo lançadas ao ar. No chão, Barbara, deitada de lado, encolhida como um feto.

Ele se adiantou com passos corridos, mas parou ao conseguir ver o rosto dela. O tórax debaixo da blusa expandindo e contraindo num ritmo incerto.

Bruce sabia que Barbara não pegaria no sono numa situação

daquelas. O vômito ao lado do rosto, empastando os cabelos, indicou que tomara algo. Ele colocou os dedos no pescoço e confirmou uma pulsação acelerada, frenética. Ela estava sonhando? Ou seria uma reação do corpo a algo que poderia, naquele mesmo momento, estar trabalhando de forma letal? Estava gelada demais. Bruce sacou o celular do bolso para ligar para uma ambulância, calculando em pânico súbito o tempo que levariam para chegar a Hollow Trees.

O dedo parou no ar antes de teclar o número 9. Ouvira sons do lado de fora, tinha certeza.

Portas de carros.

Harris!

Ele correu para fora da casa, as mãos para cima ao ver o sargento, Lespy e dois atrás deles, apontando suas pistolas semiautomáticas para seu peito. Harris fez um gesto para que baixassem as armas enquanto se aproximava.

— O que temos?

— Chame uma ambulância! Barbara está inconsciente, talvez tenha ingerido algo.

Um dos "uniformes" sacou o rádio e começou a conversar com a central.

— Ainda não chequei a casa inteira, mas acho que está vazia. — Bruce complementou, sentindo-se surpreendentemente aliviado ao ver os outros. Quando Lespy gesticulou para o segundo policial para que circulasse a casa, ele deixou escapar um suspiro. E com aquele gesto, as múltiplas e amargas realidades da vida dele o devoraram. Bruce olhou para as trevas acima e sentiu uma falta de ar, ao mesmo tempo em que as lágrimas cascatearam pelo rosto.

Harris colocou uma mão em seu ombro, uma ruga na testa.

— Controle-se.

O policial que ligara para a central entrou na casa com a arma em mãos.

Harris buscou os olhos dele na escuridão.

— Vamos cuidar disso. Vamos pegá-lo. — E sem coragem, talvez, para esperar a resposta, ele seguiu o policial.

Bruce fechou os olhos e murmurou um mantra conhecido: "Acalme-se, acalme-se, acalme-se", mas não conseguia mais frear suas verdades. Tracy estava morta. Aquilo era real, definitivo e terrível de maneiras que ele levaria anos para dimensionar. Um mês antes, ela estivera em seus braços, de modo a permitir uma faísca de esperança de que estavam apenas atravessando o final turbulento de uma longa fase ruim, mas que sairiam daquela mais fortes, mais unidos, com o amor renovado. Hoje, Tracy Jane Darnell não tinha mais o cheiro e o sorriso de Tracy Jane Darnell. Era um cadáver preto em lenta decomposição, com um Y torto costurado no tórax. Como se a mente não comportasse tal percepção, o corpo dele reagiu. Com um passo para a frente e um espasmo do estômago, Bruce vomitou bile amargo nas madeiras escuras do alpendre. A visão do líquido amarelado ficou turva quando outra camada espessa de lágrimas formou-se nos olhos dele. Nem teve tempo para sentir pena de si mesmo. As vozes no interior da casa estavam altas, assustadas, e enviavam comandos entre si e pelo rádio.

Bruce fechou os olhos e tomou fôlego, salivando em demasia e engolindo para livrar-se do sabor residual do vômito. Ouviu Harris ao seu lado.

— Merda, Darnell, contaminou a cena.

— Como ela está? — tossiu.

Harris hesitou.

— Não sei… parece estável, os paramédicos estão a caminho. — E depois de um silêncio cheio de dúvidas, acrescentou: — Encontramos Joyce Manning. Está morta.

Barbara acordou num quarto simples de hospital, com os gemidos de dor de algum outro paciente cuja maca estava atrás da cortina divisória. Antes que pudesse situar-se, viu o rosto de Bruce olhando para o dela.

— Está bem?

Ela fechou os olhos e analisou as sensações do corpo. Dor de cabeça, fome e um frio tolerável. Fora aquilo, sentia-se revigorada. Leve, forte, sem dores nos músculos ou articulações. Lembrou-se do pesadelo, todas as sensações dele ainda com ela. Mas não se lembrava de como havia acabado.

— Sim, estou. Era *ayahuasca*.

— Eu sei. O que aconteceu lá, Barb?

— O filho da puta do Louis puxou a arma para mim, me obrigou a tomar um copo daquilo e me prendeu no quarto, sem arma, sem roupas. Vai atrás de Barton sozinho. Vai matá-lo, Bruce.

— E isso é um problema?

Ela empurrou o corpo para sentar-se. Haviam tirado o resto de suas roupas, e relógio e bijuterias, deixando-a num avental fino, amarrado nas costas.

— Já tivemos essa conversa. Há quanto tempo estou aqui?

Ele estendeu a mão direita e a ajudou a levantar-se.

— Oito horas. São quatro da manhã.

— Oito?!

— Nenhum sinal de Louis ou Barton até agora. Os policiais trocaram turnos, mas continuam procurando. Joyce Manning estava na casa, Barb, morta. Ainda não sabemos a causa da morte, mas parece homicídio por estrangulamento manual.

— Preciso ver o lugar onde ela foi encontrada. E o corpo.

— Barb. Olha pra mim. Estão processando a cena. Ela já está na gaveta do legista. Não há nada para você fazer agora. Seu corpo sofreu com o chá, terá que ir para casa e deitar um pouco, não vamos ter essa briga idiota, só vá para sua casa dormir.

Ela buscou os escaninhos da mente atrás do argumento perfeito e não encontrou. A viagem ainda estava com ela, mas a sensação de urgência era quase física. Colocou as mãos na cabeça para aplacar a dor aguda nas têmporas e pensou em Louis. Teria ido à suíte do hotel? Estava com o carro dela. Aonde poderia ter ido?

— Sabe, ele teve chances de puxar aquela arma antes. Deve ter visto algo lá em cima que fez com que agisse daquela forma. Ele sabe onde Barton está e foi atrás dele.

— Mesmo se for o caso, não temos como rastreá-lo. Se ele se livrou do seu celular, provavelmente se livrou do dele também.

— Por isso preciso ver a cena, ver o que ele viu.

— Não dá mais tempo e não sei se conseguiremos olhar as fotos agora. Durma, porra. Descanse um pouco. Não vai adiantar pirar.

— Eu estive com eles. Não era uma alucinação, era real, Bruce, eu estava lá.

— Você tomou um chá que causa alucinações. Por mais que esteja abalada agora, e entendo, porque correu sério risco de vida e fez isso por não confiar em mim e ser teimosa pra caralho, foi só um sonho ruim.

— É real, sabia? Não os demônios, não Lúcifer, mas o mal… existe tanto mal, tanto mal que ele acaba… — Ela sabia que soava louca. Viu as mãos formarem garras no ar. — Ele acaba existindo além das pessoas. Acaba sendo uma finalidade em si só, acaba criando um Diabo, entende? … Não, olha só sua cara, é claro que não entende. Eu os vi, Bruce, eu senti! E toda vez que os sentia, eu via como se manifestaram na minha vida, em todas as pessoas com quem convivi e em mim! E em você… acho que fui condenada essa noite. A ver o potencial para o mal em cada velho, homem, mulher ou criancinha que olhar.

Bruce balançou a cabeça e segurou os braços dela.

— Barb... — A voz denunciou a preocupação dele. — Pelo amor de Deus... foda-se Louis e foda-se Barton. Vou levá-la para casa. Precisa de um banho, de sono e tempo para lidar com o que acabou de acontecer. Avisaremos você avisar se os encontrarmos.

— Não estou pirando.

— É isso que me preocupa. Qualquer um já teria pirado. A escuridão lá fora, esse caso desgraçado, esse merda do Barton, o puto do Louis, que acredite, vai pagar caro por isso, e esta noite... ter sido drogada como você foi. Você *deveria* estar pirando.

Mas Barbara nunca se sentira tão lúcida, tão pequena, tão certa de que sua missão era prender Barton, nem que tivesse que morrer tentando, pois a missão de pessoas como ela era livrar o mundo, pouco a pouco, dos piores entre os malfeitores. Uma missão milenar, natimorta, impossível, que precisava existir e ser alimentada pelos átomos de esperança tão inerentes a cada indivíduo que constituíam, no fim das contas, a força etérea que chamamos de alma.

Avaliou o estado atual das coisas, resolvendo obedecer a Bruce, apenas para que ele a ajudasse a sair daquele hospital.

Suas ações precisavam ser imediatas agora, porque mesmo que não pudesse provar, ela sabia que o fim estava próximo. Barton estava se preparando para sua obra final, a qualquer momento.

Percebeu que seu medo de encarar tanto o que Barton era quanto o fato de que aquele tipo de pessoa poderia existir e conviver entre outras havia impedido que ela o conhecesse como precisava conhecer para vencê-lo. Mas, depois daquela noite, o medo fora quebrado por completo. Não dissolvido, não reprimido: estilhaçado. Quando a hora chegasse, teria que se lembrar que o combustível dele era a missão e apenas a missão. Não poderia apelar para o bom-senso, para empatia em relação às vítimas e nem para recompensas relacionadas a sua pena caso fosse condenado.

Phoenix não funcionava como um criminoso comum. Não ligava para bens materiais, para fama, para nada além da missão.

— Tá bom, me tira daqui sem que um médico me encha o saco.

Bruce parou o carro e Barbara saiu. Ele a observou entrar na lanchonete para comprar algo para os dois comerem, além de litros de café. Tentou calcular há quanto tempo não dormia. Barbara tinha razão, a noite polar era o palco perfeito para a insanidade. Pensou na parede preta de Barton e a citação. Nove dias. Mollie Green morrera no dia 18. Ele checou o celular para constatar o que já sabia. Estavam na manhã do dia 27. O nono dia.

Dentro de algumas horas Morgan voltaria para casa. E ele não tinha coragem para entrar lá.

Mas ainda tinha uma missão.

Viu Barbara voltando com sacolas de papel e uma bandeja com quatro copos. Abriu a porta de passageiros para ela, curvando-se sobre o banco, e a ajudou quando ela se sentou. Parecia estranhamente revigorada, energética, embora pálida.

Bruce abriu o pacote do seu sanduíche e o mordeu, enquanto ela falava:

— Vamos ao King Inn vasculhar as coisas de Louis e ver se anotou algo, se sabe de alguma coisa que nos escapou. Já é óbvio que seus planos não me incluíam, e não estava muito disposto a dividir informação.

— Ainda acho que deveria descansar.

— Você precisa de descanso, Bruce, não eu. E tem uma casa para arrumar para que Morgan sinta-se acolhida. Eu o deixo em casa, vou ao hotel e dou uma olhada. Prometo que não darei um passo sem você.

— E quando o encontrarmos, Barb?

— Quando o encontrarmos, meu trabalho é prendê-lo. Sua meta é colocar uma bala na cabeça dele. Acho que quando o encontrarmos, Bruce, eu e você voltaremos à estaca zero, não é? Como éramos nove dias atrás. Inimigos. Estranhos.

Ele comeu em silêncio, sentindo aversão pelas palavras. A paz de espírito de Barbara era quase uma presença dentro do carro.

— Não quero isso — ele falou, sem olhar para ela.

— Eu também não. Ainda tenho fé que você vai desistir.

Mas Bruce já sabia que aquilo estava fora de cogitação.

A suíte de Louis no King Inn estava organizada. Barbara só precisou mostrar o distintivo para a recepcionista, e em dois minutos já estava no quarto. Caminhou pelo carpete velho, estranhando que não havia nenhum objeto em cima das mesas de cabeceira ou na escrivaninha. A mala estava pronta, fechada, em cima da cama. Ela foi até o banheiro, acendeu a luz antes de entrar, e percebeu a ausência de escova de dentes, aparelho de barbear, roupas sujas, ou qualquer outro sinal de que alguém estivera lá.

Sentou na cama e abriu o zíper da mala. Tirou todas as pastas e cadernos. Sem dar a mínima para preservar a privacidade do desgraçado que apontou uma arma para ela, Barbara espalhou todos os papéis no cobertor. Correu os olhos por tudo, murmurando "Cadê você, cadê você?", mas, depois de dez minutos angustiantes, percebeu que nada daquilo era material novo, apenas anotações de Louis durante mais de uma década de investigação. Apoiou o rosto nas mãos, irritada, e então parou de se mexer.

Virou o rosto sobre o ombro direito, os olhos num *post-it* imundo colado com fita adesiva na capa de um bloco de anotações.

Dizia: "RYAN OWEN – FBI", e abaixo dois números de celular; um riscado, o outro com caneta de outra cor.

Pegou o telefone do quarto e discou. Pagaria a conta quando pudesse.

Enquanto o telefone chamava, Barbara pensou nos extremos; ela no início da carreira, num lugar congelado e imerso na escuridão, Ryan Owen sob o sol da Flórida, aposentado e talvez tomando um *Mojito* na piscina de casa.

Ryan atendeu com uma voz calma.

— *Alô?*

Barbara fechou os olhos.

— Senhor Owen, aqui é Barbara Castelo, detetive de homicídios do Departamento de Polícia de North Borough, no Alasca.

Um segundo de silêncio. Depois um:

— *Alasca? Como posso ajudá-la, detetive? Quem passou este número?*

— Encontrei seu número nas anotações de um colega de trabalho, Louis McAllister.

— *Meu Deus, um minuto só.*

Ela ouviu sons surpreendentemente altos através da linha: um balbuciar de criança, uma troca de palavras entre um homem e uma mulher, abafada pela mão do *profiler* no receptor. Então uma porta fechando e a voz dele nítida, mais elétrica:

— *Oi, Castelo. Está com Louis onde, exatamente? Isso tem a ver com o Executor?*

— Louis está desaparecido e é procurado pela polícia, senhor Owen. Preciso muito da sua ajuda. O Executor, que se chama Phoenix Barton, cometeu três assassinatos aqui em Barrow nos últimos nove dias. Fez uma vítima de nove anos e duas mulheres, incluindo a esposa de um policial.

— *Detetive, vi o noticiário, suspeitei, mas não tenho como me envolver com esse caso agora. Se O Executor está no Alasca, você deve entrar em contato com o FBI urgentemente, porque este é um caso federal agora.*

— Owen, por favor, me escute. Não há tempo para esperar o FBI mandar seus amigos fazerem as malas e tomarem um avião para cá. Barton planejou algo que pode acontecer a qualquer momento e será grande, será... um banho de sangue. Louis foi atrás dele e desapareceu. Preciso que me ajude a entender o que pode estar planejando.

— *Castelo, não tenho todas as informações que preciso para isso, e nem permissão para ajudá-la. O certo seria seu sargento pedir uma autorização formal ao FBI para me usar como consultor, e isso levaria muito tempo. Você está com boas intenções, mas não posso fazer isso. Sinceramente, nem sei as consequências legais de lhe dar alguma informação errada.*

— Ryan. — Ela suspirou. — Sou uma novata. Num departamento minúsculo, contra um assassino que está matando há mais de dez anos... olha, sei como isso soa, mas o demônio parece estar ajudando esse homem, e Deus definitivamente não está do meu lado. Preciso que você esteja.

Permitiu-se extrair esperança do silêncio dele. Ela falou, mais controlada.

— Tem um mapa de Barrow aí? — E ficou aliviada, a ponto de sentir lágrimas quando ele murmurou:

— *Está aberto aqui na tela.*

— Onde acha que ele atacaria?

— *Onde causaria maior dano psicológico aos residentes. E visando ao maior número de óbitos possível. Ele não se importa com esforço ou com trabalho. Pelo contrário, quanto mais difícil conseguir o que quer, maior a recompensa. Acha que Lúcifer está orgulhoso dele, medindo o valor dele, entende? Pense no estado mental das pessoas que se autoflagelam, que sobem escadas de duzentos degraus de joelhos... é o mesmo tipo de mentalidade. Para ele, Deus é uma piada de mau gosto, e tudo isso... nós, ele, o conceito de divindade, a religião, o mundo... até mesmo o universo, precisam ser aniquilados. Ele acredita que pode abrir um portal para que Satã, e aqui eu me refiro ao Satã tradicional mesmo, não a versão light e sem colesterol de um ser de luz ou Prometeu, mas a incorporação do puro mal, venha até nós. Então me diga, Castelo... se você quisesse isso, uma atrocidade, onde o faria?*

— Uma escola.

303

— Sim. Eu diria que está certa. Estou olhando o mapa aqui e vejo três escolas. Onde há mais crianças, e mais jovens?

— A Lyndon B. Johnson Elementary School, ou a Fred Nukilik.

— É a primeira.

— Como pode ter certeza?

— Não tenho. Mas existe uma teoria da conspiração de que o presidente Lyndon Johnson era satanista.

— O quê?!

— É uma teoria da conspiração.

Ela pensou na arquitetura da escola, começou a imaginar os possíveis acessos, rotas de entrada e fuga para ele, mas foi interrompida por Ryan Owen:

— Castelo, tenha em mente que ele não vai se render e não tem medo da morte. Vai matar quantos civis e policiais conseguir. Em mais de uma década, ele não usou a mídia social a seu favor, nunca mandou recados no YouTube, nunca se exibiu, fora a comunicação com as autoridades, e mesmo assim foi pessoal, porque ele é solitário. Ele não dá valor a ser visto, mandar recados, ficar famoso, porque ele realmente acredita que vai acabar com o mundo. Para você, é absurdo, mas para ele é uma certeza... Então proteja-se e proteja sua equipe, porque ele não é como um criminoso comum. Sem ego, sem desejos materiais, sem nada que você vai poder usar contra ele, Phoenix Barton é um ser humano perigoso pra caralho.

Ele falava como se estivesse se despedindo dela.

Depois, falou num tom profissional:

— Sabe que daqui a trinta segundos estarei numa ligação com o FBI relatando essa conversa, não sabe?

— É claro. Obrigada, Owen.

Ela desligou e apertou o telefone contra a testa. Discou o número de Harris. Ele atendeu no segundo toque.

— Mande uma unidade para a Lyndon B. Johnson. Acho que Barton está lá. Daqui a pouco a gente se encontra, chefe.

Andy Zorella parou o carro na frente da Lyndon B. Johnson Elementary School. Uma luz esbranquiçada iluminava a entrada, já sem movimento; uma rampa em L que dava para duas portas largas pintadas de verde-musgo. Ela se lembrou da época em que subia aquela rampa com a mochila pesada nas costas, bocejando, adorando estudar quando o céu estava escuro, como se estivesse se encontrando com os colegas para algum tipo de festa noturna.

Apertou o botão do rádio no ombro.

— Estou me aproximando da porta da LBJ, parece que está tudo bem. Vou entrar e conversar com os professores e dar uma passeada pelos corredores, ver se alguém viu algo suspeito. Câmbio.

Subiu a rampa salpicada de neve e esticou os braços para empurrar as portas, preparando-se para o peso delas ao recordar-se mais uma vez da infância. O som foi como se o mundo inteiro houvesse estourado. Ela sentiu a falta de peso do próprio corpo, uma vertigem súbita e agressiva, e quando começou a entender, percebendo que o céu estava estranhamente sobre si, tudo dentro dela se rompeu. Ouviu o estilhaçar de vidro no exato momento em que sentiu um choque poderoso de dor turva e vermelha: a dor de explosões líquidas no seu peito e abdome.

Andy perdeu-se na imensidão do espaço acima dela, um veludo preto que parecia estar descendo, caindo, enquanto sentia todas as dores do mundo, desde as mais agudas às mais robustas, das dores da pele quente rasgada contra o frio do Ártico às dores enraizadas dos ossos quebrados. Percebeu que não respirava. Tudo dentro do seu peito parecia ter derretido, e ainda assim sentia-se sendo apertada. Fechou os olhos e sentiu o corpo sendo puxado para baixo, escorrendo entre as garras da dor e da consciência de que estava morrendo, e sentiu-se despencar numa piscina viscosa de amor e acolhimento. Os lábios de Andy sorriram num último espasmo antes do seu cérebro parar de funcionar. Ao redor dela, a entrada da escola onde estudara quando menina espalhara-se em mais de oito mil pedaços na área que cercava o prédio. A luz do poste cintilava no vermelho do sangue que pingava num ritmo moroso na neve.

# XII

# APOLEMI

ANIQUILAÇÃO

Barbara precisou arrancar as luvas e desacelerar o carro. O aglomerado de sirenes e pessoas ficava maior e mais nítido enquanto ela se aproximava. Deu um puxão no cachecol para conseguir puxar o ar, sentindo-se sufocada, e finalmente parou o carro e desligou o motor. Estimou quarenta pessoas, mas durante o trajeto vira dezenas saindo de suas casas e caminhando em direção à escola. Havia quatro SUVs da polícia local e a van do legista traçando uma barreira improvisada para isolar a área.

Enquanto saía do carro, pensando nas palavras de Harris ao rádio (explosão, reféns, crianças), seus olhos passavam pelos rostos angustiados de pais de alunos, expressões vazias de policiais, e mulheres abraçando mulheres aos prantos.

Sentiu que o mundo inteiro parou de respirar quando ela se aproximou da cena. Harris estava pálido, bolsas emoldurando os olhos claros, um celular na mão. Mais pessoas se juntavam ao bando, e na noite daquela manhã, ela ouviu choros, súplicas e revolta dos moradores da cidade que ela jurara servir e proteger.

As botas dela se arrastaram, espalhando neve em pequenos e delicados jatos à sua frente, e ela quase não sentia firmeza nos músculos das pernas. Alguém já passara fita amarela em volta do carro que fora atingido por algum tipo de...

Barbara parou de andar quando viu o que sobrara do corpo uniformizado de um policial local, afundado no para-brisa. A fachada da construção térrea da escola fora desmembrada pelo explosivo; havia pedaços dela por todos os lados. O calor gerado havia manchado os dejetos e a rampa de preto.

Sentiu Harris aproximar-se, mas não conseguiu desviar o olhar. A voz dele elevou-se sobre as demais:

— Chamei todos os que temos. Calculamos que há quarenta crianças lá dentro, idades de cinco a onze. Os pais estão sendo avisados.

— Quem mais está na escola fora os alunos?

— Seis professores, uma bibliotecária e quatro funcionários. Não houve nenhum tipo de comunicação até agora, estamos cegos por enquanto.

— Quem era o policial?

Harris não reprimiu um suspiro longo e trêmulo. A voz saiu carregada:

— Andrea Zorella, estava conosco há seis anos.

Barbara mordeu o lábio. Andy, aquela do banheiro. Andy, que tinha a voz bonita e aerada, uma risada de adolescente, que gostava de Rick.

— Puta merda.

Uma vibração cortou o ar e o som grave e cíclico de um helicóptero fez com que todos olhassem para cima. Barbara viu luzes e um borrão cinza de hélices cruzarem o céu escuro e, traçando um oito, sobrevoarem mais uma vez a escola. Interrogou Harris com o olhar.

— Não é nosso, é a mídia. O inferno começou.

Barbara teve a impressão de que tudo estava sendo orquestrado pelo demônio que Barton venerava. Depois se repreendeu. *Ele é só um homem.*

Ela virou o rosto quando ouviu uma troca intensa entre um casal. A mulher apertava a jaqueta de um homem e murmurava "não vou aguentar, não vou conseguir...", e ele tentava segurar o rosto dela enquanto respondia "calma, preciso que fique calma, pelo amor de Deus."

*Deus. Barbara sentiu um gosto ruim na boca. Deus não existe, colega. Suas melhores chances agora são a polícia do North Borough.*

Ela girou o corpo e avaliou o que via. Um policial estava sentado na neve, os soluços espasmódicos, outros dois confortando-o.

Pais das crianças reféns expressavam pânico e dor com os rostos enrugados, as mãos enluvadas nos cabelos, cobrindo as bocas, os pés dando passos incertos. Um grupo formava um círculo, suas bocas orando baixo, os olhos fechados. Barbara já conseguia ver vans alugadas estacionando, os repórteres de outros estados do país saltando de dentro e procurando o melhor ângulo para filmar, enquanto equipamento era retirado e colocado no solo.

Mais pessoas estavam chegando, e o helicóptero deu outra volta logo acima. O corpo dilacerado de Andy Zorella continuava em *display*. Barbara sentiu mais uma vez a falta de ar. Impaciente, arrancou o cachecol e tirou a jaqueta. Avistou o chefe de polícia, Bo Danielson, e o capitão John Forster aproximando-se de Harris. Começaram a coordenar como lidariam com a mídia e com os pais dos alunos. Chamaram os outros policiais. Ela não conseguiu prestar atenção nem se importar.

Precisava pensar no que estava acontecendo.

— Barb!

Bruce estava ali, pálido, tão abatido quanto os seus colegas uniformizados. Ela nem sabia se ele conhecia Zorella, mas supunha que sim. Sentiu-se alarmada pelo pavor que brilhava nos olhos dele. Forster abria a planta baixa do prédio e coordenava alguma espécie de equipe tática.

Quando Bruce se aproximou, falou rápido:

— O maior ambiente aí dentro é a sala de apresentações, onde há as exposições de projetos de ciência e coisas assim. Fica no fundo do prédio, tem apenas uma porta de entrada e quatro janelas grandes.

O acesso é pelo corredor central, depois à esquerda quando ele bifurca. Se virar à direita vai dar para a cafeteria, que também é um bom lugar para ele estar. Vai ser um dos dois, Barb.

— E o que vamos fazer?

Gritos e berros subiram numa onda ao redor deles, fazendo com que os dois olhassem em direção à escola. Um grupo pequeno de pessoas corria até eles, e perceberam que os reféns adultos estavam sendo libertados. A multidão dividiu-se entre aqueles que correram para abraçar, pedir informações e entrevistar, e os que perderam mais um pouco de esperança ao constatar que as crianças ainda estavam no prédio, na companhia de um assassino.

Na confusão, Barbara viu policiais correndo até os adultos e tentando isolá-los da mídia, encaminhando-os até a ambulância, gritando para os paramédicos, mesmo não havendo sinais óbvios de que haviam sido agredidos. Alguns se jogavam contra familiares em abraços fortes e demorados. Harris deu alguns comandos e policiais afastaram jornalistas e operadores de câmera. Pessoas se empurravam para aproximar-se da escola, e uma caiu sobre a fita amarela, sendo ajudada a se levantar por bons samaritanos.

Bruce encarou com preocupação no olhar.

— Isso não vai aguentar muito tempo. As pessoas estão enlouquecendo.

Ela não respondeu, mas acreditou nele. Os civis já estavam forçando a barreira, os policiais já os ameaçavam se não dessem alguns passos para trás. Então, ela foi cegada por um lampejo de luzes brancas. Ouviu uma voz feminina e sentiu a maciez de um microfone contra o lábio antes de recobrar a visão.

— Detetive Castelo, o que pode nos dizer sobre as intenções de Phoenix Barton com aquelas crianças?

Bruce respondeu com um empurrão no microfone:

— Sem comentários.

Barbara levantou uma mão para bloquear a luz do operador de câmera impiedoso.

— Não temos comentários ainda. — E virou as costas.

A mulher continuou a falar, mais alto:

— Você confirma que Barton é O Executor, o *serial killer* que fez mais de dez vítimas em Nova Iorque?

Barbara continuou andando, com Bruce ao seu lado, espremendo-se contra a multidão. Viu Harris e o chefe de polícia, cercados por policiais, chamarem-nos com os dedos.

— Os professores libertados falaram que ele está nos fundos do prédio, com as crianças sob custódia. Estão desenhando um mapa da situação para a gente. Quero mandar alguém até lá para estabelecer algum tipo de comunicação e descobrir as exigências dele. Alguma sugestão?

— Mandar um policial uniformizado seria um erro, sargento. Ele só vai tratar com uma autoridade maior, alguém com patente. — Barbara suspirou. — Talvez nem assim. Ele veio para uma carnificina, para oferecer um banho de sangue a Lúcifer. Não sei até que ponto comunicação vai ajudar.

Harris não gostou do que ouviu, e seu rosto pareceu escurecer.

— Eu vou, então. Entro sem arma, sem apresentar risco, e tento negociar a libertação de mais reféns.

Barbara abriu a boca para falar, mas sentiu a mão de Bruce fechar-se no seu braço. Ele tinha o olhar perdido em direção à escola. Os lábios dele se afastaram, como se ele não tivesse força para segurar a mandíbula. Barbara sentiu o coração disparar em antecipação e também se virou para ver.

Mais uma vez, a multidão produziu uma onda fragmentada de sons agudos e de um lamento mórbido. Correria mais uma vez. A visão de Barbara foi bloqueada por cabeças. Ela, sentindo Harris, Bruce e outros policiais ao seu lado, moveu-se para conseguir visualizar o que estava acontecendo.

Uma criança.

Ela só conseguiu distinguir o corpo quando atravessou a luz do poste de rua. Barbara sentiu sua própria mão, gélida e de unhas arroxeadas do frio, contra a boca. Era uma menina de cerca de seis anos e estava nua. Algumas pessoas correram até ela, mas um policial foi mais rápido, tomou a menina nos braços e correu em direção ao espaço protegido pelas viaturas. Barbara arrancou a jaqueta que usava e a abriu, cobrindo as costas da menina enquanto ela ainda estava no colo do policial.

Os outros uniformizados partiram em direção à multidão para contê-la e impedir que chegassem àquela área reservada para as autoridades. O policial entregou a menina para Barbara e recuou alguns passos, horrorizado. Ela sentiu o corpo gelado contra seu peito, um rosto ensopado de lágrimas contra seu cangote, e correu seis passos até a ambulância. Bruce fechou as portas com força, enquanto o motorista ligava o aquecedor do veículo. Um enfermeiro precisou arrancar a menina dos seus braços, e quando conseguiu, Barbara teve vontade de abraçá-la mais uma vez, talvez para não ter que olhar para ela. O enfermeiro a cobriu com cobertores arrancados às pressas de embalagens plásticas e começou a examiná-la.

Barbara tremia de frio, após ter despido seus dois casacos, usando apenas uma camisa preta de algodão. Sentou-se num banco e observou a criatura pequena, magra e nua diante de si. A menina sentava curvada, abraçando os cobertores com mãos fechadas, olhos fixos no piso do carro. O enfermeiro grudava a parte metálica de um estetoscópio nela, por baixo do tecido. Parecia tranquilo, como quem já passou por situações arriscadas antes, porém com olhos arregalados que não escondiam que preferia nunca mais testemunhar uma situação parecida novamente.

— Ela vai ficar bem?

Do lado de fora havia barulho. Pancadas nas portas. Ela ouviu a voz de Bruce e de outros policiais berrando com civis e jornalistas.

O enfermeiro olhou para ela, a luz da ambulância nos olhos bem verdes.

— Ela parece estável, saudável. Vamos levá-la ao hospital para fazer mais testes. — Ele olhou para a garota — Querida, qual é o seu nome?

Ela não se moveu, exceto para responder:

— Lyla Banks.

— Lyla, você está sentindo dor em algum lugar do corpo?

Ela fez que não com a cabeça.

Barbara esfregou os olhos e sentiu o alívio preenchê-la.

— Lyla, pode me contar o que aconteceu com você?

Lyla não respondeu. Mas estendeu a mão num gesto repentino, como se acabasse de lembrar de algo. Barbara olhou e identificou um pedaço de papel amassado entre os dedos gorduchos dela. Ao abrir, a frase, na caligrafia que já conhecia:

O PRÉDIO ESTÁ ARMADO COM EXPLOSIVOS. QUALQUER TENTATIVA DE INVADIR RESULTARÁ EM CRIANÇAS MORTAS. QUERO A DETETIVE CASTELO AQUI, DESARMADA. EM TROCA, LIBERTO ALGUNS DOS PEQUENOS.

Steven Shaw observou a sala com pouca curiosidade. Paredes bege, uma mesa presa ao chão, cadeiras de plástico. Em uma parede, um vidro permitia que tudo fosse vigiado pelos oficiais da San Quentin, pelo lado de fora. A porta pesada abriu-se e, atrás de um agente penitenciário, Tavora deu passos pesados para dentro do ambiente. Ainda usava algemas, o que Shaw achou desnecessário, mas sabia que se pedisse para retirá-las, o velho parceiro se sentiria insultado. Trocaram olhares pela primeira vez em dezoito anos.

Tavora aproximou-se e sentou-se, incapaz de esconder o desdém no rosto mal raspado, já envelhecido, endurecido pela vida de prisioneiro. Ainda tinha oito anos em sua sentença. Quando saísse, seria praticamente impossível encontrar um emprego. Shaw sentiu a pontada de culpa à qual já se acostumara. Carregava-a consigo com a mesma propriedade e falta de arrependimento com as quais carregava seu distintivo.

O policial saiu, dando privacidade aos dois, e a porta fechou-se.

— Consegue o que quer mesmo, não é? — foi o primeiro resmungo de Tavora, olhando em volta. — É só o capitão decidir que até uma audiência particular consegue.

— Trabalhei para virar capitão, Rex. Não caiu no meu colo.

Tavora riu um pouco, jogado contra a cadeira, pernas abertas, olhar desconfiado.

— A única vez que me visitou foi para falar que Sandra tinha morrido. Sabe, estou aqui com todo, literalmente *todo* tipo de sádico, mas como você nunca vi igual. Veio me falar o que, agora, Steven? Que vão me fritar na cadeira elétrica?

Shaw estava preparado para a raiva dele e não se abalou. Percebeu que não se sentia pronto para falar sobre a filha, mas que era necessário esforçar-se, pois era seu motivo de estar ali. Umedeceu os lábios.

— Preciso saber o que contou para Barbara.

Tavora mexeu a cabeça para cima, como se puxando ar, e então sorriu.

— Ah, é isso.

— Ela mudou. Nosso relacionamento sempre foi conturbado, mas ela esfriou demais. Mudou-se para o Alasca, para um lugar onde vai passar dois meses no escuro, a uma temperatura abaixo de zero. Está se torturando. Então, só posso presumir que está se sentindo culpada por uma merda que *você* fez.

— Lembra-se do começo de tudo, Steven? Dos dias antes de termos uma viatura, daquele trabalho nas ruas, naquele calor desgraçado, as testas sempre vermelhas e suadas?

Shaw se lembrava. Por pior que fossem os dias, o salário, as condições de trabalho, a vida parecera melhor naquela época. Acordava com um sorriso no rosto, ainda sentindo a empolgação ao vestir o uniforme e colocar o peso absurdo do cinto Sam Browne. Olhava-se no espelho do apartamento minúsculo e sentia orgulho de ser policial. A vida ficou ainda melhor quando o reflexo de Sandra começou a aparecer naquele espelho, atrás dele, ainda dormindo na cama de solteiro.

Tavora tinha as pálpebras oleosas e caídas, incapaz de disfarçar seu apego ao passado.

— Uma mulher passava na rua e você era o primeiro a tocar o quepe e soltar um "bom dia, senhora" cheio de malícia. Elas sempre sorriam, lembra, Shaw? Elas olhavam, viam a gente ali, de uniforme, e sorriam. Respondiam e cochichavam com as amigas, e a gente se divertia pra caralho naquela época. Lembro quando você mudou. Ficava que nem um bobão, distraído, errava cada droga de relatório de ocorrência que precisava digitar. E eu lembro que senti até pena de você, por ficar tão besta por causa de uma mulher. Isso foi até eu conhecer a Sandra, claro. Foi no...

— Catrina's.

— Catrina's, restaurante mexicano. Cara, aquele lugar era um lixo. Mas gostávamos, né? Ela tava lá, usando um *sombrero*, já tinha tomado duas doses de tequila, falava pelos cotovelos com aquele sotaque carregado, esquecia de conjugar a terceira pessoa do singular no presente simples. Tudo era *"he go"*, *"she do"*, e eu ria daquilo, e ela não ligava. Que boca suja. *"Fuck this"* e *"fuck that"*.

Shaw olhou para a mesa, a saudade de Sandra queimando suas entranhas.

— Naquela noite, a pena virou inveja. Eu já era dela desde o primeiro momento. E aí... o resto você sabe. Aquilo ferrou minha cabeça, Shaw. Ter que ir embora depois daquelas noites. Saber que você teria o resto dela, o abraço suado e o sono tranquilo. Por um tempo, eu gostava de ser sozinho. Mas fiquei viciado nela e fiquei idiota como você. Era ela na cabeça o dia inteiro. Ela me escreveu aqui na prisão.

Shaw olhou para cima, nos olhos escuros dele.

— É... por anos. A maioria das cartas falava de nós três, mas ela não era burra de tocar no nome de Markswell, ou nada sobre aquilo. Falava da vida, de trabalhar, de estar sempre cansada, das brigas com a mãe. Escrevia muito sobre Barbs. Mandava fotos, várias delas. Vi Barbara ficar mais alta, mais magra, os cabelos escurecerem, a pele bronzeada da praia. Eu adorava as fotos de Sandra e Barbs na praia. De vez em quando, chegava uma carta diferente, com a caligrafia mais instável, mais pesada, e ela não tocava no seu nome, nem no da mãe, nem falava de Barbs. Falava que sentia saudades, de coisas que... tínhamos feito no passado, que sentia vontade de fazer tudo de novo. Aquelas cartas me atormentavam. Aí um dia elas pararam de chegar. E duas semanas depois você aparece depois de uma década, cara... e me fala que ela morreu.

— Preferia não saber? Passar o resto de sua vida achando que ela desistiu de você, o esqueceu?

— Preferia morrer, Shaw. Penso nisso todos os dias.

— O que você ganha interferindo no meu relacionamento com minha filha? Um pouco de vingança? Queria o que de mim, Rex, que passasse o resto da minha vida como um hipócrita, compactuando com o assassinato de um idoso daquele jeito medonho, dedicando trinta, quarenta anos da minha vida ao cumprimento da lei, sabendo que meu parceiro era um homicida? Dormir com Sandra todas as noites sabendo que ela mandou matar um homem?

— Tem noção do que ele ia fazer com Barb?

— Tenho. Quando penso nela nos braços daquele homem, naquela idade, quero sair por aí destruindo tudo. Quero entrar em lugares como este e executar todos vocês, um por um. Acha que não sinto ódio, Rex?

— Acho que destruiu uma família perfeita porque não tinha os colhões para fazer justiça e não tinha lealdade para guardar esse tipo de segredo.

Shaw balançou a cabeça.

— Só responda. Por que contou à Barbara?

— Só contei a verdade. Não chamei ela aqui. Barb não é idiota, e você realmente transformou a menina numa detetive, de forma que ela já desconfiava de uma boa parte quando veio me ver. Por que iria esconder nosso segredo dela, Steven? Não lhe devo nada.

— Porque ela acha que Tobin Markswell está morto por causa dela.

— Tobin Markswell está morto porque merecia morrer. Barbara vai entender isso quando a confusão passar. Eu o matei, não me arrependo, e ela não pode carregar a culpa por algo que aconteceu quando tinha quatro anos. Estamos encerrados? Posso voltar para minha cela?

— O que falou para ela sobre aquilo tudo? Só quero saber para poder entender o que está se passando com ela.

— Tudo. — Rex deu um sorriso que pareceu exigir força. — Tudo sobre eu, você e a mãe dela, tudo sobre a noite na lavanderia, sobre Markswell, sobre sua traição. Cada detalhe. Detalhes de como trepávamos, nós três, tampando a boca de Sandra para que os gemidos não a acordassem. Ela odeia você agora?

Shaw olhou para baixo.

— Não acredito que minha filha me odeie.

— Ah, é... — Ele sorriu de forma mais sincera —, tem isso também. Talvez eu tenha deixado no ar certa dúvida sobre a paternidade dela. Você sabe que Barbara pode ser minha filha, Steven, sempre soube.

Então era isso. Além da culpa pela forma violenta e grotesca como Tobin fora assassinado, Barbara perdera uma certeza de importância fundamental para quem perdeu a mãe e a avó: a identidade do pai. Sentiu ódio de Tavora, mesmo sabendo que a punição do ex-parceiro era contínua, sentida em cada segundo de cada dia de sua existência, e que ódio por ele era desnecessário e fútil.

— Sandra sabia que Barbara era nossa. Seu ego não lhe permite aceitar, mas isso é problema seu. Até o seu amor por Barb é egoísta. Transferir essa dúvida, esse tormento para ela é infantil até para você. Tem razão, Rex, San Quentin é cheia de sádicos.

— Ah, Shaw, está partindo meu coração... subestima Barb, sabia?

— Nunca.

— É claro que sim. Deu para ver na cara dela o tipo de pai que foi: aquele que cobrava demais, impossível de ser agradado, sempre insatisfeito com a performance escolar, sempre ciumento de qualquer rapaz que se aproximasse...

— E tenho certeza que você teria feito o papel do padrinho divertido, que a levaria para beber, o confidente, o que tem apelidos e apertos de mão secretos... teria desempenhado o papel com maestria. — Shaw assentiu. — E teria sido importante para ela. E teria agradado Sandra se ela tivesse...

— Cai fora. Não preciso disso.

— Mas abriu mão de uma vida bonita...

— Por amor e justiça.

Shaw apertou os olhos, os lábios.

— Não... por impulsividade, falta de controle, competitividade.

Tavora inclinou-se para a frente, as mãos próximas uma da outra pelas algemas, em cima da mesa.

— Cai fora daqui, Shaw. Não volte mais.

A porta se abriu e os dois homens viram a *Deputy Warden*,

Clara Russell, entrar. Na hierarquia, Russell trabalhava diretamente para o diretor da prisão e era responsável pela segurança, administração de casos e a parte de psicologia e de gerenciamento da unidade. A presença dela ali despertou pessimismo e tensão em ambos.

Ela caminhou, sem cerimônia e com pressa, até Shaw.

Uma mulher de aparência comum, bem cuidada, com postura confiante.

— Capitão Shaw, sinto interromper esta reunião, mas acho importante que saiba, o mais rápido possível, o que está acontecendo em Barrow.

De forma puramente instintiva, ele se levantou. Tavora virou o olhar para o agente na porta, de olho nele. Não ousou fazer um movimento brusco. Sentindo uma profunda preocupação por Barbara, observou o ex-parceiro e a delegada.

Ela estendeu o telefone celular, onde a tela mostrava um vídeo. Explicou para ambos os homens:

— É a televisão. Isso está acontecendo agora, o vídeo está sendo transmitido ao vivo. Pelo que entendi, é uma situação de reféns, mais de vinte crianças. Sua filha acabou de aparecer, mas não disse nada aos repórteres.

Shaw viu as imagens aéreas da região que ele aprendera a conhecer por fotos na internet. Viu centenas de pessoas, uma construção térrea, retangular, sendo filmada pelos ângulos típicos de um helicóptero, a área isolada pela polícia local, e o tipo de situação rara que desperta um país inteiro. Ele olhou para Tavora antes de virar-se para Russell. Tavora não escondia a tensão no rosto.

— Consegue o celular de Bo Danielson, chefe da polícia do North Borough?

# XIII
# LÚCIFER

As portas se abriram e ela viu que a multidão empurrava-se além de uma barreira de policiais, querendo ver quem era a criança dentro do veículo. Bruce estendeu a mão enorme e a ajudou a pular da ambulância. Fecharam novamente as portas. Bo e Harris interrogavam-na com os olhos.

— Encontrem os pais de Lyla Banks. Está bem, e vão levá-la ao hospital para mais testes. E tem isso... — Seus dedos tremiam do frio quando ela lhes ofereceu o bilhete.

Barbara sentiu os cabelos no rosto e um frio diabólico quando o helicóptero cruzou o céu acima deles. Harris encarou-a.

— O que acha disso?

Bo removeu o próprio casaco *The North Face* e colocou-o sobre ela. Barbara respondeu, sentindo as palavras frias em sua língua:

— Não vejo outra possibilidade. Eu vou. Tento negociar para que ele liberte as crianças.

— Não tem treinamento como negociadora.

— Mas ele me quer lá dentro, sargento. Vai contar para todos esses pais, todas essas pessoas, que não atendemos à única exigência dele?

Bruce balançava a cabeça.

— Desarmada você não entra.

Bo ignorou a súplica.

— Entregue sua arma.

— Louis a pegou.

Sentindo que o planeta inteiro olhava para ela, tirou o coldre e entregou-o a Bruce. Harris pegou um megafone e anunciou que procurava os pais de Lyla Banks. Bruce colocou uma mão no ombro dela. Ela sentiu os olhos anuviarem-se por um instante. Então suspirou e encarou-o. Ambos sabiam que não havia muitas chances de ela voltar.

Um homem aproximou-se, escoltado por um policial. Ele tremia, e não era de frio.

— Lyla...

Era o pai da menina.

Enquanto o levavam para ver a filha, Barbara se deu conta de onde o tinha visto antes. O nariz aquilino. Era um dos homens que atacaram Bruce e ela. Já havia sido liberado, enquanto aguardava que ela prestasse queixas formais.

Quando abraçou a filha, em lágrimas, ele lançou um olhar de desculpas e gratidão à Barbara. Ela não conseguia sorrir, mas reconheceu o olhar e perdoou-o com um gesto simples de cabeça.

Devolveu o casaco a Danielson e começou a marcha em direção à escola, e o chefe ordenou que três policiais a acompanhassem até metade do caminho.

Ela deu dez passos firmes, com medo de olhar os rostos das pessoas, quando ouviu um berro:

— Barbara!

Não sabia se deveria continuar andando. Se parasse para receber mais alguma informação, seria possível que não conseguisse reunir forças para continuar. Mas Danielson estava caminhando até ela, sob olhares intrigados de Harris e Bruce.

Entregou um aparelho celular para ela.

— Seu pai.

Por um minuto, ela não reagiu. Encostou o celular na orelha, sentindo o corpo vibrar de frio.

— Alô?

— *Barb, sou eu. Estou vendo pela televisão. Por que está indo até lá?*

Ela pensou em como o Dr. Johar falava sobre sincronicidade só para não ter que falar de forma mais mística sobre como as coisas acontecem por um motivo e na hora certa. Ela entendeu. O Cosmos, Deus, Lúcifer, ou apenas a droga do acaso estavam lhe oferecendo a chance de se despedir.

Sentiu as lágrimas gelarem seus olhos.

— Preciso ir, pai, é o que ele está exigindo. Preciso fazer isso.

Um silêncio tão longo se seguiu que Barbara temeu que a ligação tivesse caído. Olhou sobre o ombro, para o parceiro e seus três superiores. Levantou um dedo trêmulo para Bo, formando com os lábios, sem som, a pergunta: *tenho um minuto?*

O chefe meneou a cabeça.

— *Barb... tenho certeza que vai fazer a coisa certa lá dentro.*

Detectou a dor nas palavras de Shaw. Ela olhou para o horizonte, de onde a luz azulada ainda assegurava os habitantes de Barrow de que o sol não os havia abandonado.

— Pai... — A palavra saiu com um peso sufocante. — Te amo.

Desta vez, Shaw não hesitou:

— *Também te amo, querida. Já sei que sabe de tudo. Temos reparações a serem feitas. Devo explicações a você... nos falamos quando voltar.*

Ela fechou os olhos. Não voltaria.

— Tudo bem... não ligo para mais nada daquilo. Vou ficar bem. Preciso ir. Te amo. — Ela desligou.

Entregou o celular para um policial, sentindo que o aparelho pesava uma tonelada. Não encarou os outros e voltou a caminhar em direção à escola. Estranhamente, sentia-se um pouco mais leve.

Um dos homens que a acompanhavam começou a explicar o que os reféns haviam dito sobre a localização das crianças e de Barton dentro do prédio. Ela escutou enquanto caminhavam:

— Está armado, mas eles não sabiam a diferença entre um revólver e uma pistola, sabemos apenas que é uma arma de fogo de pequeno porte, tem também alguma faca consigo. Falaram que todos chegaram normalmente na escola, e, após as aulas terem começado, Barton trancou tudo, colocou o último explosivo na porta da frente e fez uma professora de refém. Dessa forma, conseguiu reunir todos no teatro, na parte dos fundos, à esquerda do corredor principal. Tiveram sorte que não abriram nenhuma janela por causa do tempo, porque Barton disse que todas estavam conectadas a explosivos. Um professor de química disse que parecem ser bombas caseiras bem simples, mas Harris deu ordens para que você não tente manipulá-las. Por motivos óbvios e para a sua segurança, não vamos tentar nada. Tudo está sendo transmitido ao vivo e não sabemos se ele pode nos ver por alguma televisão.

— Certo.

Com o corpo começando a tremer violentamente de frio, ela sentiu os olhos da multidão e ouviu alguns berros em direção a ela, alguns de súplica, outros indistinguíveis. A neve ficava iluminada e acompanhava seus passos, como se o helicóptero criasse um tapete para ela. A escola aproximou-se, ficando maior, mais feia, e os policiais pararam de acompanhá-la.

A rampa era pouco íngreme e estava tão destruída que ela precisou subir na plataforma da entrada, empurrando-se para cima com as mãos e apoiando um joelho de cada vez. Viu um corredor sujo de neve e destroços da explosão, mas livre de outros detritos e normal. O cheiro da explosão era forte. A primeira luminária fora arrebentada, mas as outras estavam intactas e iluminavam o corredor de maneira formal e indiferente. Ela teve um pensamento quando começou a caminhar: em um filme, as luzes estariam piscando e, no meio do caminho, se apagariam. Era quase uma piada de mau gosto que a realidade pareceu, por um instante, melhor que a ficção.

Olhava para as portas enquanto andava. Todas eram pintadas de vermelho, todas tinham pequenas janelas no centro.

Ela chegou ao fim do corredor, onde tinha a opção de virar à esquerda ou à direita em ângulos retos. Phoenix estava à esquerda. Tomando fôlego, Barbara avançou em passos curtos, cuidadosos, observando todos os cantos das paredes ao seu redor.

Quando o corredor dobrou pela segunda vez, dando para um espaço aproximadamente do mesmo tamanho que a sala de estar da casa de Barbara, ela levou um segundo para compreender o que via.

O chão pareceu perder suas características e tornou-se algo incerto sob seus pés. Barbara virou o rosto e pressionou as duas mãos na parede para apoiar-se. Os pulmões pareceram se fechar, e ela precisou puxar o ar com mais força. Naquele momento, não sentia mais o frio. Ficou ciente do que tinha acabado de ver, e que a sala ao lado, onde ele aguardava, esperava por ela. Mas antes ela teria que encarar. Teria que passar por aquela cena desumana e teria que compreender o que acontecera ali.

Apoiou a testa contra a parede e respirou fundo. Ouviu sua própria voz mental contando até cinco, e então abriu os olhos e girou a cabeça apenas um pouco, só o suficiente para olhar.

Louis fora crucificado. Ele sangrava e respirava de forma ruidosa, e fitava Barbara com um brilho de angústia nos olhos.

Uma cruz assimétrica feita a partir de pedaços finos de madeira havia sido pregada de forma apressada à parede que outrora exibira fotos dos alunos e atividades da escola. Muitas das fotos nas molduras haviam despencado e jaziam no carpete em meio aos cacos de vidro. Os nomes dos demônios decoravam a pintura.

No chão, um lençol preto, de cetim, estendido para receber o que quer que Phoenix sacrificaria naquela manhã. Ao redor, velas pretas, já acesas, indicavam à Barbara que o tempo não estava a seu favor.

Ela correu os olhos do chão aos pés sujos e quebrados de Louis, que haviam sido pregados à cruz com pregos enormes e rústicos, que aparentavam ser de material de acampamento. O olhar a levou, aos poucos, a fixar-se nas pernas robustas e de grossos pelos pretos, nos joelhos esfolados, nas coxas sujas, na genitália flácida em meio a uma moldura de pelos. Prendendo a respiração, ela estudou as feridas roxas e as costelas quebradas em formas pontiagudas e antinaturais no torso grosso do detetive. A ferida no estômago era mortal. Os braços estendidos tremiam. Os pulsos e mãos estavam presos à cruz com *silvertape* retorcida e mais pregos.

Os cabelos dele cintilavam com sangue seco. Os lábios estavam completamente roxos do frio, assim como o tórax. Estava morrendo, ela soube de imediato, e estava morrendo há horas. Aproximou-se e, ao fazer aquilo, viu que à sua direita uma porta aberta mostrava o interior de uma ampla sala. A princípio, não conseguiu ver ninguém do lado de dentro; sua visão era limitada. Então, o clarão retangular transformou-se na moldura de algo que ela reconheceu.

Os chifres eram curvos e alcançavam o topo do batente. A forma não era humana, e sim triangular. Os pés eram finos e compridos. Ficou cara a cara com um Phoenix Barton que usava máscara de crânio de algum bovino e um manto preto. Acalmou-se, apegando-se aos traços humanos que a luz agora desvelava; o pescoço e tórax tatuados, a textura macia do veludo da capa, os pés descalços, as mãos ossudas e masculinas que seguravam as vestes ao redor de si. Ela ouvir uma risada divertida e baixa, e então ele arrancou a máscara e sorriu para ela.

— Sabia que você viria, Barbara. Como o mártir aí em cima… — ele apontou o queixo pontudo em direção a Louis — você precisa ser uma heroína para ser aceita. Precisa de carinho, de aceitação, de aplausos para se sentir útil. Todo policial é movido por uma necessidade ridícula de aceitação. Receio que não posso deixá-la tirar ele daí.

E lá estava ele.

É só um homem.

— Ele precisa de ajuda médica, Barton.

A voz dele, clara, saiu num tom monótono:

— Não precisa ter receio em dizer que ele está morrendo. Ele sabe disso, e isso não mudará nada. Venha comigo, vamos começar.

Quando ele avançou, saindo da moldura do batente em direção a ela, ela deu um passo para trás. Viu a arma, uma Browning Buckmark .22, na mão esquerda dele.

— As crianças, posso vê-las?

— Claro.

Ele fez um gesto cortês com o braço, em direção à sala. Barbara manteve distância e entrou, virando o corpo de lado, sem dar as costas a ele.

As crianças estavam sentadas num amontoado, muito próximas umas das outras, no carpete escuro da sala adornada com faixas e medalhas nas paredes, assim como alguns pôsteres de Barrow e de esportes. Barbara notou uma bomba feita de líquidos em recipientes de alimentos, amarrada com *silvertape*, conectada com fios à janela e a um detonador. Num canto, roupas das crianças libertadas.

As crianças se abraçavam, cabisbaixas, encolhidas, aterrorizadas.

A parte superior do rosto sombreada pelo capuz, a boca fina num sorriso orgulhoso, Phoenix abriu os braços num gesto de boas-vindas. O manto negro abriu num despencar de tecido pesado, revelando o corpo quase totalmente coberto por tatuagens enormes, despido, exceto por calças jeans pretas.

— Bem-vinda ao meu inferno, Barbara.

Ela se forçou mais uma vez a lembrar-se de que ele era apenas humano. Camuflou o medo quando falou:

— Tomei um pouco da sua *ayahuasca*, Barton, já estive no inferno e ele é bem pior do que isso.

Ela notou um retesar de músculos, uma mudança na respiração. Com os dedos longos de falanges distintas e quadradas, Phoenix puxou o capuz para trás, revelando um rosto de traços delicados e uma cabeça raspada com esmero. Os olhos claros contrastavam com a maquiagem preta.

— E por que beberia do meu sumo pessoal, detetive?

Barbara engoliu e evitou os olhos molhados das crianças no chão.

— Vou lhe contar sobre ele, mas preciso acalmar o pessoal que está aí fora.

— É claro, precisa libertar alguns reféns, sei como funciona, e estou pronto para isso. Escolha seis.

Ela foi compelida a olhar ao redor. As crianças mais velhas abraçavam as pequenas, abafavam seus choros. Como poderia escolher apenas seis entre elas, condenando as outras a ficar e presenciar aquilo? Não podia perder tempo e sabia disso também. Não sabia medir a volatilidade de Phoenix, se ele mudaria de ideia, se reagiria com violência ou emoção a algo que fizesse ou dissesse. Para livrar-se de qualquer culpa que pudesse assombrá-la pelo resto da vida caso sobrevivesse àquela manhã, apontou para as seis crianças mais próximas da porta.

Eles mudaram as expressões faciais, exibindo níveis fracos de esperança e gratidão, mas não ousaram se mover.

— Podem ir. — A voz dela saiu seca.

— Esperem.

Ela olhou para Phoenix, que agora sentava-se numa cadeira giratória simples, num gesto suave, e cruzava as pernas. Parecia quase entediado quando apoiou o queixo numa das mãos. Com a outra fez um círculo no ar, com a arma.

— Dispam-se antes. Queremos que seus pais se lembrem desta noite caso meus planos não deem certo.

Barbara sentiu bile na garganta.

— Faz cinco graus abaixo de zero lá fora, Barton.

Ele sorriu.

— Nada disso importa. Tudo já vai acabar.

As crianças olhavam para ela, aguardando instruções.

Ela deu alguns passos até eles e ajoelhou-se. Para os dois mais velhos, um menino ruivo de cerca de nove anos e uma menina loira de uns dez ou onze, ela falou com a voz suave:

— Tirem suas roupas, por favor. Deixem aqui, e aí vocês podem correr lá para fora... tudo bem? Seus pais estão lá fora.

As outras crianças pareciam chorar mais. Ela não sabia se entendiam o quanto aquilo tudo era grotesco, ou se haviam perdido as esperanças de sair dali. Sem hesitação, as crianças começaram a tirar suas luvas, jaquetas e roupas. Tinham um instinto de sobrevivência que não permitia as normas convencionais, os pudores. Mas Barbara não conseguia olhar para eles, assim como as outras crianças não conseguiam olhar para Phoenix. Ela coletou as roupas com cuidado, sentindo as faces vermelhas de vergonha e ódio. Ajudou as mais novas a saírem, rostos molhados de lágrimas e ranho, de suas pequenas vestes. Eles abraçavam os próprios corpos, com frio, os lábios arroxeados, assim como as unhas.

— Vão, vão... — ela implorou, os olhos correndo pelos corpos tão lisos. As crianças saíram correndo de mãos dadas, o desespero da situação e da temperatura fazendo com que se enchessem de energia para fugir dali.

Barbara virou-se para Barton. Ele analisava a expressão de dor no rosto dela. Havia algo além de divertimento ali, mas ela não encontrou uma palavra que o definisse. Levantou-se, sem perceber que as mãos estavam em punhos. Imaginou o impacto que as crianças correndo nuas na neve teria naquelas pessoas, em todos que acompanhavam a situação ao vivo pela televisão. Não podia deixar que ele a manipulasse, não podia ficar pensando naquilo. Tentou permanecer em controle de seus pensamentos, do ambiente, da situação, sem conseguir ignorar que Louis estava agonizando do lado de fora.

— Agora pode me contar, detetive. Tenho tempo.

Ainda restavam trinta e quatro crianças. Ela fez as palavras atropelarem o pensamento.

— Louis perdeu o foco. Quis ir atrás de você sozinho e me fez tomar o chá.

Phoenix inclinou o corpo para a frente.

— Coloco meu próprio ingrediente especial, Barbara. Fervo a mistura inteira apenas uma vez, para que fique bem consistente. Diga o que aconteceu. Seus segredos sujos emergiram no mar da sua consciência pudica, detetive? Sentiu o corpo reagir com as emoções mais puras da humanidade; medo, raiva? Sentiu sua vagina pulsar com vontade de sentir algo dentro dela?

Ela lançou um olhar para as crianças mais velhas, as que entenderam o que ele dizia. Uma menina gorducha rezava baixinho, dedos entrelaçados, mãos apertadas na frente do queixo.

— Eu estava na cidade da minha mãe. Eles também, seus demônios.

O rosto dele mostrou incredulidade. A casca de arrogância de repente pareceu rachada. Ela quase sentiu a energia vazar pela fenda.

— Ah, é?

— Sim. Não vou mentir; fugi deles. Tive medo. Nosos foi o pior de todos, Lilith foi horrível… e Lúcifer estava lá também. E sobrevivi a todos.

Ele inclinou a cabeça para trás, parecendo perder-se no teto pintado de branco da sala.

— Aceito isso, detetive, aceito que podem ter se apresentado a você. São poderosos, têm acesso a um tipo de conhecimento que nos foi ocultado. É provável que tenham previsto este exato momento, eu e você aqui, finalmente juntos. É possível que tenham se revelado a você justamente para que tivesse forças para estar aqui agora. Para que fosse digna de tudo isto.

— Por que queria que eu viesse?

Ele estudou o rosto dela. Pareceu entediado.

— Pensei que fosse mais interessante. — Então ele estreitou os olhos. — O que faria para salvar essas crianças, Barbara?

— Qualquer coisa. O que quer que eu faça?

— Mas... por quê? — Ele soltou um sorriso inconformado, cheio de ar e com a boca contorcida. — Acredita mesmo nessa inocência? Nessa pureza? Acredita que são sagradas de alguma maneira?

— Sei que não merecem estar aqui, sei que nessa idade eu não merecia sofrer só por ser criança, por ser ingênua, por não ter maldade.

Phoenix levantou-se e caminhou até ela. Pela primeira vez, ela estava próxima o suficiente para tocá-lo, se quisesse. Viu a pele mais clara da cabeça calva e os pigmentos minúsculos das raízes dos cabelos. Viu que as sobrancelhas claras também haviam sido tingidas. Os cabelos e pelos originais de Barton eram loiros. Ele era bonito, e aquilo a surpreendeu.

Ele também a estudava, sem pressa, sem qualquer tipo de constrangimento. Ela se perguntou o que aquele homem via, como a avaliava. Temeu que ele tocasse nela, mas não ousou se mexer.

— Cada menina que toquei, gostou. Sei que é mais fácil para você imaginar que forcei tudo, que violentei cada uma delas enquanto gritavam, confusas, sem compreender, mas a verdade é que eu sempre começava como uma brincadeira e elas adoravam. Elas sexualizavam aquilo, sim, não tente racionalizar o que estou dizendo para que se encaixe no seu conceito cristão de inocência.

— Meu conceito de inocência não é a ilusão de que crianças não sentem prazer sexual, e sim que não merecem sofrer por isso. Inocência para mim não é a ausência de algum pecado ridículo inventado há milênios para controlar as pessoas, para que se sintam sujas, para que a igreja possa oferecer absolvição. Inocência para mim é o direito de viver em liberdade e segurança, algo que criminosos não merecem.

— Portanto, é mais inteligente do que os porcos comuns. É muito mais parecida comigo do que quer acreditar. Mas não somos todos criminosos de uma forma ou outra?

— Eles não. Estão apavorados e só querem seus pais.

— O que os diferencia de mim e de você é apenas tempo. Sabe o que vim fazer. Sabe que tenho uma missão e nada que disser vai retardá-la ou impedi-la.

— Se tudo vai acabar com seu ritual final, se você realmente conseguir invocar o décimo terceiro demônio, então qual é o propósito de estarem aqui?

— A arrogância é um obstáculo para a sabedoria, detetive. Se eu tivesse certeza de que Lúcifer se manifestaria aqui e hoje com meu chamado, seria arrogância. As crianças são meu plano de contingência, minha garantia. Se eu não conseguir materializar o Antagonista, se não conseguir destruir este mundo... então posso apenas garantir que farei uma parte do trabalho ao destruir esta cidade e inspirar outros discípulos.

Barbara pensou na adolescência, na época em que viajou até o Brasil para visitar seus primos. Desembarcara numa São Paulo acinzentada, barulhenta, com informação visual em constante movimento, com cheiro de fumaça. Mas de lá viajara até a sua cidade de infância, no litoral do estado, de ônibus. Lembrava-se bem da estrada que acompanhava as curvas das montanhas, e da vertigem que sentira quando olhara pela janela e vira Santos lá embaixo, uma cidade banhada pelo mar escuro, brilhando sob o sol. O ônibus lhe parecera perto demais da beira da estrada e, a cada curva, ela sentira um medo agudo de cair. Sentiu o mesmo tipo de vertigem naquele instante, como se Phoenix estivesse prestes a empurrá-la e ela fosse cair do mundo.

— Tem medo de mim — ele falou, sem orgulho, e sim como uma constatação peculiar. — Na carta disse que não, mas agora que estou aqui, e vê a verdade nos meus olhos... está com medo, Barbara. Não da arma na minha mão. De quem sou.

— Eu precisaria ser uma psicopata para não ter medo de você, da sua loucura e do que quer fazer.

Ele olhou para a boca da detetive. Depois para seus olhos.

— Não há loucura na lucidez. Garanto a você que estou completamente lúcido neste momento. E eu trouxe a lucidez para Barrow, não é? Pense na quantidade de porcos comuns que estão lúcidos como nós lá fora. Estão olhando para esse prédio e redimensionando toda a forma como viveram até hoje, pesando suas prioridades na balança, barganhando com um Deus que não existe, prometendo mudar seus comportamentos caso suas crias sejam poupadas. Lúcifer é isso, Barbara. Ele traz a luz. Ele ilumina mesmo o mais escuro dos lugares na Terra.

— Troque as crianças por mim. Eu fico aqui e faço o que você quiser. Participo do ritual de invocação, faço qualquer coisa que pedir, desde que os liberte.

— Precisarei de virgens, Barbara, e me perdoe, você não tem cara de virgem. Acho curioso como se oferece, repetidamente, para mim. "Faço o que quiser"? — Ele sorriu. — A pergunta aqui deveria ser: o que você, Barbara, quer que eu faça com você?

Sentiu repulsa pela interpretação dele. Sentiu como se estivesse perdendo seus argumentos.

— Precisa de quantas? Treze?

Ele suspirou. A verdade saiu a contragosto:

— Sim, treze virgens. Quer que eu liberte os outros? Se quer tanto isso, vai ter que escolher você mesma. Não acho que tem colhões para isso, minha cara.

Phoenix tinha razão. Ela não conseguiria escolher, não daquele jeito. Não seria mais escolher quem sairia, e sim quem ficaria para morrer. Ao ver a dúvida no rosto dela, ele sorriu e meneou a cabeça.

— Não se culpe. Deve ser difícil mesmo. Enfim — ele olhou para o relógio —, quase nove horas. Já conversamos demais, detetive Castelo. Chegou a hora. Vamos ver Louis morrer, não deve demorar muito. E aí começamos o ritual final. O povo lá fora pode esperar.

Ele se mexeu, e ela deu um passo para trás.

A capa de Phoenix arrastava no carpete raso e áspero da sala.

— Barton, vamos conversar. Você não me quis aqui só para que eu testemunhasse isso. Então vamos conversar só mais um minuto antes de continuar. Explique o que levou você a acreditar em tudo isso.

— Não, Barbara, não quero conversar. — Ele continuou caminhando para fora da sala. Ela olhou para as crianças, depois o seguiu.

— Barton… os explosivos…

— Bombas explodirão, Castelo, na hora certa. Todas as janelas e portas além da entrada principal, que já foi arregaçada. Mais alguma dúvida?

— Como é o ritual?

Ele já estava em frente à cruz, onde a cabeça de Louis descansava no próprio ombro. Deu uma olhada, mordeu o lábio, depois virou-se para ela.

— O sangue delas precisa fluir. O sacrilégio, esse tipo de barbaridade, prova que já me libertei dos tabus e códigos morais de um povo imoral. Ele virá. Fomos longe demais para que não venha.

Como Phoenix reagiria quando o momento chegasse? Continuaria imerso naquela ilusão e tentaria encontrar algum motivo para a recusa de Lúcifer, ou acordaria para a realidade? Uma catarse despertaria que lado dele? Independentemente do que acontecesse, quando ele tivesse que encarar que tudo o que fizera nos últimos quinze anos foi em vão, ele ficaria violento. É difícil para pessoas admitirem que foram enganadas, principalmente quando percebem que se enganaram sozinhas.

— Como as fará sangrar? — Ela não olhava para Louis, não conseguia, temendo ver no rosto dele o quanto sofria.

— Um corte na jugular é o suficiente — ele murmurou, estudando Louis. — Eu me pergunto qual dos dois está se sentindo mais culpado agora. Louis, morrendo, olhando nos olhos da mulher que ele traiu... ou você, detetive Castelo, que o procurou e o trouxe aqui. Ele poderia estar planejando como vai passar o Natal com o neto, se não fosse por você.

Ela não respondeu. Perguntou-se onde ele teria guardado a lâmina.

— O que acontece quando não der certo? Porque não vai dar. Não existe Lúcifer. Ele não virá.

Ele pensou nas palavras dela, quase solene ao observar Louis.

— Não vou para uma prisão.

— Todos os policiais da cidade estão lá fora, cercando o prédio. Não estou armada, e mesmo se estivesse, não mataria você.

— Suponho então que terei que cortar minha própria jugular e morrer junto com Louis aqui, e as crianças. Que manchete, não é?

Ele a encarou.

— Já me enrolou demais, Barbara. Escolha. Se não escolher as treze crianças, eu mesmo farei isso.

Ela balançou a cabeça.

— Não consigo.

— Receia que suas almas a julgarão e que terá pesadelos com elas para sempre? Que os pais joguem ovos na sua casa, que atirem olhares odiosos ao cruzarem com você no supermercado onde Joyce trabalhava? Não sobreviveremos a esta manhã, Barbara. Não se preocupe com isso.

— Então não adiantaria escolher...

— Não, mas achei que daria a você um pouco de poder. Mostraria que sou flexível. Quer escolher os treze mais velhos, já que vocês associam idade a valor?

Não conseguiria. O peito parecendo vibrar de aflição, ela suspirou e balançou a cabeça.

— Escolha você.

Barton passou pela policial como se ela não apresentasse risco.

Ela entendeu que parte de si ainda acreditava que ele não continuaria com aquele plano absurdo, mas Phoenix parecia, além de seguro, entediado. Observou cada movimento de Barton, que, parado próximo à porta, mandava que as crianças levantassem, o que elas faziam devagar, até onde a visão dela alcançava. Phoenix olhava para elas com interesse.

— Você, você, você... — Ele apontava para algumas.

Barbara arriscou um olhar para Louis. Achou ter visto um pedido de desculpas neles, depois uma súplica. Os lábios se mexeram, mas ela não ouviu o que ele dizia.

— Vocês, que não chamei... tirem suas roupinhas e deem o fora daqui. — Ele sorriu, como se fosse uma grande brincadeira de festa infantil. Barbara engoliu o choro ao testemunhar o desespero com o qual eles arrancavam as roupas dos corpos, chutando e se debatendo, algumas meninas mais velhas ajudando os pequenininhos, e dispararam por ela, descendo o corredor aos berros estridentes, nádegas redondas e pequenas tremendo na correria. Imaginou mais uma vez o horror dos pais, do país inteiro, de todos que teriam acesso às imagens grotescas pela internet, ao ver um enxame de crianças nuas vazando daquele prédio onde deveriam se sentir seguras. Ela não conseguia medir o impacto daquilo na televisão e nas redes sociais.

Não havia protocolo para uma situação daquelas. Como detetive, o papel de Barbara era proteger os reféns, proteger a si mesma, e só depois desabilitar e apreender Phoenix. Deveria negociar com ele, usando todo o treinamento básico que tinha sobre psicologia criminal. Diante de Barton naquele momento, ela sabia que teria que inventar novas regras: não havia como negociar com ele.

Ela deu alguns passos para dentro da sala, e as treze crianças escolhidas estavam em pé. Com exceção de quatro, todas choramingavam. Phoenix movia-se devagar, analítico, perfeccionista. Ele apontou para uma menina grande, que deveria ter aproximadamente doze anos, mas era de estatura e porte grandes para a idade. Ela tentava abraçar todas as outras crianças com seus braços.

— Venham, vamos aqui para fora, quero que se sentem no pano preto. — Havia um tom de gentileza na voz dele. Não tinha dúvidas de que o obedeceriam. Barbara notou, em cima da única mesa da sala, metros de corda comum que ele pintara de preto.

Previu os próximos minutos: Phoenix faria com que sentassem, amarraria todos e começaria as execuções, deslizando a adaga em cada garganta, uma por uma, para que litros de sangue inocente jorrasse no meio do pentagrama. Teria que amarrar as crianças com as duas mãos. Ela teria uma brecha.

As pequenas choravam com mais desespero, enquanto as mais velhas, com olhares apagados, apertavam suas mãos e os conduziam em passos lentos à porta. Eles sentaram num círculo, tampando os olhos com as mãos pequenas, pedindo suas mães.

Ele se abaixou e colocou a Browning no carpete ao seu lado. Esticou a corda, alisou o braço da primeira menina no círculo e começou a amarrá-la. As outras começaram a gritar.

Barbara olhou em volta, tentando prever como ele faria o ritual: precisa invocar Lúcifer da mesma forma que invocara os outros. Para fazer aquilo, precisava dos doze selos dos demônios anteriores. Estavam ali, uma pilha de papéis manchados com sangue velho, já marrom, no centro do círculo, prontos para o rito final.

Do lado de fora da escola, quando a segunda onda de crianças nuas saiu do prédio correndo, a barreira policial foi quebrada pela multidão, sem cerimônia ou medo das autoridades. Os pais correram em direção a elas, aos berros. Aproveitando-se da falta de controle das autoridades, os repórteres e equipes dispararam em direção à escola e às crianças, ávidos para conseguirem imagens de abraços, lágrimas e depoimentos desconexos dos pequenos reféns. Policiais uniformizados agiram depressa, assim como Harris, Bo e John, e latiam ordens e faziam seu melhor para isolar as crianças, prestarem assistência médica imediata e controlar o grupo de residentes que já estava estimado em mil pessoas.

Bruce olhava tudo aquilo, boquiaberto, quase paralisado ao ver pessoas caindo no chão e sendo pisoteadas, os *flashes* das câmeras, o desespero de pais de alunos, a falta de pessoal da polícia para conter o caos por muito tempo. Olhava a entrada arrebentada da construção, ansiando por ver a parceira, o coração disparado. Quando despertou do torpor, dirigiu-se ao foco de maior conflito, onde policiais berravam ordens e súplicas para que os pais, abraçando seus pequenos, os levassem à área isolada para receberem assistência médica.

Duas ambulâncias abriam suas portas traseiras e as crianças começaram a ser colocadas para dentro. Aparelhos enormes de vídeo jogavam luz sobre os paramédicos e policiais, repórteres estendiam mãos enluvadas apertando microfones, e as vozes formavam um manto de ruído tão intenso que quase impossibilitava a comunicação. Bruce conseguiu aproximar-se enquanto Harris acalmava uma mãe que arranhava o próprio rosto e soltava gritos estridentes enquanto a filha era coberta e examinada dentro de um dos veículos. Ele dizia:

— Se a senhora não se acalmar, vou precisar tirar você daqui.

Bruce aproveitou a confusão e entrou na ambulância com um pulo ágil, ajoelhando-se na frente da garota:

— A policial lá dentro, ela está bem?

A menina assentiu e acrescentou, num tom fatigado:

— Ela ficou lá com as treze crianças que vão morrer. E com o homem ruim.

Harris e Bruce cruzaram olhares ao ouvir a declaração.

Então, Bruce agiu. Pulou da ambulância, passou pela barreira de policiais e dirigiu-se à escola.

Danielson berrou o nome dele, e Harris comandou, numa voz aterrorizada, que voltasse. O helicóptero deu uma volta no céu, bem em frente a ele, e Bruce chegou a ouvir alguns gritos da população. A viatura da policial que morrera na explosão estava bem ali e foi como uma injeção de coragem para que ele continuasse correndo. Chegou à rampa destruída e, com um impulso dos braços, ergueu-se para o nível do piso da escola e subiu. No interior, conseguia ignorar o som anárquico do que acontecia lá fora e concentrou-se no corredor diante de si. Livrou-se da jaqueta e das luvas, puxando a arma do coldre e apontando-a para a frente com ambas as mãos.

Phoenix passava a corda pelo tronco da segunda criança, dava um nó, e seguia para amarrar outra. Aquela maneira de prendê-las impedia que conseguissem fugir, já que todas ficariam amarradas umas às outras. Ele olhou para Barbara enquanto dava um nó.

— Cobiçando minha Browning, Barbara? — E com um movimento, enfiou a pistola na parte traseira do *jeans*. Começou a passar a corda pela cintura da terceira criança, um menino de cerca de cinco anos com o rosto melado.

Barbara prendeu a respiração e calculou que levaria cinco passos para chegar a Phoenix. Ele sacaria a arma em menos tempo do que isso, mesmo com a capa a retardar seus movimentos. Sabia que a arma de Louis e a dela estavam na escola em algum lugar, mas não teria tempo de procurá-las. Ela precisava de uma distração.

Olhou para o teto e fixou a concentração na cabeça de um *sprinkler*. Sabia que lugares com temperaturas baixíssimas como Barrow precisavam de um sistema de *sprinkler* automático de ar pressurizado. Caso usassem um sistema mais simples, a água parada nos canos congelaria. Também sabia que a desvantagem do sistema do ar pressurizado era o atraso. Quando ativado em caso de incêndio, o ar escapava pela cabeça do *sprinkler*, liberando a água, que levaria alguns segundos para atravessar os canos e começar a ser espirrada no ambiente.

*Alguns segundos no fogo, Barbara.*

Não via outra alternativa. Phoenix estava ansioso demais; assim que terminasse de amarrar as crianças, começaria a cortar gargantas. Então pegaria os selos e tentaria invocar Lúcifer.

Seu último pensamento foi no pai, na conversa que tiveram ao telefone. Agiu. Deu dois passos e agarrou os papéis endurecidos com o sangue de Phoenix, e enquanto ele olhava para ela, agarrou uma das velas do círculo. Cambaleou para trás, apoiando-se contra a parede, o coração batendo contra o peito.

Ele já estava em pé, a pistola no ar, apontada para ela.

— Eu queimo tudo, eu juro. — Ela sentiu a voz sair trêmula, o papel amassando em suas mãos. — Vai me matar, mas antes eu acabo com tudo isso. Precisa de todos os selos para chamá-lo, Phoenix.

O rosto dele era uma máscara de medo: a boca retorcida, o olhar alerta, cintilante, esbugalhado.

— Como sabe disso?

Barbara engoliu em seco, alternando o olhar entre ele e as crianças.

— Saiam! Agora!

Ele virou a arma para elas:

— Não!

Elas gritavam.

— Pode arranjar virgens outra hora, Barton. Os selos levariam anos, talvez décadas.

Barton balançava a cabeça, calculando aquilo. Levara doze anos para juntar todos os selos, fazer cada ritual, planejar e executar cada crime, atingir estados alterados de consciência para invocar cada demônio. Doze anos fugindo, acampando, dormindo em carros.

Barbara viu a dúvida no rosto dele.

— Vai passar pelo inferno mais uma vez? — perguntou, estendendo a vela e os papéis para que ele os visse. Não reagiu quando a cera enegrecida pingou na sua mão, já quase em estado de congelamento. — Vai invocar cada um, deixar seu sangue manchar o papel para criar a chave, vai beber do chá e mergulhar no caos para receber suas missões e matar, mais uma vez, uma por uma? Quanto tempo isso vai levar? Quantos anos em acampamentos e quartos fétidos, com sono, fome e frio até que consiga?

Ela via os lábios dele abertos, os dentes cerrados, a ruga de angústia na testa. Precisava manter-se no controle, antes que ele perdesse o dele.

— Coloca a arma no chão, Barton. Eu juro que solto os selos.

— Não pode fazer isso. — A voz dele mostrava que ainda acreditava que ela seria impedida por algo maior do que os dois. — Ele não vai permitir.

— Vai sim. Ficamos amigos.

— Eu solto. — Com a mão trêmula, Phoenix abriu os dedos e abaixou-se para colocar a pistola no chão.

Ela olhou para as crianças, já abraçadas, observando cada movimento dos dois. Phoenix levantou-se, devagar, deixando a Browning no carpete. Ergueu os braços à altura os ombros.

— Fez uma promessa, detetive. Deixe os selos. Estou desarmado agora.

Ela sentiu suor gelado escorrer pelo pescoço.

— Chute a arma para longe.

Mas Barton não se mexeu. Os olhos ficaram estreitos, o maxilar endurecido.

— Li sobre você, detetive. É filha de um herói. Não colocaria fogo numa sala cheia de crianças, num prédio cheio de explosivos de querosene.

Ela deu um passo para a frente.

— Fui criada por dois homens, Barton. Um era um herói, sim. O outro matava pedófilos a sangue frio. A quem acha que puxei? Chute a arma.

Ele tomou a decisão dele. Ela viu quando esboçou ódio puro com o rosto e abaixou, num movimento rápido, para pegar a Browning. Ela encostou a chama da vela nos papéis e berrou:

— Agora, saiam! Corram!

As crianças berravam, mas saíram correndo, levando os amigos amarrados, pelo corredor. Barbara jogou as folhas em direção a Phoenix e abaixou-se para não ser atingida pela primeira bala. O estalo do tiro foi seco, e Barbara não percebeu que foi atingida. Jogou-se em cima dele.

Phoenix tentou rolar os dois corpos, berrando quando viu que os selos estavam sendo consumidos pelas chamas. Barbara conseguiu torcer a mão esquerda dele, atingida por um pensamento de que algo estava errado, conseguindo fazer com que a arma caísse.

Tudo ficou escuro quando ela foi golpeada no rosto.

Perdeu as forças e não conseguiu manter seu controle sobre o corpo dele. Caía, consciente de que o ambiente estava em chamas.

Agarrando o carpete para conseguir equilíbrio, Barbara abriu os olhos. Os berros das crianças haviam se distanciado. O fogo consumia o lençol cerimonial, labaredas tão poderosas que lambiam o teto. Louis estava a menos de um metro do fogo.

Procurou pela pistola enquanto Phoenix parecia hipnotizado

pelas chamas, vendo os selos queimarem com elas, mãos na cabeça, boca aberta. O papel queimado soltava pedaços negros que flutuavam no ar como penas de corvos.

Barbara moveu-se quando avistou a Browning perto das labaredas. O corpo congelou pela dor que soltou faíscas nas suas entranhas. Tocou o ferimento, sendo guiada por instinto, já sabendo que a bala ricocheteara e a atingira na parte interna da coxa direita, próximo à virilha. Lembrou-se da viagem de *ayahuasca*, da médica falando "Você só levou um tiro na coxa". Um apertão e o sangue ensopou suas calças.

Um chiado, e então a água, em jatos, esguichou neles. Ela abriu a boca para respirar, achando que não conseguiria lidar com a dor, e sentiu a água no rosto e nos cabelos, gélida, mas bem-vinda. Esticou o braço para alcançar a arma, mas algum nervo, algo essencial dentro dela fora atingido, e ela não conseguiu a rapidez que precisava.

Moveu os olhos para cima e só conseguiu ver Phoenix dando passos até ela, abrindo a capa e deixando-a cair sobre os ombros, olhos viperinos. Ele a agarrou pelo pescoço com as duas mãos e fez tanta força que conseguiu levantá-la e apertá-la contra a parede. Barbara enviou um comando ao nariz para puxar ar, mas os pulmões não o receberam, ficando pesados e estagnados. *Foda-se*, pensou, os olhos lacrimejando, *elas fugiram. Ele perdeu*. As mãos dela arranhavam seu pescoço em desespero, depois bateram no rosto dele, mas já não tinha mais forças. As pernas cederam, pararam de reagir, e a visão dela foi embaçando, um zumbido arredondado atacando seus ouvidos. Ainda sentia a água escorrendo pelo seu rosto, ouvia seu chiado.

Num último arroubo de força, Barbara pressionou as unhas dos dedões nos olhos dele, sentindo que rasgara algo ali. Um berro escapou dos lábios dele. A força que apertava sua garganta cedeu, elástica, e ela conseguiu puxar ar, gelado e dolorido, para os pulmões.

Phoenix fez um movimento desajeitado com a cabeça no momento em que Barbara ouviu a explosão do tiro. Ela caiu contra o carpete encharcado, berrando quando sentiu outro raio de dor fisgar a coxa. Phoenix despencou de um jeito mole, batendo e deslizando contra a parede salpicada com seu sangue, que a água começou imediatamente a borrar. A cabeça estourada, olhos sangrando, fechados.

Uma mão estendia-se em sua direção, e ela olhou para cima, para os olhos de Bruce. Mas não conseguia pegar na mão dele, pois acabara de perceber, em meio a todas as dores que o corpo sentia, o que havia de errado com tudo aquilo. As mãos.

O Diabo está nos detalhes; na mão direita que atacara Tracy, a mão esquerda de Barton na arma, a mão direita de Bruce no seu corpo e agora sendo oferecida a ela.

— Barb. — A voz dele mostrava preocupação, quase desespero. — Acabou. Acabou.

Mas ela fechou os olhos e percebeu que lutava contra a verdade opressiva, triste e maior do que seus ferimentos. Respirou fundo e falou, sentindo gotas de água dentro da boca:

— Precisava matá-lo, não precisava, Bruce?

— Ele ia matar você.

— Não... precisava matá-lo de qualquer jeito. Antes que ele falasse, antes que eu desafiasse essa minha lealdade ridícula por você e percebesse a verdade.

— Barb... do que está falando? Acabou!

Ela balançou a cabeça, fazendo pressão no interior da coxa. A realização era como veneno no seu sangue, deixando sua boca com um gosto amargo.

— Foi você. Tracy foi você.

Bruce afastou-se.

O fogo fora apagado pelos *sprinklers*, apenas um lençol encharcado, velas apagadas e papéis queimados decoravam o carpete. Ela tossiu com o pouco de fumaça que restara no ar.

— Ela nunca se encaixou nos crimes dele, e no fundo eu sabia disso, mas não queria enxergar. Você foi atrás dela, queria sua mulher de volta, achava que tinha direito a ela por ter feito seu melhor. Ela o tratou como lixo, porque é o que Tracy fazia. Você perdeu a cabeça, pegou uma faca, atacou, as coisas saíram do controle. Caiu em si e enxergou a única saída. Aproveitou. Posou o corpo dela, fez tudo igual a ele... queimou o corpo dela. Só me responde uma coisa... — tossiu —, as velas, idênticas às da cena de Green. Pegou as velas no galpão de evidências, não é? Eram as mesmas.

Os olhos dele mostravam dor ao fitá-la. A arma ainda na mão, o corpo apoiado na parede oposta, ele parecia dilacerado.

— Por quê, Barb? — suspirou. — Por que fazer isso com a gente?

— Temos alguns minutos até o prédio explodir e sabemos que não vou a lugar algum. Por respeito a tudo que passamos juntos, me fala, Bruce.

Ele balançava a cabeça. Os olhos brilhavam.

— Nunca quis isso. Nada daquilo era para acontecer. — Ele deixou as costas escorregarem na parede e sentou-se oposto a ela, descansando o braço no joelho. — Fui até lá porque não aguentava mais. Abri meu coração para ela, só queria minha família de volta. Ela falou coisas horríveis para mim — ele suspirou. — Meu sangue subiu, perdi o controle. Quando percebi, já tinha acabado... eu levei tanto tempo para entender o que tinha feito. Você não faz ideia de quantas vezes pensei em voltar e desfazer aquilo... o medo no rosto dela, medo de *mim*, depois de anos de casamento, depois de termos colocado uma criança no mundo... ela teve medo de mim. Se você pudesse imaginar como foi tirar as roupas dela, mover o corpo até aquela área... não são ações de um homem como eu, mas fiz o que precisava pela Morgan.

Ela olhou para o carpete entre as pernas. Uma mancha vermelha estendia-se até seus joelhos. Louis estava rígido e parara de sangrar. A água lavava suas feridas de um jeito quase poético.

— Tudo um grande show, Bruce... sua reação ao vê-la, seu desespero... agora entendo até sua "questão de honra" em trepar comigo... estava me distraindo.

— Não, Barb, foi tudo real. E você fodeu com tudo. Poderíamos ter saído daqui juntos, poderíamos ter ganhado medalhas como seu pai. Mas se tiver que escolher entre você e ela... preciso sair daqui e criar minha filha. — Ele lambeu os lábios e limpou a água do rosto num gesto brusco.

— É a sua desculpa para tudo. É a desculpa mais fácil para tanta sujeira nesse mundo. "Fiz pelas crianças". É sujo e injusto com elas. Seja homem e fale a verdade: se sentiu vivo pela primeira vez quando uma mulher daquelas se apaixonou por você. Mentiu para si mesmo sobre o tipo de pessoa que ela era, o tipo de mãe que seria e o tipo de vida que teriam juntos. Aí tudo desmoronou e você não conseguiu perdoá-la. Sim, toda a parte de replicar o ritual deve ter sido horrível, acredito nisso... mas as facadas... você não estava possuído. Só estava com raiva.

— Nunca vai entender o que passei naquela noite. E vai me obrigar a matar de novo.

Bruce desencostou-se da parede, esticou o braço e pegou a Browning do chão.

— Vai atirar em mim?

— Não conseguiria, Barb. Você é minha parceira.

Ele deu passos para trás, olhando para ela, as duas mãos armadas.

A água dos *sprinklers* parou de jorrar.

Eles se olharam por uns instantes. Bruce tinha os olhos caídos, molhados. Ao mesmo tempo, acabara de compreender o que precisava fazer, e parecia em paz com sua decisão.

— Sinto muito. — E com a última palavra, ele virou as costas e saiu pelo corredor.

Barbara respirou fundo para aguentar a dor. Olhou o relógio na parede e viu que eram 8h54. Phoenix falara sobre as nove horas. Ela tinha menos de seis minutos para sair dali e não sabia se conseguiria levantar. Deu um sorriso de ódio por si mesma e escutou a voz da mãe, carregada de sotaque, falar "you fucked the wrong gringo, amiga."

Como se fosse uma resposta, tudo ficou preto.

Barbara sentiu todo o corpo endurecer. O coração disparou, cada veia recebendo um choque de adrenalina, a mente clareando.

Ele apagou as luzes!

Ela sentiu o rosto virar contra a parede, as unhas arranharem a tinta, o peito arfar com o choro de desespero que começou a sair dela. *Não, não, não!* O ambiente se fechou, e a plena consciência do corpo crucificado na parede e do cadáver de Phoenix Barton pareceu mordê-la.

Na total escuridão, ela percebeu as dores no corpo de forma mais íntima. Algo crucial rasgara em sua coxa com aquela bala. O rosto atingido pelo soco brutal de Phoenix, e já machucado da briga do Ice & Glory, parecia ter quebrado. Todas as técnicas de relaxamento que ela treinara com o Dr. Johar pareceram ridículas naquele momento, mas fez como fora instruída. Inspirou pelo nariz, ignorando o cheiro de queimado e de sangue no ar gelado, soltou o ar pela boca. *Calma!*, gritou em silêncio, *calma, calma...*

Mas não adiantou. Ela abriu os olhos e não enxergou nada.

O corpo não se mexia, os dentes começaram a bater com o frio que a adrenalina ajudara a ignorar até então. *Precisa se mexer, Barbara. Você vai morrer aqui. Vai morrer no escuro, ao lado de Barton, ao lado de Louis. Se conseguir se levantar, se conseguir se arrastar, consegue sair daqui.*

Fechou os olhos e sentiu o corpo tremer. Encolheu-se como uma bola, o mais próximo à parede que conseguiu, e sentiu a primeira onda de vertigem. Ânsia de vômito, o corpo parecendo girar no próprio eixo, a vontade súbita de ir ao banheiro. Abria os olhos, mas nada mudava. Ouviu a própria voz soltar um gemido de pânico, a respiração amplificada, quase ensurdecedora. Percebeu que estava arranhando a parede com as unhas e que gemia baixinho, como um lamento num pesadelo.

Preto, preto, preto. O mundo se apagara. Ela forçava os olhos, mas tudo era escuridão impermeável.

*Não, socorro, preciso enxergar!*

A pele ficou fria, toda a superfície antecipando que algo no breu fosse tocá-la. Tinha a impressão de que Phoenix ainda respirava naquela imensidão preta, que estava se aproximando para tocá-la com dedos congelantes.

A vertigem afinou, o carpete voltou a ser áspero, a perna ainda chorava sangue. Ela puxou três respirações ruidosas e começou a falar em voz alta:

— Você vai congelar, vai perder sangue demais, vai explodir em mil pedaços quando esse lugar inteiro for pelos ares.

O relógio! Quase sorriu ao levar a mão até o pulso para acender a lanterna do relógio, mas sentiu o toque gelado e macio da sua própria pele. Aterramento instantâneo: haviam tirado suas bijuterias e o relógio no hospital. Na pressa, saíra sem eles.

Prendeu o choro e a respiração.

Alguém estava ali, tão perto que o ar mudou e a pele dela formigou.

Ouviu um gemido, saindo dela mesma, esperando que a qualquer momento fosse sentir um toque no rosto, no corpo, um roçar de mãos nos seus cabelos. Os dentes voltaram a bater, a mandíbula pulando, fora de seu controle, para aquecer seu corpo.

Sem relógio, era impossível saber quanto tempo havia passado.

*Não é tanto quanto você pensa, sabe que no escuro sua percepção muda. Ainda tem dois ou três minutos. Fuja, Barbara!*

Apertando os olhos para fingir que estava num ambiente iluminado, trêmula, ela encontrou a costura lateral da camisa. Forçando os dedos, incapaz de senti-los, e aplicando na puxada toda a força que lhe restava, ela rasgou o tecido. Só precisava de mais um puxão. Não tinha coragem de tatear Phoenix para encontrar a adaga. Ouviu o tecido ceder e rasgou um pedaço triangular. Com mais alguns puxões curtos, tinha uma faixa úmida em mãos. Naquela altura, a respiração já estava saindo acompanhada de gemidos fragmentados, ritmados. Envolveu o pano na coxa e preparou-se. Quando deu o nó, estirando o tecido o máximo que conseguia, a dor fez a escuridão tingir-se de vermelho, e ela ouviu seu próprio berro ecoar pela escola abandonada.

Os dentes batiam com uma velocidade sobrenatural.

Quando voltou a falar, gaguejava.

— O frio é bom, vai ajudar com o sangramento, o frio é bom — sussurrou. Mas precisava se mexer. Precisava lembrar-se de como aquele lugar lhe parecera quando iluminado.

*Levante, vire à direita, e reto, pelo corredor.*

Mas o corpo sentiu a segunda onda de vertigem.

*Não tem mais tempo, não tem mais tempo...*

*Bum! Você vai explodir.*

Barbara impulsionou o corpo para a frente e ficou de quatro. Quando levantou, lentamente, a coxa transmitiu sinais brancos e elétricos por todo o corpo, parecendo berrar para ela ficar parada.

Então Barbara começou a correr.

Via, a quarenta metros, a pouca luz que vinha de fora, entrando pela fachada destruída da escola. Correu num ritmo oscilante, um pé forte no piso, o outro leve e excruciante. Com a voz trêmula, começou a contar os segundos:

— Um, dois... três...

Trinta metros.

Algo mudou no ar. Teve tempo de virar a cabeça e viu uma sombra a um passo dela. Levou uma joelhada na barriga, perdeu o fôlego e sentiu a pele queimar contra o carpete quando tombou.

— Acabou! — Bruce sussurrava — Fica, merda, fica aqui!

Ela segurou o abdome, respirando, esperando o aperto da dor ceder.

Ele não corria riscos. Precisava ter certeza de que ela ficaria para trás antes de sair. Ele ofegava, suava; ela sentia o calor emanar dele na escuridão.

Barbara estava com tanto medo de ser tocada por algo além de Bruce, algo que se materializaria do breu, que reagiu sem pensar nas limitações de seu corpo. *Preciso sair, preciso sair, preciso sair daqui!* A luz de fora só era suficiente para que ela distinguisse os contornos das portas e da silhueta dele. Chutou o tornozelo de Bruce, sentiu o impacto estalar os ossos dentro dele, e então o impacto do corpo dele sobre o seu. A mão de Bruce atingira, na tentativa de amparar-se, a barriga dela, e a dor apertou, fazendo com que ela soltasse um gemido longo e rouco. Então o soco do parceiro, curto e violento, na sua boca.

Sentiu o volume do sangue e começou a tossir, quase vomitando quando sentiu um dente contra o céu da boca. Saiu quente e gosmento, escorrendo pelo pescoço dela e grudando nos cabelos.

— Fica! — O sussurro dele implorava, arranhava sua garganta, saía com cuspe.

Aquele comando deu a ela a exata localização de seu rosto. Sem saber de onde tirar força dos braços, Barbara estendeu as mãos e tateou. Encontrou os cabelos curtos e espetados de Bruce. Antes que ele pudesse desvencilhar-se, ela fechou os dedos neles e o golpeou com a cabeça, o crânio impactando e imediatamente arrebentando o nariz dele.

Quando Bruce caiu para trás, gemendo com as mãos no rosto, ela tentou erguer a coxa e firmar o pé no chão. Naquele instante, a perna cedeu, desistiu, e ela precisou apoiar-se com as mãos no parceiro. Reconheceu com a palma da mão a forma em círculo por baixo da grossura do *jeans* molhado. Sem enxergar, enfiou os dedos no bolso dele, fazendo os movimentos certos para puxar as algemas, sentindo que os dedos já haviam perdido a sensibilidade. Bruce não entendeu de imediato, mas começou a levantar. Ela bateu a algema no pulso dele. Ele virou a cabeça por cima do pescoço no instante em que ouviu o segundo clique. Barbara ergueu o próprio punho.

— Vai procurar a chave e tentar abrir? No escuro?

O braço dela foi puxado com tanta força que pensou que os músculos rasgariam. Bruce levantara-se com um grunhido, forçando Barbara a levantar-se também. Não havia mais tempo. Os pisões arrastados, o estiramento *estacatto* do braço, os movimentos frenéticos viraram um borrão. Ela apenas fixou o olhar na luz diante de si, puxou ar para os pulmões, nunca recebendo o suficiente, já incapaz de distinguir as diferentes dores que a açoitavam. Caíram na neve, juntos, um tombo torto, exausto. Outro puxão no músculo deltoide quando Bruce tentou arrastar-se na terra, para longe do prédio. Então o calor primeiro, depois o estouro.

O mundo ficou inaudível, fora um zumbido agudo. A sensação distante de que algo batia em suas costas, e então a escuridão, abençoada como nunca fora.

Barbara olhou para o celular, para a confirmação de que as passagens para São Francisco haviam sido compradas. Duas passagens na classe econômica, para passar o feriado com o pai. Olhou a tela do computador à sua frente, desanimada ao ver que eram 2h46 da madrugada e o sono não vinha. Parara de tomar a melatonina e o corpo ainda acostumava-se. Levantou-se e foi até a janela. Lá fora, o dia estava branco como neve, e o sol brilhava de um jeito sem força, pálido.

Ouviu um gemido abafado. Pegou Spark no colo e o levou até o segundo dormitório. Abriu a porta e sorriu ao ver que Morgan havia acendido o abajur. Barbara colocou o gato nos braços já esticados da menina e sentou-se na cama dela.

— O que foi, pesadelo?

— É difícil dormir com a luz lá de fora. Ela entra pelas cortinas.

— É, eu sei. Vou pegar um cobertor e colocar ali, vamos deixar esse quarto bem escuro para você dormir em paz, OK? Amanhã vamos acordar cedo.

Morgan sabia o motivo e assentiu. Abraçava e beijava o gato, que não parecia gostar do gesto, mas não reagia.

— Agora deita. Vou trazer um leite e escurecer esse quarto, mas você tem que tentar também.

Morgan colocou Spark em cima dos seus pés e deitou-se.

Barbara puxou os cobertores sobre ela, acariciou seus cabelos com os dedos e deu um beijo em sua bochecha.

— Já comprei as passagens para nossas férias. Vamos à praia. Vamos ver o píer, vou te levar nuns parques incríveis. Vai adorar, é uma das cidades mais lindas que conheço.

A menina sorriu.

— Tá.

xava o quarto claro demais para dormir. Caminhou até a cozinha para pegar o leite. Quando se acostumaria com a vida de mãe? Não é pra mim, dissera dezenas de vezes, todos os dias, há seis meses, desde que oficializara a adoção da menina. E percebera naqueles meses que aquilo não existia, o "não é pra mim". Ela se adaptara a idiomas, cidades e vidas diferentes tantas vezes. Adaptara-se a Barrow, à noite polar e aos verões sem noite que estavam destruindo seu relógio biológico. Adaptara-se às cicatrizes nas costas e às fisgadas traiçoeiras que a coxa dava quando ela se levantava e à noite, quando virava na cama.

Adaptara-se às coisas ruins, como a perda de entes queridos e a culpa pelos erros passados. Parecia ridículo e infantil resistir a uma criança como Morgan.

Quando a menina dormiu, após Barbara ter apoiado uma manta no varão da cortina e ter isolado a iluminação, ela foi até o banheiro, escovou os dentes e verificou que a casa estava trancada. Apagou todas as luzes e foi até seu quarto. Checou o celular, já no carregador na mesa de cabeceira, para ter certeza de que despertaria às seis, em poucas horas. Bocejou e cobriu-se. Pensou na forma como as pessoas mudaram na cidade, ficando mais próximas umas das outras, na intensificação de religiosidade, que levara a um aumento de 20% de assiduidade na igreja, na organização dos pais e mães na cidade, que agora ofereciam reuniões semanais de terapia, criavam novos grupos no Whatsapp todos os dias, tinham blogs e coisas do tipo.

Barbara pensou nos dias infernais que seguiram à manhã do dia vinte e sete de novembro. De estar no hospital, recuperando-se da cirurgia e das queimaduras, de saber que Bruce também agonizava num quarto próximo, e de ter que, mesmo naquelas condições, dar depoimento atrás de depoimento para Harris, para a Corregedoria e para o chefe de polícia. A televisão não oferecia fuga: só se falava em Phoenix, em Louis, em Bruce e Tracy, e em Barbara. Ela vira tantas imagens aéreas daquela noite, da multidão do lado de fora, das crianças correndo para fora do prédio, que ficara quase indiferente a elas.

No segundo dia, o pai finalmente chegara em Barrow, desculpando-se por não ter chegado antes. Shaw olhava para Barbara, para o rosto cheio de cortes, todo roxo, inchado. Chorou.

— Eu fiz isso, Barb. Nunca deveria ter insistido tanto para que seguisse meus passos, sua mãe...

— Cala a boca, pai. — falara, daquele jeito limitado, sem conseguir abrir muito os lábios. — Estou bem, me encheram de morfina. Daqui a uns dias, estou nova em folha.

Ele sentara naquela poltrona, e foi ali que ficou por mais de uma semana, até que ela recebesse alta. Em casa, Barbara precisara de ajuda com as queimaduras e para locomover-se.

Shaw fazia café da manhã, almoço e jantar, assistia a seriados com ela e a ajudava com ataduras, cremes, e até no banho. Conversavam até três, quatro horas da manhã. Ele reclamava do frio, da escuridão. Eles falavam do que nunca haviam falado antes. Ele resistiu, depois fez as confissões que precisava.

Ela estendeu a mão e puxou a gaveta do criado-mudo. Tirou a caixa arredondada, de veludo, lá de dentro. Acomodou-se contra o travesseiro e a abriu, olhando para a medalha de bravura. Pensou que a maioria das mulheres haviam sido criadas para almejar caixas como aquelas com anéis de diamantes dentro, enquanto ela fora instigada desde pequena a ter uma medalha igual à do pai. Sentia o orgulho, mas o preço havia sido alto.

Fechou a caixa, jogou-a dentro da gaveta e apagou o abajur para dormir. A fraca luz que teimava em penetrar o quarto não a incomodou.

354

# FAIRBANKS CORRECTIONAL CENTER

Ela se sentou na cadeira oleosa e tirou um lenço umedecido da bolsa. Segurou o telefone preto e pesado e deu uma limpada nele antes de encostá-lo na orelha. Do outro lado do vidro cheio de marcas de dedos, o ex-parceiro a fitava com cicatrizes no rosto, às quais ela já se acostumara.

Bruce segurava o telefone com uma mão queimada, já curada, de pele derretida.

— Bom dia, Bruce.

— Bom dia, Barb.

— É sempre dia lá agora.

— Deve estar amando.

— Na verdade, estou, sim.

Ele olhou para baixo por um tempo.

Barbara estava acostumada aos seus silêncios. Devolveu o lenço umedecido à bolsa e tirou as fotos que imprimira naquela manhã. Escolheu a primeira e pressionou-a contra o vidro. Viu os olhos de Bruce cintilarem e a boca finalmente abrir num sorriso.

— Tinha acabado de fazer um bolo. Acho que ela é melhor nisso do que eu. Olha as mãos dela.

Ele riu um pouco. Tocou o vidro, como se fosse sentir o calor da pele da filha.

— Linda, está linda.

— Está, sim. — Barbara colocou a foto sobre a mesa e escolheu a próxima. — Ela adorou essa foto, ela mesma escolheu, pediu para que eu lhe mostrasse.

Era uma foto de Morgan do lado de fora da casa de Barbara, com Spark no colo. Nela, a menina sorria com as bochechas vermelhas, os olhos espertos, azuis, olhando para a fotógrafa.

Bruce mais uma vez tocou o vidro. Ficou olhando para a imagem por um bom tempo. Depois, moveu os olhos para a frente.

— E na escola, Barb?

— Bem melhor. Todas as crianças estão. Ainda se reúnem para terapia em grupo, embora não usem esse termo por lá. Mas eu até que gosto da psicóloga, está fazendo um bom trabalho com eles, usa bastante arte, conversas e teatro como formas de trabalhar o que aconteceu. Morgan parou de ir. Disse que já estava bem, e eu respeitei isso. Ainda beija a foto da mãe antes de dormir, mas já não chora há algumas semanas.

Ele assentiu.

— Quando ela vem?

— Hoje eu perguntei. Ela disse que ainda não quer. O que incomoda não é a prisão, são seus machucados. Estou trabalhando isso com ela, de um jeito nada ético, claro. Tiro a blusa e mostro minhas costas para ela, deixo que toque as cicatrizes. Já está se acostumando. Quando estiver pronta, virá.

Por muito tempo, Bruce não falou nada.

Ela esperou, paciente, colocando as fotos num envelope que entregaria ao oficial responsável. Bruce as colocaria na parede de sua cela, junto com as outras.

— Ainda não abriu o resultado? Do teste de DNA?

Barbara olhou para ele. Pensou no outro envelope, o que fora entregue por Lidia Davis quando Barbara estivera no hospital, internada, após a cirurgia na coxa.

— Rasguei o envelope sem olhar.

— Não importa mais para você?

— Não, não importa mais, Bruce. Agora eu sei quem sou.

— Obrigado pelas fotos. Diga a Morgan que a amo.

Era daquela forma que Bruce encerrava as visitas quando não

conseguia mais continuar. Barbara sentiu-se grata pelo seu autocontrole, por não ter tido nenhuma reação exacerbada, por não ter feito as acusações de sempre. Estava tentando, e ela sabia que era um esforço que fazia com apenas uma pessoa em mente: Morgan.

Ela se levantou e passou pelos guardas, sentindo as fisgadas que a coxa dava quando retomava os movimentos. Com alguns passos, a dor melhorou. Saiu da construção baixa e precisou bloquear o sol com a palma da mão para enxergar. Deliciando-se com o calor no seu corpo, Barbara aproximou-se da caminhonete velha, sorriu quando o vento jogou seus cabelos no rosto e entrou. A menina loira a encarava com curiosidade infantil nos olhos azuis.

— Tudo bem aqui?

— Tudo bem. E o meu pai?

Barbara acenou para o guarda que costumava olhar Morgan durante as visitas. Ele acenou com uma mão, a outra continuou apoiada no cinto. Gostava de cerveja *Lone Star*, e Barbara prometeu a si mesma que da próxima vez não esqueceria de trazer. Ligou o carro, esperou pegar, pisando no acelerador.

— Seu pai está ótimo e está com saudades.

Morgan puxou o cinto de segurança, fechando-o com um clique.

— Acho que da próxima vez eu entro.

— Ele vai ficar muito feliz.

— Vamos voltar para Barrow?

Barbara baixou os óculos escuros.

— Estava pensando em curtir o fim de semana aqui. Peço para o tio Spencer levar comida para o Spark. O que acha, quer passear por Fairbanks comigo?

Morgan sorriu, as bochechas cheias, os olhos ficando finos.

— Quero, sim, Barb.

Ela sorriu, saiu do estacionamento e virou à direita, pegando a estrada para a cidade.

# AGRADECIMENTOS

Esta edição só existe por causa do Artur Vecchi, que precisa ser o primeiro desta lista. Obrigada por ter tanto entusiasmo pelos meus livros.

Também agradeço imensamente àqueles que estiveram comigo neste ano, que foi um dos mais intensos da minha vida, pelo seu suporte e amizade: Ana Nahas, Pedro Cruvinel, Ricardo Cestari, Gustavo Yumoto, Adriano Vendimiatti, C. A. Saltoris, Dai Bugatti, Maria Freitas e Lia Cavaliera.

À família: Bruno, Nathália, Juçara, Juan, Victoria, Tânia, Mônica, Ayrton, Vivi, João, Carla, Marcelo, Fernanda, Margarida, Agenor.

Sempre e principalmente: Leandro.

Cauê, Morgana e Eduardo: é por vocês que eu luto, com minhas armas de escolha – as palavras.